小漁娘大發威 1

風文創 1041

元喵 著

目錄

序文

元喵

今年一場疫情將所有人都困在了家裡，每次看到新增病例，都會害怕自己所在的城市會不會爆發疫情。

為了度過漫長的疫期，民眾們開始囤貨，超市裡的東西一箱一箱的買，媽媽自己一個人偷偷去買了幾十斤米麵，還有若干香菇乾貨、油鹽醬醋，一趟一趟的往家裡搬。

家家戶戶的門關得嚴嚴實實的，大家都做起了宅男宅女，不能串門子，不能道喜，過年都過得沒有滋味。

相比起來，在老家的親人就要舒服多了。

我的老家就在長江邊上，一個非常偏僻又非常漂亮的小鄉村，依山傍水，風景秀麗。村子外有一條小溪流是直通長江的，村裡人洗衣裳、淘澄東西都在那條小溪。

小時候總是和村裡的小夥伴約好時間一起去洗衣裳，洗完衣裳就開始翻石頭扒拉小螃蟹。溪水清澈，但一翻石頭就會被我們弄得渾濁，不過等上游的水一流下，溪水又會恢復清澈的模樣。

小溪不光有小螃蟹，還有指頭大的「跳跳蝦」，牠的學名我已經不記得了，反正從小村裡的老人都是這樣叫的，撈到手裡跳個沒完，弄得手心直癢癢。

通常洗一次衣裳要一個多小時，但大多數的時間我們都是在玩。洗完衣裳，扒拉出來的小螃蟹和跳跳蝦會被我們拿回家去，利用燒水的時候，插根棍子到灶膛裡烤一烤就能吃。煙火熏烤過的小螃蟹那殼脆得很，還很香，就是味兒不怎麼好，不過小時候窮呀，很少吃肉，這種帶肉香的小螃蟹當然不能放過啦！小小幾隻螃蟹填不飽肚子，卻能讓一家子沾沾肉味。

我們這樣的娃娃只能扒拉扒拉小螃蟹、跳跳蝦，大人們就厲害了，拿著簍子去到深一些的水溝裡能抓出好大好大的魚來，有時候運氣好，還能在泥溝裡揪出幾條黃鱔。

這些可是好東西，處理好後抹一層油在鍋底，直接放上去一煎，呲拉一聲滿屋子都是油煎的濃香，把魚兩面煎焦再一瓢水下去，熬一會兒就是一鍋香濃的魚湯、黃鱔湯……不行了，想想又要流口水。

唉……好些年沒回老家，如今退耕還林村子早就搬到了場鎮上，再也找不回小時候那樣的快樂，也吃不著原汁原味的各種河鮮。

時光匆匆留不住，但我可以將記憶存放在文字裡。正好疫情不能出門，那就安心在家裡好好寫作，將自己的山水回憶融入文字裡吧。

《**小漁娘大發威**》是一個生長在江邊的小姑娘，憑著一手好廚藝帶著家人發家致富的故事。

努力奮鬥，才能擁抱未來。希望疫情早日消散，大家都健康平安～～

第一章

「來來來，嚐嚐我這新菜，盤龍黃鱔！」

黎湘端著一大盤的菜放到桌上，瞧著滿滿當當的飯桌，心裡真是再滿足不過了。

雖說命運對她略有不公，叫她從小失去了親人，又得了胃癌，但她身邊一直都有至交好友陪伴，事業也是順風順水，這小半生倒也過得快活。

「嬌嬌，妳快嚐嚐呀！」

林嬌忍住鼻酸接過筷子，非常給面子的挾了好幾筷子，一邊埋頭吃，一邊誇讚她的手藝，眼裡的淚都掉進了碗裡也不敢抬頭，生怕被她看到。

明明才二十八的黃金年華，就已經是癌症末期，她眼睜睜的看著好友如花一般枯萎卻沒有任何辦法，每每看到湘湘那光禿禿的頭頂，她就心疼得要命。

「嬌嬌妳先吃，我給明月打個電話拜年，這個時間是她那邊的早上，應該起床了。」

「打什麼電話，直接視訊吧，明月都快半個月沒見到妳，老跟我抱怨。」

林嬌放下筷子，飛快摸出自己手機給好友明月打了視訊通話，黎湘想攔都攔不住，只能趕緊去沙發上拿了帽子戴上。

「明月！妳個懶蟲居然還在床上，等下肯定又不吃早飯就去上班了！」

「胡說，我準備了三明治，一會兒路上就能吃了，嬌嬌妳走開，我要看湘湘。」

林嬌哼了一聲把手機放到了黎湘手裡。

「明月，新年好呀！」

「湘湘，妳又瘦啦，難怪不肯跟我視訊，有沒有聽嬌嬌的話乖乖吃藥吃飯啊？我這邊進修馬上要結束了，大概下星期就能回去陪妳了。」

黎湘剛想回答說自己有乖乖吃藥，喉頭就湧上了一股腥甜，熟悉的疼痛毫無徵兆的又開始發作。

她不敢開口露出自己滿嘴血的樣子，只好直接掛斷視訊，趴在椅子上，林嬌瞧她那痛苦的樣子頓時心頭一緊。

「湘湘！又疼了？我去給妳拿藥！」

兩人住在一起，放藥的地方林嬌也是再熟悉不過，很快就倒了水拿了藥來。

「快來吃藥，藥吃了就不疼了。」

黎湘滿臉冷汗，胃裡彷彿有隻手在扯著她的五臟六腑，疼得她連手都抬不起來，一張嘴吐了兩口血後直接昏死過去，嚇得林嬌趕緊打電話叫救護車。

其實像黎湘這樣癌症末期的患者都是要住院治療的，只是在她得知自己最多只剩一個月的生命後，就堅持要出院回家，誰也攔不住。

沒想到現在才出院半個月，她又回到了醫院裡。

黎湘疼得死去活來間又聞到了熟悉的消毒水味，眼淚不知不覺就落了下來。她不想死在冷冰冰的醫院裡，她討厭這裡的氣息。

不過她大概是快要解脫了，鼻尖的消毒水味很快就沒了，身上的疼痛也在一點一點消失，也不知道過了多久，她聞到了一股濃重的魚腥味。

嗯？人死了難道會變成魚？

不對啊，她好冷！

她就像是寒冬臘月身上穿了一件濕透的衣裳，難受極了。

黎湘詫異的睜開眼，面前出現的幾個大頭嚇得她差點心肌梗塞。三個陌生的男人，她一個都不認識！

「你們……」

「湘兒妳可算是活了！爹都快被妳嚇死了！」

挺大一個老爺們紅著一雙眼，委屈巴巴的樣子，還挺滑稽的。

等等！爹?!

「爹？」

濃眉大眼的男人應了一聲，扶起她轉身進了船艙裡。

「湘兒，妳先把濕衣裳換了，爹去給妳熬點薑水祛祛寒。」

黎湘目瞪口呆的望著眼前的一切，腦子嗡嗡的像是有幾十隻蜜蜂在飛。

這是哪兒？她是誰？這個爹又是誰？

他們穿的衣裳都好古式，怎麼看都不是醫院裡的醫生，而且她前一刻明明是在醫院裡，現在卻是在一個船艙裡？

莫非……穿越了?!

黎湘也是看過穿越大劇，還是和兩個好友一起看的，那時還天真的一起討論若是自己穿越了該怎麼養活自己。

她當時說了什麼來著？哦，她說了要在古代開一家小飯館，畢竟她有一手還算不錯的廚藝。

「哈啾！」

打了個噴嚏的黎湘回過神來，低頭一瞧，自己身上的衣裳還在滴水，難怪這麼冷。她也顧不得去想自己身上的衣裳怎麼這麼奇怪，身體也好像太過瘦小，趕緊從船艙裡找出了一套女裝換上。

其實要說女裝也看不出來，都是灰撲撲的料子，不過就兩套，另一套那麼大，一看就是那個「爹」的。

看來自己這副身子之前是落水被救起來了，不過命主大概是沒有救回來，所以才有自己穿越過來這回事。

黎湘雖然覺得有些荒誕，但很快就接受了這個事實。

除了有些捨不下嬌嬌和明月，她對現代還真是沒什麼好留戀的，現在這副身體瘦是瘦了些，但至少她不疼了，天知道每天的胃疼有多折磨人，能擺脫胃癌是多少人求都求不來的事，既來之則安之吧！

黎湘換了衣裳還是覺得有些冷，乾脆把那套大的也取出來蓋在身上。她有些累，頭也有些暈，靠在船壁上很快就昏睡了過去。

外頭的黎江送走幫忙的兩個朋友後，薑水也熬好了，結果船艙裡頭一點動靜都沒有，他喊了女兒幾聲也沒有人應，掀開簾子進去一瞧，嚇得心跳都快停了，好在探了氣息後發現女兒只是發熱昏睡過去，他這才稍稍放了點心。

不過，發熱也不是什麼小毛病，得趕緊回家熬藥才是。

倒不是黎江捨不得花錢帶女兒去看郎中，實在是兜裡沒錢，家中又有病妻，今天賣魚賺的幾個子兒買了米糧還要摳下一半來去還錢。

說來說去，還是自己沒用，黎江有些沮喪的搖著槳將船划回家。

背對著門口的江流，正在屋前曬太陽挑豆子的關氏正挑得認真，沒有發現自家的船已經回了，等聽到動靜回頭一瞧，寶貝女兒居然是讓丈夫揹回來的。

「當家的，湘兒這是怎麼了？」

「發熱了。妳別慌，去把我採的那些退熱的草藥拿出來。」

黎江將女兒揹回房間，轉身拿了藥和陶罐就去煎。小門小戶的沒什麼餘錢，普通病症他們都是自己採了藥，再拿去問問行腳郎中能不能用。附近山林眾多，良藥也有不少，這麼些年，普通的病症黎江已經會自己配藥了。

熱滾滾的一碗湯藥喝下肚，床上的黎湘熱度很快就退了下去，只是大概太累了，一直睡著沒醒。

不管怎麼說，熱退了就好，夫妻倆鬆了一口氣，這才有心情去做點吃食。

黎湘昏昏沈沈睡著，似夢似醒的看完了一個小女孩的一生。

她也叫黎湘，是一個土生土長漁夫的女兒，三歲之前家裡條件還是挺不錯的。有條家傳的小漁船，爹娘又勤快，一個月刨開家用也能掙上百來銅貝。在她上頭還有個大哥，長她七歲，十分疼她，爬樹摸魚有點好吃的都會帶給妹妹。

可惜在小丫頭三歲那年，她娘帶著大兒回娘家坐的船翻了，寒冬臘月的，水裡都是人，亂七八糟的都拉上岸後才發現少了一個。

黎湘的娘救上來得晚，本來就落了病，又沒了兒子，大悲之下身體也跟著垮了，之後十年裡都是病殃殃的樣子，每月也要花不少的藥錢。

一年年下來，原本還算寬裕的家裡自然拮据起來，漸漸長大的黎湘很是懂事，加上她的水性練得好，早早便代替了娘的位置跟著她爹出去捕魚，今日便是拉網時有條大魚，她一時心急沒穩住身子，反被水裡那魚掙扎間給拽了下去。

天寒地凍，落水又被漁網給纏住了腳，要不是她爹和路過的兩個叔叔相救，還不知道要被那條魚拖到哪兒去。

可惜，那個小女孩的命終是沒能救回來。

黎湘不禁感嘆，看小女孩這一生，倒是和自己恰恰相反。

小女孩雖從小吃苦，但有爹娘疼愛，而自己雖從小生活富足，卻沒有一個真正的親人在身邊給予溫暖，真是造化弄人。

黎湘眨巴眨巴眼，清醒過來。

小姑娘才十三歲，又常年勞作，難怪瘦瘦小小的，現在她沒了，自己卻到了她的身體裡，以後還不知道會怎麼樣……

就在她糾結要不要把實情告訴外頭的夫妻倆時，屋子裡的門簾一掀，關氏拿著條布巾走了進來。

「湘兒，醒啦！」

關氏歡喜得很，坐到床邊將女兒上上下下的瞧了遍，心疼的摸了摸女兒的額頭。

「不熱了，定是好了。來，慢慢坐起來，娘給妳背上墊條布巾，剛剛可是出了一身的汗呢。」

許是身子弱的緣故，關氏說話聲音也是柔柔弱弱的聲調，聽起來就格外溫暖。

黎湘聽話的坐起來讓她墊布巾。

小女孩的身體瘦瘦小小的，衣服拉上去一點點，看到的都是骨頭，關氏紅著眼把布巾墊上去，一轉頭就掉了淚。

「湘兒……娘對不起妳……」

若不是她身子不爭氣拖累了家裡，女兒也不必在這樣小的年紀跟著上船勞累，這些年家裡一年到頭也不見什麼葷腥，好好的女兒竟叫她養成了這樣！

可她又捨不得死，關氏也曾想過，就從家門口這條江跳下去一了百了，再也不拖累丈夫女兒。

然而她回回都退縮了，她捨不得這麼好的丈夫、這麼乖巧的女兒，甚至她還抱著一絲絲希望，希望有生之年還能再見兒子一面。

畢竟誰也沒有真正見到過兒子的屍骨，她總覺得兒子肯定還活著。

關氏心裡難受得很，抱著女兒好一會兒才鬆開來。

「湘兒……日後還是不要跟妳爹的船出去了，就留在家裡吧。娘的身體現在已經好多了，實在不必再花那麼多冤枉錢去買藥。」

黎湘被抱得暈暈乎乎的，一聽到買藥頓時清醒過來。

藥是絕對不能斷的！

「不行！」

大概是發覺自己說話聲音太大有些嚇到關氏了，黎湘連忙放輕了聲音道：「我沒事的，今日只是大意腳滑了，日後我會注意的。」

黎湘看完了小姑娘的記憶，清楚明白的知道如今這個家裡有多窮困，那床底下的存錢罐子已經好幾年沒聽見過銅響，家裡又還欠著不少外債，全靠著漁船一天天的收益去填補。她若不跟船幫忙，那她爹一個人既要掌舵、又要撒網拉網取魚，累得要死不說，收益也會大打折扣。

所以，在她還沒想到什麼賺錢法子的時候，她仍是要上船幫忙的。

既然她現在已經成了這家的女兒，能夠藉著小姑娘的身體再活一次也是受了恩，替她奉養雙親也是應該的。

黎湘原本還猶豫的心慢慢堅定下來，已不打算將實情說出來了，關氏身子那麼弱，若是知道女兒沒了，必定受不住打擊，她不光是不能說，還要瞞得死死的，絕對不能叫她看出異樣。

好在關氏倒是沒想那麼多，女兒本身性子就沈靜，加上落水受了驚嚇，一時反常她也不會多想。

她正想再勸勸女兒時，就聽到外頭傳來丈夫的聲音。

「慧娘，粥熬好了，我盛起來涼一會兒，等一下妳們自己先吃，我先去把船上的魚賣了。」

外頭的黎江知會了一聲，便急急忙忙的離開了。

雖說現在天氣涼爽，河魚能放挺長時間的，但一條江上漁船那麼多，去晚了，大方給價錢的買家早都買好貨走了，剩下一些買魚的磨磨唧唧講價半天，有的還特地蹲到魚死了才買，時間實在是拖不得。

黎湘回憶起碼頭上賣魚那些事當真是哭笑不得，沒想到在這古代，也不乏砍價高手。

「湘兒，餓了吧？娘去給妳把粥端進來。」

關氏起身要去屋裡端飯，黎湘趕緊拉住了她。

「娘……妳先去吃吧，我還有些不舒服，想再躺會兒。」

一聽女兒還不舒服，關氏立刻應道：「好好好，那妳再睡會兒，娘不吵妳了。粥我給妳溫在罐子裡。」

黎湘點點頭，重新躺了下去。

她是真的不餓，加上剛剛又在江裡頭喝了一肚子的水，還撐得慌。之前昏睡的時候她只是囫圇看過小姑娘的記憶，現在腦子裡頭一團亂，她得冷靜冷靜，把自己現下的處境都弄明白。

不過大概是真的有些不適，她才琢磨不到一炷香的時間就睡著了。

黎江兩口子心知女兒最近大概是累狠了，所以也沒有叫她起床，等她再醒來的時候，天已經微微亮了。

也不知是餓的，還是身體的條件反射，這個點也是原身每天起床的時辰。

黎湘起床活動活動了下身子，除了四肢有些酸軟之外倒是沒有別的什麼毛病，習慣性的她起床就要找梳子，順便將屋子好好打量了一番。

一個字，窮！

牆面全是泥胚堆的，還有不少裂紋，地上凹凸不平都是坑，腳下不注意還會崴。

她住的這間屋子頂多約二、三坪，只有一張木板搭的床，還有一個兩口衣櫃，其他的就什麼都沒有了。

黎湘無語了，她只在電視上看過這麼破舊的屋子，真是沒想到還有自己住上的一天，在現代的時候雖說爸媽出了意外早早就沒了，但她有家裡留下來的房子和爸媽的積蓄，生活上沒吃過什麼苦，看來老天是要自己體驗一番了。

黎湘不是嬌小姐的性子，既然都決定了要留下來踏實過日子，自然也不會去嫌棄什麼。若不喜歡這個環境，想辦法將它變得更好就是，眼下還是先填飽肚子要緊，胃病的滋味她是再也不想體驗了。

出門前撩簾子的時候，黎湘特地站在門邊比了比，發現自己的身高還可以，估摸著有一百四十公分左右，十三歲還缺營養的狀態下這個身高已經很讓人滿意了，往後補補應該還可以再長高，不過這個往後可能要很久……

黎湘走出房間來到廚房，看著自家存粟米的缸子，嘴角微微抽搐了下。這就是個底吧，估計全煮了還不夠全家人吃一頓早飯。

回想下平日裡爹娘好像也沒煮多少，她不由得有些洩氣。上一世的胃痛真是給她造成了不小的陰影，她現在一想到三餐不吃好的後果就頭皮發麻。

早上這頓只能將就將就了，等白日時出去再想想法子。

黎湘拿了水瓢過來舀米，淺淺的一層被她一抓就露了缸底，真是多抓一粒米她都有種犯罪感。

光這樣煮肯定不行，就一鍋米湯能頂什麼餓，若是有地瓜就好了，削兩個胖胖的地瓜下去，甜甜糯糯，好吃還頂飽。

「咕咕……」

肚子不爭氣又開始催她了，黎湘嚥了嚥口水，端著米和陶罐一起出了屋子。

記憶裡從前大家都是習慣在屋子裡做飯的，不過前幾年開始大家也時興在院子裡搭個灶臺做飯，油煙味不熏人是真正的好。

黎家的屋子都那樣了，灶臺當然也別指望有多好了，就只有兩個用泥胚砌的坑，一大一小，一個放陶罐，一個放鍋的，黎家買不起鍋，一直到現在都還是用陶罐做飯。

黎湘正感嘆著這家人的窮，一出屋子就被眼前的景色震住了。

天色才微亮，還看不到太陽，周圍都籠罩在層層白霧中，隱約可見屋邊坡下的江流和對岸的青山，空氣是前所未有的新鮮，呼吸一口，感覺身體的濁氣都被排了出去。

住在這樣的美景裡，窮不窮的她已經不想說了，在這兒住一輩子都行！

「喲！阿湘這麼早又起來幹活啦，真是勤快。」

突然的一大嗓子瞬間將這唯美的意境破壞得一乾二淨，黎湘循聲看過去，發現說話的人正在自家屋前隔著兩塊地的地裡。

她愣了個神才想起來，這人正是自家對門的鄰居喬嬸兒。

別看喬嬸兒剛剛說話挺和氣的，實際上個性卻是不怎麼樣，嘴碎還愛占便宜，村裡那些和娘有關的風言風語全是她散播出去的。

還有家門口這兩塊地，原本是種了些菜的，平日父女倆出去捕魚，也沒什麼人經管，這喬嬸兒便隔三差五的來拔菜吃，有回被娘撞見起了爭執，還推了娘一把。

自家娘那體質是真真兒的弱不禁風，一推腳崴了不說，還受驚發了熱，偏偏原身一家子老實木訥，根本吵不過對門的，加上日後父女還要出門，就剩娘一個人在家，他們也怕真得罪了人，娘一個人在家時會被欺負，所以後來直接把菜田給清了，乾脆啥也不種。

當然菜還是要吃的，家門口這塊空地已經圍了兩圈泥胚格子，種了好些菜，鬱鬱蔥蔥的甚是喜人。

黎湘還是和原身一樣，跟那喬嬸兒打了招呼，然後轉去生火燒水，準備煮粥。等水滾的時候，她就近扯了幾片白菜葉子，洗乾淨放到鍋裡一起煮。

雖然也不是很頂餓的東西，但總比光喝米湯來得好，而且白菜營養豐富，味道又清香，這是她在現有的條件裡能找到最適合的東西了。

水很快開了，白菜的清香撲鼻而來，饞得黎湘直嚥了好幾口口水，正煮著粥呢，對門的罵聲又拉開了帷幕。

「一個一個都跟豬似的！你看看人家對門的阿湘，天才剛剛亮就爬起來做事，人家多勤快！」

黎湘無言。「……」

你說你教訓自己孩子就教訓自己孩子唄，把她拉下水做什麼？難怪喬嬸兒那女兒每次看到原身都鼻子不是鼻子、臉不是臉的。

「懶貨，一天到晚沒個正經的，給我起來幹活！不然沒飯吃！」

房門被用力的砸得砰砰砰的響，裡頭的人卻是八風吹不動，彷彿是根本沒有聽到外頭的動靜一樣。

喬嬸兒站在屋前用那大嗓門挨個兒將家裡的四個兒子還有女兒都罵了一遍，不過說她罵，倒不如說是在炫耀。

她一口氣給伍家生了四個兒子，這就是她的驕傲、她的臉面，她嫉妒關慧娘有丈夫疼愛，也就只能拿這個戳戳關慧娘的肺管子。

黎湘就當沒聽到，老老實實盯著陶罐裡的白菜粟米粥，興奮地期待著，這是她來這裡的第一頓飯耶！

等了一會兒，粥煮好了，黎湘先將爹娘的分先盛起來。

微黃的清粥混雜著新鮮的菜葉，光是聞著味兒她就已經饞得很了。

這個時代好像沒有大米，記憶中的糧食除了各種豆子就是粟米、黍米，粟米也就是現代的小米，這東西熬粥是最養胃，黎湘也最愛吃的。黍米營養要差些，口感也更黏，有些類似現代的糯米，但是在這兒價錢卻比粟米更貴，因為它可以磨成粉做一些黏糯的糕點，而粟米卻只能熬粥、蒸飯。

黎湘有些後悔早些年報了名卻沒去的糕點課程，要是當時去了，現下她就能轉行去做糕點賣，鎮上的糕點最便宜也要幾十個銅貝一斤，成本大概才幾銅貝，那可太賺錢了。

可惜是真可惜，她沒學糕點，只學了做菜，做餅、包子這類她倒是拿手，但好像沒有麵粉……不過也可能有，只是她不知道而已，畢竟原身跟著她爹賣魚，平日生活大多都在鎮子裡，難得進趟城也只是在碼頭轉轉，大點的糧鋪她都沒有見過，不知道也不奇怪。

「湘兒，想什麼呢，粥都要灑了。」

關氏接過女兒手裡的勺子，在她眼前晃了晃。

「可是還難受著？今日且在家再休息休息吧。」

「不用不用，娘我好著呢。」

黎湘笑得精神滿滿，瞧著的確是沒事的樣子，關氏這才稍稍放了點心，轉身去打了水來給父女倆洗臉。

簡簡單單的吃過早飯後，父女倆便準備上船了。

雖說腦子裡有很多跟船捕魚的記憶，但現實中跟船捕魚黎湘這還是頭一回，難免有些興奮，看著船下那清澈的江水，忍不住就想伸手劃拉劃拉，結果她才剛伸出手，船便晃了下，嚇得她趕緊縮回手抓住船舷。

「大江叔，麻煩你了。」

一道略顯粗啞、明顯是在變聲期的男聲響起，黎湘不用回頭就知道這是對門喬嬸兒的小兒子伍老四，他每日都會坐自家的船去鎮上碼頭做工。

一個才十四的少年，每日都要去碼頭搬貨挑筐，想想真是有些同情他。

別人家的老么是家裡的命根子，他嘛，和草差不多，從小沒有名字不說，打四歲起就要幫忙家裡幹活，明明伍家條件不差，那伍大叔跟著親戚在鎮上一家布莊做事，月錢也比打漁的要多得多，一家子都好吃好穿的，就這伍老四穿得最破、吃得最差，幹的活卻是最多，不知道的還以為他不是伍家親生的。

原身以前還問過爹娘這事，她娘說了，當年她和村裡人是親眼瞧見喬嬸兒生下伍老四的，那手腕上的紅印胎記錯不了。

黎湘下意識的抬眼去瞧那坐在船頭的少年，一身單薄的麻布褂子、破舊的草鞋，大概是沒睡好，一上船就抱著腿埋頭在小憩，手腕上的確有塊銅錢大小的紅印。

看看他，再想想伍家另外三個兒子，喬嬸兒這偏心偏得也太過了。

大概是察覺到有人在看他，伍老四動了動腦袋抬起頭，黎湘趕緊把頭轉了過去，假裝看江。

船慢慢划了出去，江邊的屋子也越來越小。從家裡出發到鎮上，走水路其實快得很，她家門口這條江其實只是鎮外安陵江的一條小小支流，逆著江水划出去不到兩刻鐘便能匯入主流，再划上一炷香就能到達碼頭。

黎湘專注的看著周圍的一景一物，把它們都記在心裡。光憑著腦中的記憶，她始終是沒什麼安全感，像路線這種東西，她還是比較喜歡自己再重新記一遍。

這裡的山水景色真的好美，明月是最喜歡看風景的，以前計劃了好久想去看桂林山水，都是因為自己的病沒有去成。

想到現代的兩個好友，黎湘的心情瞬間低落了起來，近二十年的友誼和陪伴，她是真的捨不得，一直到伍老四下船，她都還沒緩過勁來。

「湘兒，四娃也是個可憐的，妳就別嘔氣了，左右咱們也是順路，不過是多划了一炷香，不礙事的。」

黎湘莫名。「……」

爹好像誤會了什麼……

她想起來了，伍老四能夠每日跟船讓爹送他去做工，那是因為喬嬸兒拿了棵白菜到家裡「談」了很久後換的。

原身本身並不反感伍老四，不過是厭屋及烏才會偶爾流露出些許不滿來，方才自己因為想起好友心情不好，大概讓爹爹誤會了。

「爹，我剛剛在想別的事呢，根本沒注意船上的人。走吧，咱們下網去。」

天大地大沒有賺錢的事大。

黎江點點頭，竹竿一撐，漁船慢慢的划出了碼頭，黎湘則開始整理起漁網，準備好餌料。撒網這樣的活兒暫時她還沒有那麼大的力道，原身試過，費盡全身力氣甩出去都沒把漁網撒開，所以還是得由爹來，收網的時候她來拉就成。

父女倆在江上討生活這麼些年，跟這一個區域的漁民都已經混熟了，大夥兒聽說了昨日她落水的事後，今日遇上都在關心黎湘，大到一條小魚、小到幾個野果都往黎家的船上丟，說是給黎湘壓壓驚。

禮輕情意重，這些淳樸的打漁人黎湘都記在了心裡，日後若有機會也想著回報一二。

「爹，這條鯽瓜子咱們就別賣了吧，拿回去給娘煮湯喝？」

鯽魚雖然刺多，但架不住熬湯味鮮，買牠的人不少，加上一些家中有產婦的人聽了郎中的話知道鯽魚湯下奶效果不錯，更是愛買。這巴掌大的一條小鯽魚，價錢比兩斤的草魚都要貴，所以平日裡黎家父女捕到的鯽魚沒有例外都是拿去賣掉。

這回黎湘倒不是自己嘴饞，只是記憶裡家中三口都一個多月沒有見過半點葷腥了，早上瞧娘的氣色很不好的樣子，她就已經想著今日要讓爹帶條魚回去吃了。

錢可以慢慢還，身體才是最重要的，身體拖垮了還怎麼賺錢？她一向分得清主次。

黎江聽了女兒的話，心頭微微發澀，也想起自家已經很久沒有開過葷，連忙點頭道：

「這魚是妳裘叔給妳的，怎麼處理妳說了算。」

「謝謝爹！」

黎湘心滿意足的將那尾鯽魚單獨放到了船艙裡的一個小盆子裡，轉身準備出去時突然瞥見一個簡易的抄網，她順手給帶了出去。

萬一船邊有傻大個路過，她這一網下去還能有個意外收穫，機會嘛，總是留給有準備的人的。

頭一網很快撒了下去。

古代不比現代捕魚，扔個網放個浮標就可以等到下午或者過幾日再去收，這裡下了網還得抓著繩子，半個時辰就得收一次網。

一天就那麼多時辰，若是只下三兩次網，萬一遇上水下沒什麼魚，那就虧大了。而且網拉回來後還要取魚理順再重新撒，最是耗費時間，條件好的漁家可以放兩張網在船上備用，像黎家這樣窮的就只能一張網來回的用了。

別家一日可賣四、五桶魚的話，她家一日大概就兩、三桶的樣子，魚少錢就少，攢不起錢買漁網，就只能繼續死循環。

黎湘也頭疼，看著周圍的美景都沒啥好心情了。

「爹，咱家還欠村裡人一共多少錢？」

「沒多少，很快就還完了，妳個小娃娃不要操心這些。」

黎江顯然不願意將家裡的實際情況告訴女兒。

「爹！我十三歲啦，都快及笄了，家裡有什麼事我不能知道的？」

「是是是，我家湘兒是大姑娘了。」

說到大姑娘，黎江本是想笑的，結果想到女兒大了，就要嫁人了，家裡卻一點陪嫁都沒給她攢下，心裡那本就沈甸甸的石頭又加上了一重愧疚，壓得他喘不過氣來。

「爹，是不是該收網啦？」

「哦！是，該收了。」

黎江揉揉眼，將那股子酸澀勁給揉散開，走到前頭去拉網，父女倆齊心協力一起收，沈重的漁網被一點一點拉了上來。

「爹！有條大魚！」

黎湘眼神兒好，那水下的魚只是露了個肚就被她瞧見了，光是肚子就有大概四指長，那肯定是條大魚了，就是不知道是什麼魚，最常見的草魚、鯉魚再大也就那個價，賺不了多少。

父女四隻眼緊緊的盯著水面，手裡動作加快了不少，一抹黃色漸漸隨著漁網浮出水面來。

「是黃沙！」
黎江的聲音興奮得都有些變了聲。
黃沙魚可比草魚、鯉魚價錢高多了，尤其是這樣大尾，目測都有五、六斤！
黎湘嚥了嚥口水，她對海鮮、河鮮完全沒有抵抗力，一看到這條黃沙就想到牠那細嫩的肉質。黃沙刺少又沒腥味，在河鮮裡也算是拔尖兒的，紅燒、水煮、油煎皆是一道美味。
這麼大一條新鮮的黃沙，魚頭剁椒、魚腹清蒸、魚脊油炸……
「湘兒，這條魚賣了，今日去買上三兩肥肉，咱回家熬油！」
「啊？哦！賣賣賣……」
黎湘趕緊拿了大木盆出來，打了水將那條黃沙魚裝進去，到目前為止，拉上來的那點小魚小蝦合起來都沒這一條魚值錢。
有了這個開門紅，父女倆拉起漁網來格外帶勁，不過後頭拉上來的就沒有什麼驚喜了，和平時一樣，都是些小魚小蝦，連條大點的草魚都沒有。
漁網拉上來黎湘就有活兒幹了，她爹搖著船去尋找下一個撒網的地方，她就負責把網裡的魚蝦都清理出來放到桶裡。
以前她都是在後廚檢查食材才會接觸各類魚蝦，像這樣一邊坐在船裡看著江水嘩嘩從眼前流過，一邊把魚蝦倒入桶裡，還真是新鮮得很。
不過這股子新鮮勁在拉到第三網的時候就已經蕩然無存，因為實在是太累了，拉網拉得兩隻胳膊又酸又疼，好不容易歇會兒還要去清理魚蝦，加之早上肚子裡裝的只有米湯，給黎湘餓得頭暈眼花，差點又掉進水裡。

熬了不知道多久，總算是熬到了吃中午飯的時候，她眼睜睜的看著她爹從布兜裡掏出了一把豆子。

豆子！

她想起來了，記憶裡這就是父女倆每天的中午飯，一把炒熟的黃豆、一碗燒開晾涼的開水，非常飽肚子的食物。

黎湘接過她爹給的一把豆子，認命的丟了幾顆到嘴裡嚼著，眼下也沒條件去嫌棄食物好不好。

簡單的吃了個中飯後，父女倆又開始重複起撒網拉網的工作，忙活了大半日，船上的三個木桶已經裝得滿滿當當。

今日運氣還不錯，除了有一條四、五斤的黃沙之外，還網上來三條三斤左右的草魚，另外還有一小盆白蝦、十五隻毛蟹。

黎湘最饞的就是那盆蝦和蟹，她是天生的對甲殼類食物過敏，一丁點都不能沾，對螃蟹、蝦和螺，通通都只有望著流口水的分兒。

誒！不對呀！現在自己是古時的黎湘，不一定會過敏吧？

黎湘兩眼放光，立刻仔細的回憶了下原身到底有沒有吃過這些東西，剛找到記憶才興奮片刻，一轉眼就瞧見她爹把那十幾隻毛蟹都倒回了江裡。

「爹！」

「怎麼啦？」

黎江一頭霧水，看著女兒那欲言又止又十分心痛的樣子，再看看自己手裡的空盆子，好一會兒才反應過來道：「湘兒妳要毛蟹？」

黎湘小雞啄米似的點點頭。

「下次再有毛蟹，爹你別倒了，都給我留著吧。」

「妳要那東西做什麼？那東西有毒能吃死人的，可不許拿去吃。」

黎江非常嚴肅的又給女兒講了一遍老一輩傳下來的故事，黎湘有記憶，一聽他說就想起來了。

無非是多年前安陵江發大水，很多毛蟹爬上岸，一些吃了毛蟹的老百姓上吐下瀉後病死了，原身是一直信以為然，從來不吃毛蟹，黎湘嘛，只覺得這是誤會一場。

那些病死的老百姓會上吐下瀉，應該是吃的毛蟹沒弄熟才會這樣，加上受災後本身拮据，不去看郎中買藥吃，才會導致越來越嚴重。

其實毛蟹和現代的大閘蟹差不多，稍微大點的都要幾百塊一隻，如此美味的食物，怎麼能讓牠在水裡繼續默默無聞呢？

現下是十月底，蟹正肥的時候，黎湘腦中迅速冒出一個賺錢的法子來，不過說服爹應該有點難，得靠娘去說才行。

「湘兒，把船板上的網理好了放裡面去，咱們去碼頭賣魚了。」

「好咧！」

黎湘應了一聲，手腳麻利的將漁網都整理好放到船艙裡，船頭便只剩下了那幾桶魚蝦還有那條黃沙。

漁船離碼頭越近，遇上的漁船便越多，有的是和她家一樣勞累一天去賣魚的，還有的是去得早，已經賣完的。這些漁民和黎江幾乎都熟識，路過都會打打招呼，只有一家別了黎家的船還壓著他們的船頭划到了前面，看來是兩家有過節的樣子。

不等黎湘細想，自家的船也跟著靠到了碼頭上，有那眼神兒好的，瞧見了自家的黃沙魚，立刻便圍了過來。

「小丫頭，妳家這黃沙上過秤沒？多少斤？」

黎湘笑著搖了搖頭，轉身把船艙後頭的爹叫了出來，講價這種事她是真的不太擅長。

「喲！這不是劉管事嘛！」

黎江笑呵呵的將人請到了船上。

「劉管事你這眼神兒真好，瞧瞧這黃沙，可是剛剛撈起來的，勁頭可足了。」

這倒不用他說，劉管事多年採買哪會看不出來呢。

「還不錯，一斤我照市價給你十五銅貝。」

一聽十五銅貝一斤，黎江頓時高興得嘴都要合不攏了，立刻取了秤出來秤魚。這些大戶人家的採買管事，買東西就是夠爽快，他就喜歡這樣的。

「劉管事，一共六斤二兩，算你六斤，你看？」

「成，你把這魚搬上去騰到我那車上去。」

劉管事拿出錢袋，數了九十個銅貝出來，剛準備遞給黎江，低頭又看了兩眼那盆子裡的白蝦。

黎湘注意到了他的眼神，回頭就拿了個抄網撈了幾隻白蝦出來遞過去。

「劉管事，今天的白蝦也很好呢，煲湯、白灼都很鮮哦！」

劉管事先是注意到了眼前的蝦，而後才留意到黎湘說的話。

「哦？煲湯我知道，這個白灼是什麼？」

「呃……這個白灼……就是白煮，剛剛嘴快說錯了，我是說這蝦就算只是在白水裡煮熟了也很好吃的。」

黎湘笑容誠懇，娃娃臉又很討喜，劉管事也沒再說什麼，把蝦也給包圓兒了，最後一共花了一百銅貝。

父女倆平時想要掙到這一百起碼要忙活三日，不得不說今日運氣實在不錯。

賣了黃沙和那盆白蝦後，船上就只剩下三桶普通的草魚、鯽魚，黎湘一個人也提不上岸只能老老實實守在船上等爹回來再把魚都提到岸上去賣。

碼頭上卸貨裝貨的男人多，來來回回又多是光膀子，大娘大嬸兒的一般是不會特地到碼頭來買魚的，都是在碼頭外圍一塊固定的空地上買各家的漁獲。

黎湘跟著爹到地方的時候，那塊空地已經擺了不少木盆、水桶，都是剛撈上來的新鮮貨，很多人都在挑，沒一會兒她家的攤子上就來了兩位提著菜籃的大娘。

「小姑娘，妳家這草魚是怎麼賣的？」

「草魚五個銅貝一斤，鯽瓜子八個銅貝一斤。」

她報的都是市場價，大多數漁戶都是賣這個價錢，豈料那兩位大娘一聽這價錢，直接轉身就走。

黎湘無語。「……」

「傻丫頭，她們只是過來看看，沒想買，等在這兒轉幾圈，瞧見誰家魚死了那才會上手。」

黎江對這樣的場景已經是見怪不怪了，畢竟活魚能賣個五銅貝一斤，死魚嘛就只能賣三銅貝，那些精打細算的大娘們自然是寧願多花點時間把魚耗死。

「好啦爹在這兒賣魚，湘兒妳拿錢去秤半斤肥油回來，晚上給妳熬油渣吃，另外再秤五斤粟米回來。」

豬板油十二個銅貝一斤，粟米是三個銅貝，黎江有些肉痛的數出了二十二枚銅貝出來交到女兒手上。

「剩下一個銅貝妳自己收著，看看能買什麼。」

一個銅貝瞧著是有些寒酸，但就這也是他硬擠出來的。女兒懂事，平時什麼都不說什麼都不要，但他心裡清楚就是虧了女兒的，今日難得多賺了點，一個銅貝他還給得起。

黎湘很開心的拿錢走了，循著記憶先去了最遠的肉鋪。這個點肉鋪的好肉都賣得差不多了，豬板油也只剩下小小一塊，她叫老闆一秤才三兩，這就尷尬了。

買三兩，她手裡剩的錢也不夠再買別的什麼肉，老闆也找不開，買兩個銅貝吧，人家老闆又不同意把那塊小小的油再切開，正猶豫著呢，那老闆開口了。

「小丫頭，要不這樣，這豬板油給妳，我這兒還剩一副豬心豬肺，六個銅貝我就一起給妳了妳看怎麼樣？這東西拿去做餌可是好料，妳看看這多大塊的肉。」

賣肉的老闆一聞到那股子魚腥氣就知道眼前這丫頭是個船上幹活的，看著年紀又小好哄得很才想著把那豬心豬肺推給她。

豬心豬肺太腥了，平時根本就沒有人買，都是讓親朋好友蹭去餵狗什麼的，若是能賣兩錢兒，那當然是賣了更好。

「老闆！給你，六個銅貝！」

黎湘萬萬沒想到還能有這等好事。豬心豬肺這麼好的東西如此便宜，拿回去正好可以給娘燉個豬心湯補補。如果她沒記錯的話，去年原身有摘一些蓮蓬回家，家裡是有蓮子的。

蓮子豬心湯，補血養心安神，最是適合娘了，今日運氣上佳呀！

買完豬板油後，黎湘又去了趟糧鋪子買了五斤粟米，她仔細瞧了下，除了有她手上的粟米之外，鋪子裡還有黍米、黃豆、紅豆等。

黃豆和粟米的價錢一樣，紅豆和綠豆則是賣四個銅貝一斤，黍米更貴一點，一斤五個銅貝，目前她家是吃不起的，不過黍米做飯說實在的也沒有粟米好吃，就這粟米不錯了。

黎湘開開心心的提著一大籃子東西開始往回走，路過一個粥鋪時她下意識的停下了腳步。

四捨五入算起來這也是自己的同行，都是搞餐飲業的，她想瞧瞧這裡人的飲食習慣，和偏愛的口味。

粥有兩種，粟米粥和紅豆粥，紅豆粥應當是加了糖的，因為她聽到有個小娃娃說有點甜。佐粥的小菜有兩樣，醃黃瓜條和小鹹菜，瞧著倒是挺讓人有食慾的。

她的胃非常不爭氣的縮了縮，嘴裡已經自動開始分泌起唾液。黎湘果斷回頭離開了粥鋪，再瞧下去要是肚子叫起來，那就尷尬了。

眼看著就快走到自家賣魚那塊地時，迎面走來兩個碼頭搬工打扮的男人。

「你說那伍老四是吃什麼長的，那麼大個人，力氣竟然有這麼大，咱們累死累活一天才三十銅貝，他卻能翻倍拿，真是氣人。」

「欸，工錢高也沒什麼用，你看他一有錢就大吃大喝的，天冷了連套衣裳都換不起，有什麼用？」

「那倒是，這沒成親的小毛頭就是不會過日子，哈哈哈哈……」

兩人和黎湘擦肩而過，直直走向不遠的粥鋪。

伍老四？一天工錢六十？她沒聽錯吧，喬嬸兒成日扯著嗓子罵他沒用，一日忙活才賺二十銅貝，要是那兩人說的真是自己認識的那個伍老四，那……這小子還算不傻。

畢竟古時孝道大過天，伍老四若是沒長點心眼兒，只怕要被喬嬸兒給刮得連皮都不剩，這樣的親娘也是沒誰了。

黎湘當真是萬分感謝老天，讓自己穿越到了黎家，錢少嘛可以賺，家人極品那是真的沒法子。

傍晚，父女倆回到家的時候眉眼都是笑，一看就知道今日收穫不錯，關氏心裡輕鬆了兩分，她最怕看到丈夫女兒強顏歡笑的樣子。

「來，先擦把臉，粥我已經熬好了，在罐子裡溫著，馬上就能吃。」

黎湘趕緊上前接過了盆子，自己擰帕子洗臉，洗完就一臉興奮的拉著娘去瞧她帶回來的好東西。

黎江只能悻悻的將自己拿出來的一串銅貝又放回兜裡，轉身去院子劈柴。

「娘妳看，咱們有油吃了！還有粟米也買了五斤。」

「這麼多！」關氏有些心疼。「油吃不吃無所謂，還不如攢著給妳買塊布。」

「哪能這樣說，我是寧願不要新衣裳也要嚐嚐油葷的，娘妳別擔心了，今日咱們撈上來了一條黃沙，賣了九十個銅貝呢，這點油還是吃得起的。」

黎湘很是寶貝的將那塊豬板油放到碗櫃裡，又把豬心、豬肺都提了出來，兩大坨的肉看起來還是挺能嚇唬人的，關氏還以為是買了肉，心跳都停了一瞬間，仔細一看，才發現原來是豬的內臟。

「湘兒……這東西，娘不會做啊……」而且，豬肺她幼時嚐過，那叫一個腥，吃下一口，再香的飯都沒食慾了。

關氏說完突然想到女兒就是想吃肉，只是自家現在吃不起，所以才只能買豬肺回來吃，她心裡頓時難受得不行，藉口盛粥才背過身去拭了拭眼角。

黎湘愣了半晌才回過神來。

娘不會做她倒是會，可是該怎麼說呀！

這對夫妻倆可是看著女兒長大的，女兒廚藝如何自然也是最清楚，若是沒有個好說法，她就把手藝露出來，怕不是要被當成邪祟給抓了。

黎湘心裡裝著事，喝粥都喝得有些心不在焉的，一直到聽見對門又傳出叫罵聲才稍稍回了神。

一家人已經習慣了對門天天都在吵，喬嬸兒的嗓門大，想不聽都不行。

她男人長時間不在家，家裡就她和幾個孩子，老大老二都是已經成了婚的，她白日裡罵兒媳，晚上就罵小兒子，來來去去就是那幾句，什麼我怎麼生了你這麼個不中用的東西！不然就是罵他懶鬼、吸家裡的血，滿滿都是惡意。

伍家那樣的成長環境，伍老四都不知道有沒有被養出什麼心理問題，不過不可否認的是，他是真的很聰明，沒有把賺到的錢全拿回家而是藏了一部分，日後可有喬嬸兒後悔的時候。

黎湘聽著對門的那一聲聲謾罵，心裡對那伍老四倒是生出了幾分同情來。

「娘，喬嬸兒四個兒子，幹麼就只對小的這麼凶啊？」

關氏瞥了眼正端著飯碗去江邊洗的丈夫，小聲道：「娘不是跟妳說過嘛，他家老四是生在地裡的，當時看到的人太多了，還連著臍帶呢，抱起來又不小心把她裙子掀上去，她男人的臉色當時可難看的，後來就出去做事，很少再回來了。」

「……」

所以說，喬嬸兒是覺得小兒子讓自己出了醜失了丈夫的心，所以才把氣都撒到他頭上的，可這跟伍老四有什麼關係啊？當時他一個小嬰兒啥時候出生由得了他選嗎，真是蠻不講理。

黎湘嘆了一口氣，起身去收了爹娘的衣裳到江邊洗。娘的體質不能受涼，所以衣裳一向都是她傍晚回來洗的。

正搓著袖子呢，身旁不遠處蹲下來了個人，那人恰恰是剛剛還在挨罵的伍老四。他只拿了兩件衣裳在水裡涮了涮，擰乾再涮一下就算是洗乾淨了。

這樣的洗法也是夠清新脫俗的。

黎湘一邊搓著衣裳一邊忍不住用眼角餘光打量他，發現他洗完衣裳也沒走，就蹲在江邊望著天，不知道在想啥，過了一會兒又看到他用手揉了揉胃。

這個姿勢她真是太熟悉了，每每犯胃痛的時候她也會這樣下意識的先揉一揉。黎湘一摸兜兒，白日裡一個叔叔給的幾個野果子還在她兜裡，一直沒捨得吃。

「那個，四……四哥？這幾個果子給你，墊墊肚子吧。」

伍老四愣住。「……」

隔壁這丫頭不是從來都不搭理他的嗎？

「叫我？」

「嗯！給你吃，餓狠了傷著胃就不好了。」

黎湘又抬了抬手，示意他接過去，結果被拒絕了。

「我不餓，留著自己吃吧。」

伍老四掬起水洗了把臉，拿起濕衣裳就準備回去，走了沒幾步又退回來朝黎湘道了謝，然後小聲的說了句。

「我剛剛揉這兒是因為，吃撐了。」

黎湘一噎。「……」

她怎麼就忘了，人家一日工錢可不少，啥吃的買不起，怎麼會餓著肚子要她來同情！真是，瞎操心！

第二章

黎湘幾下洗好衣服，回到家剛晾到桿上就聞到了一陣陣的豬油香。

明明這東西以前自己一口都不愛吃的，可現在光是聞到味道，她就已經開始瘋狂的分泌口水了。

肯定是因為原身是個饞貓，這是她的身體自然反應，一定是這樣的！

「湘兒快過來！」

聽到灶間的娘在叫她，黎湘應了一聲，麻利的晾完衣裳才走了進去。這會兒整個灶間都是豬油的香氣，陶罐裡也已經有了差不多半罐子的豬油。

「當家的，把火滅了吧。」

關氏拿著筷子將陶罐裡已經榨得只剩下指頭大點的焦黃油渣挾出來放到碗裡，等挾得差不多了，才揀了兩塊涼的，餵入女兒嘴裡。

「香吧？」

黎湘眯著眼使勁點頭，她從來沒有吃過這麼香的油渣。

一家子一人吃了兩塊，剩下的則是放進了碗櫃裡，留著日後煮菜時加點進去增添油水。

「這半罐子豬油咱們省著點吃，過年都夠用了。」

關氏心情很是不錯，連氣色都看起來好了許多。黎湘一拍腦子，趕緊跑出去把自己特地留著的鯽魚提了回來。

「娘，這是裘叔給我的魚，說是給我壓驚的，爹說了可以吃！明兒我起來就燉牠了。」

正好家裡有了豬油，用油煎一下再熬湯，那是最好吃不過。

「行，想吃就吃。」

幸好關氏聽不到女兒的心聲，不然她今晚恐怕是要心疼得睡不著覺。

晚上，臨睡前黎湘迷迷糊糊的總覺得自己彷彿忘了什麼事情，一直到睡醒才陡然想起來，昨天一堆亂七八糟的事，竟然忘了給娘吹枕頭風，讓她去說服爹允許自己弄毛蟹！

現在……娘還沒起，算了。

黎湘找著梳子胡亂梳了下頭髮，直接去廚房準備熬煮魚湯。

這會兒那條鯽魚還在盆子裡慢悠悠的游呢，被她一把摳住魚腮就拖了出來。

離開了江水的魚兒到底沒有昨日那樣有活力，只是稍微用刀背拍了下牠的頭就不再胡亂動彈。

殺魚刮鱗剖腹，這些都是黎湘早已刻進骨子裡的動作，不過幾息功夫，一條魚就處理得乾乾淨淨。

黎湘小心翼翼地將娘放起來的油罐子抱出來，非常捨得的刮了好幾下到鍋裡頭。雖說家裡窮，調料也少，但好在燉魚最重要的調料薑、油家裡就有。等魚兩面都煎好了，直接一瓢水下去，加薑片和少許鹽，蓋上蓋子直接煮就是。

條件有限，材料有限，她現在也只能做這樣最簡單的鯽魚湯了。

此時天還只是微微發亮，空氣中就已經開始瀰漫著一股濃重的魚香，對門離得近，自然也是聞到了。

其實昨晚黎家熬油渣就已經惹得伍家眾人心癢癢了，別看他們家瞧著是比別家過得好，可實際上東西都在他們娘的手裡鎖著，每日吃多少也都有定量，豬油這種東西也只有在秋收搶收時他們娘才捨得拿出來讓家裡人沾沾油水。

伍老大家的兩個兒子最先鬧騰起來，非要吃油渣吃肥肉，他倆一哭鬧，老二家的兒子也開始哭鬧起來，氣得喬氏頭暈眼花，最後只能惡狠狠的丟出十幾個銅貝讓老大家的媳婦出去買板油回來熬，老四拿回來的二十個銅貝眨眼就這麼沒了大半，真是不中用！

家裡頭的這些動靜伍老四聽得清清楚楚，不過左右跟他是沒什麼關係的，吃不著肉就會罵他沒用，吃著了也不會留一份給他，這就是自己的家。

這麼些年他也是看得明明白白的，這個家就沒一個人盼他點好，也根本沒人拿他當一家人看，他啊，只有自己心疼心疼自己。

伍老四縮在柴堆後面準備再睡個回籠覺，反正大江叔船要走的時候喬氏就會過來叫的，畢竟一天還有二十銅貝呢，她可捨不得丟。

不過今日黎家是在做什麼呢，好香啊……

「好香啊，湘兒妳是在煮什麼？」

關氏只看到陶罐上的蓋子撲哧撲哧的冒著熱氣，味道有些熟悉，卻又像是陌生，一時還真想不起是什麼東西。

「當然是魚啊，昨兒個不是有一條鯽瓜子嘛，說好了早上燉牠呀。」

黎湘揭開蓋子，露出罐子裡已經煮得奶白奶白的魚湯來。

「這……這是魚湯？」

關氏一臉的不信，她以前也煮過鯽瓜子，哪裡是這個顏色。

「聞著倒是有股鯽瓜子的味道，可這顏色有些不太對啊！」

「娘妳放心吧，這就是鯽瓜子，只是我煮之前用豬油煎過，所以湯才會這麼白。」

「油……油?!」

「嗯嗯！」

黎湘拿了個勺子出來舀了點湯。

「娘妳嚐嚐。」

女兒親手餵到嘴邊，關氏再心疼也只能配合的張嘴嚐了嚐。

「嗯！好喝誒！」

鯽魚煮湯雖說一直都挺鮮的，但女兒煮的這個喝起來味道更鮮更濃，差別還是挺大，就是因為加了油的緣故？

關氏原還有些心疼油的，不過看到女兒那滿足喝湯的樣子，頓時就不心疼了。女兒長到這麼大從來都沒有要求過什麼東西，用一點油而已，反正也是吃到自家肚子裡的，吃就吃了吧。

一家子高高興興的吃完了早飯，又到了出船的時候。

黎湘臨走之前總算是想起了還在碗櫃裡頭擱置著的豬心豬肺，只是她這會兒也沒時間去處理了，只好先交代了娘在家裡先把豬心豬肺切起來、把血水給泡乾淨，剩下的她下午早些回來做。

關氏自然是連連應著，記得十分仔細，絲毫沒有懷疑女兒的廚藝，因為母女倆真正相處的時間其實挺少，女兒在外頭遇上什麼人、學了什麼東西，她都不清楚。

家裡現在這個情況她也沒心思去想那麼多，只要好好照顧好自己的身體，不要時不時的犯病拖累丈夫孩子就行了。

送走了丈夫女兒後，她轉身就進了灶間，按照女兒說的法子處理豬心豬肺。

黎湘今日早飯吃得飽，心情也非常的不錯，看到伍老四上船後就像是已經忘了昨日下午的事一樣，還和他打了招呼。

伍老四也彷彿是不記得了一般，不冷不淡的叫了聲湘妹妹，然後便去了船尾。

「大江叔，三日後是鎮上富戶江老爺子的八十大壽，我看江家在碼頭掛了告示，若是有什麼新奇的河鮮食材都可往江府送，價錢從優。你若是有網到，也別拿去碼頭賣了，送到江府，價錢能高一倍呢。」

黎江聽完瞬間就想起昨日自己賣掉的那條黃沙，頓時有些後悔。那條六斤的黃沙也算是新奇了，拿到江府起碼也能賣個一百多，真真是後悔極了。

「多謝你了四娃，我記著了，有好東西肯定送到江府賣。」

兩個人在船尾又說了些什麼話，黎湘沒怎麼去注意聽，她滿腦子都在想著剛剛伍老四說的話。

聽他那意思，他是識字的！

黎湘有些愁眉苦臉地攪和著盆裡的餌料，因為她剛回憶了下關於這個世界的文字，發現腦子裡竟然是一片空白！原身居然一個字都不認識，哪怕是最簡單的一二三，這可如何是好……

識字的重要性她可是太明白了，不懂這個時代的文字就等於是瞎了眼的盲人，很多事情都沒法做。她日後是打算重新做餐飲的，最起碼的算數得學會吧，一二三都不認識那還做什麼買賣？

黎湘咬著唇琢磨了好一會兒，她一個姑娘家，又是家裡的一份勞力，絕對沒辦法去學堂學字的，那就只能找識字的人教她。

伍老四？他是自己現下認識的人裡最為合適的人選，但他性子好像很冷，不愛搭理人，找他教他也不一定會答應。

可是除了他，自己好像也沒有別的人可以找了。

黎湘一路都沒想好該怎麼去說，只能眼睜睜看著伍老四下船上岸。

「爹，你說這伍……四哥他怎麼識字的呢？」

「識字啊？聽他說好像是跟一個工頭學的，這小子有股聰明勁，是個能頂事的。」

黎江對他評價頗高。

「可惜家裡頭太糟心，不然這小子早就能訂一門好親事了。」

黎湘無語。「……」

一下又說到了親事上，她就不敢再多說了，生怕等下她爹說起她的親事來。

父女倆又開始忙碌起來，不過今日沒有昨日那般好運氣，只撈上來一些尋常的草魚、鯽魚，粗粗算算大概也就能賣個二十銅貝。

眼瞧著就快到中午了，又是吃黃豆喝開水的一頓，黎湘把目光落到了一旁被自己清出來的幾隻毛蟹上。

隔著船艙蹲在船板上，她幹什麼爹在船尾其實都是看不到的，她想了想，乾脆悄悄把船艙裡的小炭爐搬了出來，這東西平時也就拿來燒燒開水，天涼了不至於吃冷飯，正好可以用來煮螃蟹。

炭火的味道一飄出來，船尾的黎江其實就已經聞到了，不過他只以為女兒是在燒熱水，根本想不到一向聽話的女兒會去煮那「有毒」的螃蟹。

一炷香後，船頭的清煙漸漸消散，隨後傳來的是一陣陣略帶了些腥味的香氣。

黎江聞了又聞，確定這是船頭傳過來的味道，加上女兒好半天都沒吭過聲，他直覺有些不妙。

「湘兒？」

「唔……」

黎湘嘴裡剛咬了一口蟹黃，又燙又香，她活到這麼大，還是頭一次如此大口的吃上一口蟹黃，感動得都要哭了。

「湘兒妳！」

看到眼前這一幕的黎江簡直驚呆了，心裡驟然升起巨大的惶恐。

「快快快，吐出來！」

他直接一把搶過女兒手裡的螃蟹扔進湖裡，又準備去摳女兒的喉嚨，嚇得黎湘趕緊一口嚥下嘴裡的東西。

「爹你別怕，這個沒毒的！真的！」

「胡說！老祖宗傳下來的豈會有錯，妳趕緊給我吐出來，這不是開玩笑的！」

黎江急得眼都紅了，生怕女兒出了什麼好歹，黎湘瞧他那樣激動，只好瞎編個謊話出來。

「爹你信我嘛，真的沒毒，我都瞧見別人吃過，而且我昨日就已經偷偷嚐過了，你看我不是什麼事都沒有嗎？」

「妳昨日就偷吃了?!」

黎江氣得手都在發抖，只是他很快又想明白過來，若不是自家一直吃得清湯寡水的，女兒何至於要冒險去吃那毛蟹？

說來說去，黎江還是要怪自己這個當爹的。

「湘兒，妳老實跟爹說，身體真的沒有半點不適？」

「沒有，真的沒有，我從不撒謊的，爹你還不信我嗎？」

黎湘眼巴巴的望著自己撈出來的那兩隻蟹，嚥了嚥口水，試探的誘惑道：「爹，這毛蟹真的很香很好吃的，要不我給你掰一隻嚐嚐？」

「……」

黎江沈默了片刻，想著女兒都吃過了，自己也沒什麼好怕的。

「拿一隻我嚐嚐。」

「好！」

黎湘挑了一隻最大的母蟹，上手應該有三兩左右，很肥的一隻蟹，掰開殼一看，滿滿都是黃兒。

她把蟹腮蟹心蟹胃通通都去掉後才掰成兩半，遞給她爹。

不得不說這煮熟的毛蟹還是很加分的，紅彤彤的一看就喜慶，比起之前那黑乎乎的樣子，實在是讓人有食慾許多了。

黎江在女兒的鼓勵下試探著咬了一口最紅的蟹黃，一入口，他的眼都情不自禁的瞪大起來。

實在是太香了！

比他這麼多年來吃過的任何食物都要香！

「爹，你再嚐嚐殼子裡頭那白色的蟹肉，直接咬就行，肉吃掉再把殼吐出來。」

黎湘一邊教著一邊自己也掰開了一隻。撈上來的母蟹已經沒了，她手上拿的是一隻公蟹，殼子一揭開就看到滿滿都是晶瑩白皙的蟹膏，咬上一小口，牙都能被黏住，黏得不行，香得要命。

天啊，她太滿足了！

在現代的時候因為對甲殼類的食物過敏，她就算只是稍稍舔一點蟹膏都會渾身發癢起疙瘩，嚴重一點還呼吸困難，從來都沒有真正品嘗過螃蟹是什麼味道。

嗚嗚嗚……太香了，香得她都想一起把舌頭給吞下去。

黎湘一邊吃一邊望著安陵江，眼裡都是貪婪的光芒。這麼大的一條江，又從來沒有人捕撈過，那該有多少美味的螃蟹呀……

父女倆一陣狼吞虎嚥，一口氣把撈上來的幾隻螃蟹都給啃得乾乾淨淨。

「湘兒，真是沒想到這毛蟹竟然如此美味，咱爺兒倆下午再撈一撈，拿去一起賣了。」

「賣不掉的，爹你想想你剛剛看到我吃毛蟹的時候那擔心的樣子，大家也會擔心的，怎麼可能會買？」

女兒的話彷彿如同一盆冷水澆下，黎江頓時清醒過來。是啊，大家都以為毛蟹有毒，肯定不會買，他撈了也不好賣。

「算了算了，那便咱家自己吃吧，這東西味道真真是香，妳娘肯定愛吃。」

「娘可不能多吃，我聽之前那吃毛蟹的人說過，毛蟹性寒，女子不宜多食。娘那個體質，哪裡能吃寒涼的東西。」

黎江點點頭，記在了心裡。

「那妳也記著少吃。」

「……」

這還真是搬起石頭砸了自己的腳，黎湘真是哭笑不得，卻也不能說這話不對，女孩子確實是要少吃，尤其是原身，長時間生活在水氣濕重的環境下，身體本來就寒重了，每月那幾日都疼得下不了床。

忌嘴嘛，她還是做得到的，吃不著蟹，有蝦有螺她也能滿足。

「爹，待會兒遇見裘叔他們的時候，你讓他們把毛蟹都留給你吧。」

正要回船尾的黎江腳下一頓。

「嗯？要那麼多做什麼，妳不是說妳娘不能多吃嗎？」

「對呀，娘是不能多吃，爹你就幫我去收一收嘛，我拿來有用，做好了肯定能賣錢的！」

大概是黎湘此刻的眼神太過自信，她爹居然沒再問什麼，只點點頭表示知道了。

一下午的工夫，父女倆齊心協力又撈上來了不少魚，毛蟹也有不少，七、八隻的樣子，個個都有三、四兩，可把黎湘給樂壞了。

這個規格算是挺不錯的，放現代一隻都要好幾百，越大隻越貴。不過現在這個環境，螃蟹暫時是賣不出什麼市場的，只能另闢蹊徑。

她打算先把禿黃油和蟹黃醬做出來再說，禿黃油和蟹黃醬是從大閘蟹身上延伸出來的食物，前者只取蟹黃、蟹膏加其他材料完成，後者則是多了一樣蟹肉，成品據說是連孩子都能饞哭的美味。

作為一個廚師，做了那麼多次菜，卻從來沒有嚐過禿黃油、蟹黃醬是什麼滋味，當真是她畢生的遺憾，說什麼她都要把這兩樣美味重新做出來。

當然她還得想個找不出漏洞的理由，來解釋自己為什麼會做那些東西……

黎湘有些頭疼，看著桶裡的一堆螃蟹都沒那麼興奮了。

「湘兒，妳不是說今日要早些回去嗎，我先把妳送回去，再去賣魚。」

「啊！對哦，我還要早點回去把豬心燉起來。爹，你把我送過小河溝就行了，我自己走回去。」

黎湘腦子裡有記憶，其實自家走到鎮上的路原本也不遠，只是途中有條河溝，一漲水大家就必須繞很遠的路從別處過橋，繞下去至少要多走大半個時辰，但只要過了小河溝，走到家還是很快的。

「不送到家我不放心，反正也就那點路，又不遠。」

當爹的哪會放心讓自家如花似玉的女兒獨自走路回去，反正他是不肯的。黎江一直把女兒送到了家才掉頭，往鎮上碼頭去。

「湘兒，妳提的這是……毛蟹?!」關氏有些稀罕的蹲下來看了一會兒，又問道：「這不是有毒嗎？拿這麼多回來做什麼？」

「當然是做好吃的呀，不過現在咱家材料不全，先給牠們養兩天吧。」

要做禿黃油還得去買黃酒、肥膘，至少今日是做不成的。

黎湘把螃蟹放到一邊，拿了個簸箕蓋上，轉身先去灶間查看豬心豬肺。雖說娘切得有些厚了，但泡得確實挺不錯，幾乎已經看不到什麼血絲了。

「娘，我記得家裡有蓮子的，放在哪兒了呀，我要用。」

「蓮子？我去拿給妳。」

關氏記性好，很快就從屋子裡翻了一個小布袋出來。

「蓮子有點苦，湘兒妳要拿這個煮湯嗎？」

黎湘點點頭，查看了下布袋裡的蓮子。還不錯，保存得很好，一點也沒有發霉、發黑的跡象。

「娘妳去歇著吧，我來做晚飯。」

晚上燉個蓮子豬心湯，再煎一盤豬肝、蒸點粟米飯就齊活了，不過好像有點奢侈，爹娘怕是要心疼了。

黎湘瞧瞧自己這小身板，再想想娘那弱不禁風的樣子，略微有些動搖的心又堅定起來。偶爾改善一下伙食還是很有必要的，娘會經常生病，興許有那以前傷了根本的緣故，但也一定跟吃得不好有關。身體才是最重要的，她對此深有體會。

「唉……」

家裡還是太窮了，得趕緊掙錢。

黎湘一邊琢磨著要是禿黃油做出來該怎麼賣的事，一邊手腳麻利的將泡在水裡的豬心豬肺拿了出來。

豬心切得有些厚了，吃起來口感會有些膩，所以她把那些一坨一坨的肉都改薄了一些，然後焯水和蓮子一起放到陶罐裡，放兩片薑加水，大火開始熬煮，等水開了轉小火再熬上一陣就行了。

豬肝也切得有些厚，不過總歸是煎來吃，太薄了反而會缺少味道。黎湘沒有管它，只切了點薑絲放了鹽將那些豬肝拌了拌，去去腥。

等她湯燉得差不多時，豬肝、粟米飯都準備好了，她爹也回來了。

瞧見桌子上那陌生的一菜一湯，夫妻倆都有些回不過神來。

今天是什麼大日子嗎？這麼豐盛。

滿桌的香氣叫他們根本沒辦法把這一菜一湯，和昨日那腥氣無比的豬心、豬肺聯想到一起。

「娘，你們不會怪我吧？豬肝豬心都不能久放，所以我就先做了。我想著煮了湯總不能再煮粥，這才又蒸了飯……」

黎湘越說聲音越小，倒是將黎江夫妻倆弄得愧疚起來。

「沒有沒有，怎麼會怪妳。我跟妳爹老早就想這樣吃一頓了，咱家也還沒到揭不開鍋的時候，偶爾吃上一次也沒關係。」

關氏馬上拿起筷子挾了一塊豬肝。

「嗯！湘兒手藝真是不錯！這豬肝居然一點都不腥，外面這圈煎得硬硬的地方還特別的香，好吃！」

「慧娘妳喝這湯，湯也不錯誒！豬心吃著跟肉一樣，好吃得不得了。咱家湘兒真是能幹。」

夫妻倆一點沒有演戲的成分，是真正的覺得好吃，誇得黎湘臉都有些紅了，再沒有什麼比自己的廚藝得到認可更讓黎湘開心的了。

一家子開開心心的吃完了晚飯，準備洗碗的時候，她看到陶罐裡還剩下不少湯，本來是想放著到明日再喝的，結果當她到江邊洗衣服時就改了主意。

伍老四又在昨日那個位置洗衣裳，自己拿一碗湯過去周圍也沒人會看見，他吃得再飽，湯總還是能喝一點的吧，只要他喝了湯，那就好說話了……

黎湘已經做好了會被冷漠拒絕的準備，反正一次不行就兩次、三次，厚著臉皮也要求伍老四教自己習字。

她悄悄的回家倒了一碗湯，避開爹娘又去了江邊，就在她斟酌著要怎麼開口的時候，伍老四居然主動開口問她了。

「找我有事？」

「是，是有點事。」

黎湘走近兩步，把湯遞過去。

「這是我今天燉的蓮子豬心湯，味道不錯，要嚐嚐嗎？」

無事獻殷勤，伍老四也不傻，明白這丫頭肯定是有什麼事有求於自己。

「湯我就不喝了，妳直接說什麼事吧。」

人家這麼乾脆，黎湘也不好扭捏什麼，乾脆說出自己的來意。

「四哥，我想跟你學認字。」

「什麼？認字？我沒聽錯吧？」

伍老四鑽了鑽耳朵，一臉的不可置信。

「沒聽錯，我就是想跟你學認字。難道有規定姑娘家不能學認字嗎？」

「那倒沒有，只是妳學認字幹麼？天天跟著大江叔滿江跑，認字有什麼用？」

黎湘一噎。「……」

識字的用處可太大了。

「四哥，你就教教我吧，我也不占你多少時間，就用每日早上坐船去鎮上時，你教教我就行。」

「就早上那一小會兒？那能學到幾個字？」

伍老四想到自己貼了不知道多少銀錢，學了快兩年才記住了那麼些字，小丫頭真是想得太簡單了。

不過想著自己每日坐她家的船去碼頭，受了大江叔不少的照顧，小丫頭又是難得來找一次，拒絕也不太好。

「這樣吧，我現在教妳兩個字，明天早上妳要是能清楚明白的背下來寫出來，那我就繼續教妳。」

聽到這話黎湘兩眼放光，立刻欣喜的直點頭。她又不是真的什麼基礎都沒有的小孩子，只是記兩個字而已，簡直不要太簡單。

結果……

「這……這是什麼字？」

黎湘眼睜睜的看著他至少劃了六十下！才兩個字，六十多畫！而且這兩個字和她腦海裡那些繁體字根本沒有一處相像的。

「這兩字，唸『乘風』，我的名字。」

「乘風……嗯？你的名字？」

「嗯哼，我自己取的名字，以後不要叫我四哥了，我可沒有什麼兄弟姊妹，好好記吧，明早我來考妳。」

伍老四，啊不對，伍乘風很是大方的端過黎湘手上的湯碗喝了大半，這才提著自己的濕衣裳回了家。

乘風——從名字就能看出他有多想逃離那個家了，不過這是人家自己的家事，和她可是沒關係。

黎湘皺了皺眉頭，是真的覺得受到了挑戰，因為字太複雜，天又快黑了，所以必須盡快將這兩個字的筆畫記下來再回家練習。

萬澤國的文字難道都這麼多筆畫嗎？真是太難記了！

眼瞧著天越來越黑，屋子裡的夫妻倆覺得有些不對，出來一尋就瞧見女兒蹲在江邊拿著根小棍子在地上劃拉。

「湘兒，天都快黑了，別在江邊玩。」

黎湘滿腦子都是乘風，隨口應了一聲又繼續去背地上的兩個字，夫妻倆瞧著女兒那樣也就沒催了，只要不是突然不見了就行。

江邊的人兒背著背著突然靈光一閃，暗罵自己蠢貨，隨便找個大塊的石板拿一塊炭直接抄起來不就好了，回去慢慢背呀！這江邊冷風習習的，當真是傻。

開了竅的黎湘趕緊跑回家，找了塊石板回到江邊，把乘風兩個字抄在石板上。

隔天一早起來又抱著石板記，總算是能默寫得有模有樣。

黎江不識字，瞧見女兒劃來劃去的，也就當她是小孩子心性好玩，一直到上船了，聽到她和四娃的話才明白過來。

「昨天你寫的字我背下來啦，你看仔細了啊。」

黎湘用手指沾了江水，直接把字寫在船板上，兩個繁雜的字在她手指頭下一筆一筆的寫出來，工工整整，甚至比伍乘風寫的都要好看。

「……」

伍乘風看看船板上的字，又看看黎湘那帶著黑眼圈的眼，心底有那麼一絲微微的觸動。

平日裡還真是沒有看出來湘丫頭竟然有這麼一股子韌勁，「乘風」這兩個字，自己認真抽空練也學了五日才算是徹底背起來，她竟然才用一晚上就已經會寫了，還寫得這麼好。

「四……乘風，你看這兩個字，沒錯吧？」

「嗯，沒錯。」

伍乘風說話算話，趁著漁船去碼頭的時候又教了黎湘幾個字，這回黎湘早有準備，拿了幾塊竹板和黑炭上船，竹板輕便好放，忙的時候她可以收起來，空閒時再繼續練字。

今天她學的是一到十的數字，萬幸的是並不是所有字都像乘風那樣難，一到十可以說是非常簡單，她只花了小半時辰就記住了大半，寫得也不是很差。

黎江有些不明白女兒這是要做什麼。

「湘兒，妳在和四娃學字？」

「對呀爹，反正他每天都要坐咱家的船嘛，我有空就跟他學幾個，要是我自己認得字，上回就知道把黃沙拿到江府去賣啦。」

「啊……也是……」

黎江竟然覺得女兒說的十分有道理，左右識字也不是壞事，學就學吧。

父女倆又開始了忙碌的一天。

因為知道毛蟹好吃，所以黎江早早就和江上遇到的朋友們說了，讓他們把蟹給他留著，傍晚的時候到碼頭給他。

一共遇到了三、四人，算算大家一日的漁獲差不多就知道今日大概能得多少螃蟹，至少也能有個二、三十斤。

黎湘想早點把禿黃油做出來，正好能趕上江老爺子的壽誕，怎麼也可以賺上一筆，但就是手裡沒錢，有些尷尬。

一直到靠碼頭的時候，她總算是鼓起了勇氣朝她爹開了口。

「爹，你能不能借我九個銅貝呀？」

「嗯？借？湘兒妳要買什麼？」

九個銅貝對負債的黎家來說還是挺多的，黎江再疼女兒也不會輕易給出去，他這反應黎湘自然有想到，誰叫家裡窮呢。

「我想去打點黃酒買點肥膘，這兩樣東西可以把毛蟹做成能賣錢的東西。現在咱家不缺毛蟹，就缺那兩樣東西，爹你就借我一點吧。」

乖巧的女兒頭一次這樣懇求他，黎江心裡挺不是滋味的，也不知怎麼就衝動了一把，數了九個銅貝出去。等他冷靜下來再想拿回來時，女兒早已提著籃子上了岸，一溜煙沒了影兒。

「這丫頭，還真是急性。」

黎江只能苦笑著安慰自己，就當是少撒了一網魚，女兒高興就好。

那頭黎湘一路直奔肉鋪，也是運氣好，今日那肥膘居然沒賣完，一斤十二銅貝叫她秤了半斤，剩下三個銅貝加上她前日得的一個，秤上半斤黃酒正好。

有了這些東西，回去就能做禿黃油了，明日就拿到江府去賣！

黎湘開開心心的提著籃子回到了碼頭上，一轉眼就瞧見伍乘風正扛著三麻袋東西，彎著腰在往車上運，旁邊那些比他大了不知道多少的大人都才扛一、兩袋，個個累得汗如雨下，就算是放下了貨物，一時也直不起腰來，看得叫人辛酸。

底層人討生活就是這樣，幹著最苦的活兒，拿著最少的工錢，自家又何嘗不是這樣？不過自己有爹娘疼愛，還是要比伍乘風幸運的。

黎湘收回目光，轉頭去了賣魚的地方，正好趕上爹在收桶，瞧著是賣完了。

「爹，我東西買好啦。」

「行行行，那咱們回船上等一下四娃，看他這會兒回去不。」

黎江一手提著桶一手拿著盆，還想去接女兒手上的籃子，黎湘當然不肯了，趕緊走快幾步跑到了前頭。

回到船上的時候，她瞧見爹和伍乘風說了幾句話，又看到伍乘風搖了搖頭，想是應該不跟自家船回去。

不跟自家船回去的話，那他就要走路回家了。說實在的，傍晚時分去走那林間的小路，還真是需要一定的膽量才行。

這個十四歲的少年，一點都不像十四歲。

「湘兒，咱們走吧。四娃今晚要去工頭家吃酒，晚上好像不回去了。」

「啊？」

夜不歸宿，他那老娘豈不是要罵翻天去……

黎湘一想到喬嬸兒那尖利的罵聲，她就情不自禁的打了個冷顫。等她以後賺了錢，一定要搬到鎮子上住，離對門那家遠遠的，就算不能搬，也要把院牆蓋起來，把那兩塊地圈到院子裡，看她還怎麼偷菜。

想要過得好，錢是少不了，現下她的指望可全都在這些螃蟹上了。

很快父女倆便回到了家。

今日螃蟹裝了有滿滿兩桶，加上昨日那些，差不多有四十斤左右。黎湘讓娘拿了一個大點的陶罐往裡頭倒了一些水，再鋪上一層石頭，然後自己拿乾草將螃蟹都捆起來放進去蒸，一罐子一罐子的蒸。

夫妻倆之前都沒吃過毛蟹，聽女兒說是看到別人這樣吃的，想都沒想就信了，對女兒可謂是百分之百的信任。

黎湘一邊默數，計算著時間，一邊手腳麻利地捆著木桶裡躁動的小傢伙。牠們幾乎都是三兩左右的優質毛蟹，力氣大得很，若不踩著一隻隻用力捆，有時候兩手還奈何不了這些傢伙。

一家子忙活了近一個時辰，所有的螃蟹都被蒸得紅彤彤的，擺在屋子裡的桌上，接下來這時候就得要慢工出細活了。

黎湘去削了幾塊竹片，仿著挖蟹肉的那勺子大小削的，將就著也能用。這滿滿一桌的蟹肉蟹膏蟹黃都要分開剝出來，為此她還特地去打了水來細細的將一家子的雙手洗得乾乾淨淨。

有她帶頭教著，黎江兩口子只是頭幾隻有些手忙腳亂，很快就搞清楚了順序，剝肉剝得又快又乾淨。

隨著一家子越剝越多，整個屋子都滿是螃蟹煮熟後的味道，不知道從哪裡來的野貓都圍在屋頂上，喵喵叫個不停。

黎湘想了想，還是決定把自己會廚藝的事告訴爹娘，畢竟她日後還是要靠手藝賺錢，遲早都要說明白。

「爹娘，你們還記得我那日落水回來昏睡的事吧。」

關氏一愣，點頭道：「當然記得，湘兒，妳還有哪裡不舒服沒說？」

「不是不是，我只是落水後夢到了一個老頭兒，他非說什麼我有慧根，要傳我廚藝。」

黎湘話音一落，整個屋子都安靜了下來，兩口子你看看我、我看看你，眼裡皆透著迷茫。

女兒這話怎麼聽著那麼玄乎呢。

「然後呢？」

「然後……然後我就醒了呀，腦子裡就多了好些菜譜，之前的豬肝豬心都是照著那些菜譜去做的。爹，娘……你們不會覺得我是個怪物吧？」

「呸呸呸！胡說八道什麼呢。妳就是我們女兒，怎麼會是怪物，作夢遇見那事是妳運氣好，得了老神仙的福氣。」

關氏一邊說一邊拿胳膊肘捅身邊的丈夫，示意他趕緊也說兩句好讓女兒安心。這鬼神之說向來就有，女兒在生死關頭之際遇上點玄乎事也沒什麼大不了。

黎江心領神會，非常肯定的重複了一遍媳婦兒的意思。

得了他這話，黎湘才算是徹底放鬆下來。

「娘，我去切肥膘末準備配料了，妳和爹幫忙把這點剩下的毛蟹都剝出來。」

「行，妳去忙吧，這些我跟妳爹很快就能剝完了。」

關氏並不知道女兒要做的是什麼，也沒有追問她得的是什麼菜譜，只是安安靜靜的跟著丈夫把剩下的螃蟹都剝乾淨分開裝起來。

四十來斤的大螃蟹，剝完了肉後就只得了小小一盆肉和一盆蟹黃蟹膏，瞧得人暗暗流口水，說起來一家人裡就關氏還沒嚐過毛蟹的味道。

「湘兒，都剝好啦。」

「來了來了！」

黎湘如風一般跑出來，端了蟹肉蟹黃蟹膏又急急跑回去，關氏跟在後頭瞧著，發現陶罐裡正在熬著新買的肥膘，已經熬了不少油出來，香得不行。

她在一旁默默的站著，看著女兒乾淨俐落的切了蔥薑進去油炸再撈出，又倒了一半蟹黃進去翻炒，什麼時候加酒什麼時候加鹽，女兒都是心中有數的樣子，那種說不出來的自信彷彿是在女兒身上鍍了一層光一樣，說不出的好看。

這樣的女兒，居然是自己生的誒……

關氏心裡美得冒泡，轉身想和丈夫分享分享心情，一回頭就瞧見他在收拾剝完的蟹殼蟹腿，地上已經掃好了，桌子也擦得乾乾淨淨。

丈夫體貼，女兒乖巧，當真是老天眷顧，可就在這時——

「關慧娘妳出來！」

一聽這大嗓門和那不客氣的聲音，就知道是對門的過來了。

黎江拿著大掃把往那路口一站，誰也別想過。

「伍嫂子，找我家慧娘何事？」

「何事？何事你心裡不清楚嗎？我家老四呢，今天怎麼這麼晚還沒回來？」

喬氏一副理所應當去找黎家要人的模樣，真是把黎江給氣笑了。今日他一回來就忙著剝蟹，確實是他疏忽忘了去通知，但這喬氏的這副嘴臉也太難看了，分明是惦記著四娃手裡的工錢。

「四娃今日去工頭家吃酒去了，晚上可能不回來了。」

喬氏一聽頓時怒了。

「吃酒？他去吃什麼酒？那工錢呢?!」

「工錢妳等他回來找他要去，我哪會知道？」

黎江揮揮大掃把轉身準備進屋，卻被喬氏拉住了衣裳。

「是不是你家私吞了？」

本是隨口說的一句懷疑話，誰料一回神就聞到黎家傳出來的一陣陣香味。

「好哇！我說你們家怎麼昨日吃肉今日也吃肉，原來是吞了我家老四的工錢！你們家還要不要臉啊？欠著村子裡那麼多人的債，還有臉大吃大喝！」

喬氏的嗓門大，不遠處好幾戶人都出來看熱鬧，其中就有黎家的債主。

黎江當然不能承認自己昧了工錢的事，只說等四娃回來她就會知道自己並沒有拿錢了。可那喬氏不依不饒，非說黎家昨兒個吃肉今日也吃肉，這麼捨得，肯定是拿了自家老四的工錢。

正扯著皮呢，屋子裡的黎湘終於把禿黃油熬好裝罐出來了。

「喬嬸兒，按妳的說法，我們一家就該吃糠嚥菜喝涼水過日子唄。欠債就不能吃肉，吃點肉就是罪大惡極，那身體拖垮了是妳要幫我們家還錢是嗎？」

喬氏被噎了下，很快又回過神來。

「湘丫頭這嘴皮子可真厲害，那吃肉也不能天天吃啊，昨天才吃今天又吃，惹得我家三小子也吵著要吃肉。你們家不是還要還錢嗎？哪來那麼多錢買肉？」

說來說去她就是覺得黎江拿了自家老四的工錢。

黎湘忍不住笑了。

「喬嬸兒，你們家才是天天都有肉吃吧？豆豆他們知道吵就有得吃，這才吵著要肉吃呢。」

「……」

周圍看熱鬧的都忍不住笑了。

喬氏面上掛不住，丟下一句要回去吃飯明兒再來算帳就匆匆回了家。她一走，看熱鬧的也差不多走了，就剩下兩家債主猶猶豫豫的沒挪步。

黎湘大概明白她們在想什麼，恐怕也是聞著香味信了自家天天吃肉的事，換成是她她也會想，天天有錢吃肉，為什麼沒錢還錢呢？

這事得解釋明白，不然自家在村裡名聲還真是要不好聽了。

她轉身回了灶間，拿出兩個小碗，一下子各舀了半碗的禿黃油，只做了一半的蟹黃蟹膏本來就少，這一下舀了一碗，罐子裡頓時就只剩下半指厚的一層，當真是心疼得要命。

「秋嬸兒，朱嬸兒，這是我們家剛剛拿肥膘末熬的醬料。妳們啊，別聽喬嬸兒亂說，我們家熬肉可不是給自己吃，這些是準備拿到鎮上賣錢的。」

朱氏接過碗一聞，確實是剛剛聞到的那股子香味，她對黎湘說的話一下子信了三分，一旁的秋氏也打消了些許懷疑。

「這個怎麼吃啊？」

「這個，我管它叫黃油醬，拿來拌飯、佐餅子是最香不過了，嬸兒，妳們回去一嚐就知道了，這東西用料精貴，我們家賣錢還帳的指望可都在這上面。」

兩個人聽了黎湘的話，心裡到底舒坦了許多。知道掙錢還就行，這肉黎家也不是煮來自己吃的，那她們也就沒啥好不舒坦的，很快兩人便端著碗各自回家。

秋嬸兒一進家門就聽到自己那三歲的寶貝孫子又在哭鬧。兒子抱著哄著，兒媳端著飯碗追著餵，鬧哄哄的，吵得頭疼。

她把手裡的碗放到灶臺上，試探著自己先嚐了一小口。

這！說不出是什麼香味，濃濃的化在嘴裡捨不得吞下去，這東西實在是太香了，黎家拿出去賣，興許還真能賣出個名堂。

秋嬸兒直接重新舀了一小碗粟米飯，再舀了一大勺子醬拌進去，本就金黃的粟米飯加上橙紅的醬料，別提多誘人了。

「小牛啊，到奶這兒來，吃香香的飯。」

素日裡娃多是秋嬸兒在帶，自然是跟她最親，看到她一伸手就主動撲了過去。

「小牛嚐嚐香不香？」

秋嬸兒心裡其實沒底，就是想著自己從來沒有吃過那麼香的東西，孩子肯定喜歡，要是孫子實在不喜歡那也沒事，再重新盛一碗給他就是，自己家裡再怎麼也比黎家那破落戶強多了。

「奶，好香！好吃！還要！」

三歲的小牛只吃了一口便迫不及待的勾著脖子想吃第二口，根本不用人追在後頭餵，一小碗的拌飯沒一會兒就吃得乾乾淨淨。

秋嬸兒瞠目。「……」

同樣的事情也發生在朱嬸兒家裡。

這年頭誰家還沒個寶貝小心肝呢，一到吃飯就各種鬧騰，一家子都累得不行才能把小祖宗給伺候好，難得孫子肯乖乖的吃掉一碗飯，家裡人都高興壞了。

可是，這醬料是黎家做來要賣錢的，那湘丫頭又說用料精貴，想來賣的價錢不低，畢竟只是裡頭有肥膘這一點就要花上不少錢了。

她們也做不出來再上門白拿的事，都想著等吃完了再去黎家買一點。

黎湘還不知道自己這送出去的一點禿黃油直接就多了兩個客戶，回家便接著生火，把另外一半蟹黃蟹膏跟蟹肉一起做了蟹黃醬。

因為加入了蟹肉，所以它的味道並沒有禿黃油那麼香，但也是非常美味的一道醬料，黎湘只恨家裡沒有麵，要是有一碗麵，再拌上一大勺蟹黃醬，那滋味……想想都流口水。

「爹，這醬我都做好了，明兒個上午你先陪我去趟江府吧？」

「成！」

黎江嚐過女兒做的那什麼禿黃油，味道實在驚豔，所以他是非常有信心的。

「早點睡，明兒個換身乾淨衣裳早點去。」

一家子開開心心的洗漱完，各自回了屋。

第三章

第二天一早，父女倆便早早起來洗頭洗澡，也換好了乾淨衣裳。那些大戶人家最是愛乾淨，若是人太邋遢了，你送的東西再好，人家也不會收。

黎湘來這幾日了，還是頭一回弄得這麼乾淨，她娘還給她梳了個雙環髻，小巧可愛的兩個圈圈加上自然垂下的髮絲，活潑又靈動，正是小女孩兒最該有的模樣。

不過她自己非常不適應，她還是更喜歡跟船的時候直接綁的高馬尾，乾淨又俐落。

「湘兒，爹收拾好了，走吧。」

黎湘這會兒也來不及把頭髮拆了再弄一遍，只好跟著一起出了門。

父女倆帶著東西到江府後門的時候還挺早，才辰時三刻左右，雖然門是開的，也常有小廝路過，但採買的管事還沒來，他們只能在外頭等，路邊蹲了好幾個帶桶帶筐的，想來和他們的目的也一樣。

等了差不多有兩刻鐘，臨走前熱得滾燙的禿黃油都快涼了，才瞧見江家的管事出來。一群人頓時都圍了過去，七嘴八舌的拿出自己帶的東西給那管事過目。

「劉管事，你瞧瞧我這果子，昨兒個剛採收的，新鮮啊！」

「劉管事，你看看我這菇，斷崖下採的，多水靈！」

「劉管事……」

「吵什麼吵呀，一個一個來，是好東西還怕不收嗎？」

劉管事說話很是管用，剛剛還擠來擠去的一群人都安分下來，自覺排好了隊，黎江不太會說話，但他人高馬大倒是也搶了個好位置，前頭就三個人，很快就輪到了他。

只是他不太會說話，對禿黃油也不甚了解，最後還是黎湘拿著罐子去了劉管事面前。

「劉管事，這是我們家秘製的黃油醬。」

她一邊說一邊打開了蓋子，被堵了一晚上的香氣爭先恐後的都跑了出來，劉管事一聞便有些意動，當真是從來沒有聞過的香味。

「黃油醬？是用什麼做的？」

這個問題倒是問住了黎湘，她肯定不能說是用毛蟹做的，一說生意絕對做不成還要得罪人，雖然她知道毛蟹這東西並沒有毒，但架不住人家信祖宗。

「黃油醬是用肥膘末搭配一些其他精貴的食材做的，具體是什麼，我不能說，這畢竟是家傳的秘製醬料，不過肯定是無毒無害的。」

黎湘拿出事先準備好的竹片，大大方方從罐子裡頭舀了一坨丟到嘴裡。

「很香很好吃的，劉管事你嚐嚐？」

她遞過去一根乾淨的竹片，劉管事卻沒接，而是直接從身上拿出一雙筷子，自己伸手挾了一筷子。

因為黎湘翻炒的時候沒有特意將那些大坨的蟹黃壓碎，所以劉管事挾出來的正好是一坨比較大的蟹黃，是最好吃的一部分。

黎湘一點都不擔心，禿黃油的魅力從她自己嚐過後就知道，世上大多數人是沒法子拒絕這樣的美味的。

這點從劉管事那驟然放大的瞳孔就知道了。

「不錯。」

到底是見多識廣，劉管事並沒有失態，彷彿只是遇見一樣比較感興趣的食物而已。

「市面上最貴的醬料是豬肉醬，五兩一小罐賣十五銅貝。妳這罐子雖說挺大，但裡頭的醬也不多，我算妳一斤，給妳三十銅貝。」

一聽三十銅貝，黎江滿眼都是欣喜。女兒手裡這罐成本才不到五個銅貝，能賣三十實在是驚喜，能頂自家大半日的收入！

他正想點頭應呢，突然瞧見女兒瞪了他一眼，下意識的就閉嘴了。

「劉管事，三十可太低了。我就算是沒吃過豬肉醬我也知道，它的味道和我這黃油醬絕對是差遠了，它的用料絕對沒有我家這個精貴。」

劉管事面上不動聲色，心裡卻是承認的。伙房裡的那什麼肉醬和這黃油醬一比，簡直是豬食。

「那妳想要多少？」

黎湘抿唇想了想，也沒喊太高，直接道：「四十銅貝，這是我心裡的最低價位。」

一旁的人聽到她說出的這個價錢，個個都笑她獅子大開口。四十銅貝，肉都能買好幾斤了，誰會去吃這東西。

就在他們以為那父女倆會被趕走的時候，劉管事卻是點頭答應了！

四十銅貝，就那麼一點醬料，這錢也太好掙了吧！

黎湘趁熱打鐵，將蟹黃醬也拿了出來，賣得比禿黃油便宜，一斤三十銅貝，賣了兩斤。

她把這兩種醬的吃法都詳細告訴了劉管事，還有不能吃蝦的人不能吃這醬的事也提醒了一遍，這才跟著她爹離開了江府。

光一趟就賣了整整一百個銅貝，成本卻才只有十個銅貝，走到半道上黎江都還沒有回過神來。

「湘兒，咱們真的賣了一百銅貝？」

「爹，錢都在咱兜裡了，這還有什麼不信的。」

黎湘把錢袋拿出來塞到她爹懷裡。

「爹你自己揣著吧，多顛兩下就知道自己不是在作夢了。」

黎江拿著沈甸甸的錢袋子，心裡真是百感交集。要不都說做買賣好呢，賣這一次頂自家累死累活忙三兩日呢。

反正那安陵江裡的毛蟹多得是，不如……不行不行。他才想了個頭，就自己掐了尾。

這東西也是碰個運氣，人家江府作壽才收那些，平民老百姓誰會花幾十銅貝去買一點點醬料吃？

何況做那黃油醬要很多蟹不說，還要一點一點把肉剔出來，費時費力，為了那東西耽誤了自己正經捕魚就不好了。

黎江收起了心思，本欲帶著女兒回去繼續捕魚，卻叫女兒拉著去了肉鋪。

「湘兒，妳這是？」

「爹，捕魚賺錢，還是賣黃油醬賺錢？」

「那當然是黃油醬了，可是哪有那麼多管事來買呢，老百姓是不會買的。」

這話有道理，黎湘贊同的點點頭。

「所以咱們的目標也不是小老百姓。哎呀，爹你先幫我買嘛，回去我再好好跟你講。」

「那買多少？」

「兩斤肥膘就行。」

黎江無語。「……」

兩斤肥膘那可是二十四銅貝，聽聽女兒這口氣，不知道的還以為是四個銅貝呢。黎江非常肉痛，懷裡這一百銅貝還沒捂熱就要拿出去了。

父女倆花了二十四銅貝買了兩斤肥膘，那攤主認得黎湘這幾日都有來買肉，想著可能是個長期客戶，還給贈送了兩根大骨頭。

買完了肉，父女倆又去買了一堆小陶罐才回了船上。

今日他們什麼也不做了，就在江上轉悠，看到漁船便上前詢問有沒有毛蟹，不管多少都收，多的給兩銅貝，少的給一銅貝，不出半日就收了滿滿兩大桶。

黎湘在船上一隻隻的都綁好了，再送回家，讓娘先蒸著剝肉。

這活兒輕鬆也不累，能幫上忙關氏是再開心不過了，立刻便開始燒起了陶罐蒸蟹。

快傍晚的時候，父女倆又帶了滿滿兩大桶回來，一家子忙得熱火朝天，連一直捨不得用的油燈都拿出來用了。

正剝著肉呢，又聽到對面傳來喬氏那一陣陣不堪入耳的咒罵，黎湘剝肉的動作不禁慢了下來。

她一個外人聽了心裡都不舒服得很，那伍乘風呢？

伍乘風才十四歲，這麼小，都已經在幫忙賺錢了，為什麼還要用那些惡毒的字眼去罵自己的孩子，明明是那麼聰明的一個娃。

唉……

黎湘也不敢出去幫忙，先不說交情沒有那麼好，重點是那喬氏真是如瘋狗一樣，撞上就得逮著咬，家裡這兩個也不是會吵架的，嚇著爹娘就不好了。

一家子安安靜靜的剔著肉，聽著對門罵了兩刻鐘累了，才漸漸消停下來。

今天收的螃蟹是昨日的一倍，三個人剔了一個多時辰才全部弄乾淨。

等熬好了醬料已經很晚很晚，夫妻倆都睏得不行，黎湘自己留下收拾灶間，把爹娘都趕去了睡覺。

那一大堆螃蟹殼要全都裝到麻袋裡，等第二日出船的時候再倒到江裡面去，她才裝了一半，突然聽到門口傳來一道聲音。

「這麼晚了還在忙什麼呢？」

無聲無息的突然瞧見門口出現了一個人，嚇了黎湘一大跳，回過神來發現是伍乘風。沒有院牆就是這點不好，誰都能直接到你家門口來。

「你怎麼這麼晚還沒睡？」

「睡不著唄。」

伍乘風坐在門檻上，沒準備進屋。

「本來是要到江邊坐會兒的，瞧見妳家居然還亮著，才想著過來瞧瞧。妳家這地上堆的，我怎麼瞧著像是毛蟹？」

「對，是毛蟹，可以吃的，你信嗎？」

黎湘也就是順口問這麼一句，沒想到他竟然點頭了。

「信啊，為什麼不信？老祖宗說的也不一定就全是對的，人家沿海吃螃蟹可正常了，也就咱們這些鄉下人還死記著那些話。」

伍乘風今日的聲音比平時低落很多，應該是被喬嬸兒罵過心裡不好受，黎湘一時有些心軟，提著一袋蟹殼走到門邊，正想問他要不要嚐嚐毛蟹的味道，就看到他的另一半臉青腫了一大片。

「你的臉！喬嬸兒打的？」

「嗯……」

黎湘氣得不行，哪有這樣打孩子的。

「為啥打這麼狠，差一點就打到眼睛了！是不是工錢沒給她啊？」

伍乘風點點頭。

「今日我生辰，不想再穿他們的舊衣，就自己去買了一件，把錢花了。」

黎湘一驚。「！」

這是什麼絕世小可憐！

生辰還要打工，打完工花自己的錢給自己買件衣裳還要挨打挨罵，這要是放在現代，喬嬸兒只怕都要叫眾人的唾沫星子給淹了。

「那你晚飯吃了嗎？」

家裡的藥都在爹娘房間裡，黎湘實在不好進去吵醒他們，只能問問看他有沒有吃飯，沒有的話，自己便煮點東西給他吃，畢竟生辰啊，一年才一次，總要有點好的回憶。

伍乘風想說自己吃過了，可當他看到黎湘那帶著關切的眼神時，還是老實說了自己沒吃過。

「你等等啊。」
黎湘拿著陶罐去打了粟米，準備蒸點乾飯給他吃，伍乘風很自覺的接過掃把去打掃屋子裡剩下的那些毛蟹殼。
很快飯蒸好了，殼子也都收拾到了袋子裡。
黎湘打開今晚才新做好的禿黃油，給他碗裡舀了不少的分量。
「嚐嚐看，用毛蟹做的黃油醬。」
伍乘風半點沒有猶豫，直接扒了一大口飯，大概是味道實在出乎他的意料，他整個人都呆了好一會兒。
「這真是用毛蟹做的嗎？味道真是太完美了。」
黎湘撐著下巴笑了笑，沒有說話。
伍乘風也不說話了，只是大口吃著飯，看著昏暗燈光下已經開始打起瞌睡的黎湘，他那早已凍硬的心居然感受到了一絲溫暖。
這碗黃油醬拌飯是他有生以來吃過最好吃的一碗飯，沒有之一。
「湘丫頭，醒醒。」
「嗯？你吃好啦？」
黎湘揉揉眼，強撐起精神站起身去拿碗，拿到手才發現碗已經洗乾淨了。
「時候不早了，早些去睡覺吧，我也回去了。」伍乘風走到門口又轉過身，很認真的道：「黃油醬味道真的不錯，妳可以到鎮裡甚至城裡的學院外頭賣，那些學子嘴刁又不缺銀錢，一定好賣。」

黎湘愣了愣，突然笑彎了眼。

「真巧，我也是這麼想的。」

第二天一早，黎湘把裝著禿黃油和蟹黃醬的二十幾個小罐子都裝到了籮筐裡，讓爹挑到了船上。

父女倆昨晚就已經商量好了，今天挑去鎮上書院外頭試著賣賣看，城裡頭他們人生地不熟的，暫時還沒有考慮過。

其實黎湘原是想著好好準備個攤子再出去，做些粟米餅或者飯糰搭配著禿黃油一起來賣，奈何家中糧食見底，銀錢也沒多少富餘來折騰，只能先用笨辦法去賣，賺點錢回來再說。

父女倆走得早，伍乘風也依舊是坐了她家的船。比起昨晚看到的，他現在的臉已經好多了，不仔細看還當他只是哪裡磕到了。

他今日考了黎湘之前學的字，又教了五個新的，都是常用字，也不難，黎湘光顧著記字，也沒和他多說什麼。

三個人在碼頭分了手後，父女倆便直接去了鎮上最大的白鶴書院。

這個時辰路上只有零星的幾個學子慢悠悠的在往書院裡頭趕，十四、五歲的年紀，卻個個都板著臉，一眼就能看出是讀書人。

黎湘仔細觀察了下，發現這條街上賣小食的大概有四家，但只有那家賣粟米餅的攤子生意最好，讀書人也去得最多。

「爹，咱先不急著賣，你先守著，我去那邊瞧瞧。」

「行，這兒有我看著呢，去吧。」

黎湘抱著一罐子禿黃油慢慢走近粟米餅攤，越近就越是能聞到一股子桂花的清香，毫無疑問那桂花香是出自賣粟米餅的鋪子。

「姑娘，來個粟米餅不？我家的粟米餅都是用新鮮桂花水蒸的，又香又好吃！」

「多少錢一個？」

「光餅是一銅貝兩塊，加肉醬的一銅貝一塊，吃完渾身都是桂花香，可好聞了，姑娘來兩塊？」

攤主著實熱情，一邊向黎湘推銷著，一邊又麻利的給老主顧學子們一塊塊的包上，短短一炷香的功夫，黎湘就瞧見他賣出去二十塊餅。

這二十塊餅裡只有小半是要求加肉醬的，都是小年輕嘛，家境又還不錯，看到同窗都在買，難免就有幾個要面子的點了加肉醬的，只是那肉醬顏色暗沈，讓人瞧著沒什麼胃口，剁得又碎，一勺子舀上去，根本就沒有多少料。

黎湘默默精算了一下，一斤粟米才三銅貝，二十塊餅也差不多就那個數了，畢竟餅都不大，算起來一斤能掙七個銅貝，還是不錯。

這攤主還真是明白這些學子們，喜歡搞那種附庸風雅的東西，帶點花香在餅子裡頭可不就好賣嗎？

「姑娘？」

「哦！給我來兩塊光餅吧。」

黎湘摸出一個銅貝遞過去，接過了兩塊熱呼呼的粟米餅。她拿了餅也沒走，就在人攤子旁邊打開了罐子，舀起一坨橙紅色的禿黃油抹到了熱氣騰騰的粟米餅上，再用另外一塊餅夾上，一口咬下。

咕咚一聲，是那攤主嚥口水的聲音。

一旁的學子看看自己手上那少得可憐的肉醬，再看看人家餅子上那一大坨的料，心裡頓時就不平衡了。

「姑娘妳這是什麼醬，賣嗎？」

攤主一聽心裡頓時咯噔一下，看到黎湘拒絕了才放下心來。

結果……

「我這醬雖說不賣，但可以免費給你們嚐嚐。」

黎湘就站在攤子邊，人家買了餅的就給他抹一坨禿黃油，嚐過的都是讚不絕口，有那吃著都走到學院門口的，還倒轉回來又買了兩份餅。

雖然餅賣得很快，但攤主一點都高興不起來，因為他帶來的肉醬滯銷了……

「姑娘……妳這……」

攤主李大年是個年近四十的男人，脾氣還不錯，若換成像喬氏那樣的，只怕看見有來搶生意的，早就撲上去抓頭髮了。

黎湘又摸出一枚銅貝遞給他。

「再給我兩個餅吧。」

「妳吃得下嗎？」

李大年猶豫了下，見她堅持，只好又拿了兩個餅出來。這回黎湘抹了禿黃油夾上後卻是遞給了李大年。

「大叔你嚐嚐看。」

說實話，她剛剛在旁邊送了那麼多出去，李大年瞧著早就饞了，眼下都送到眼前了，哪有不接的道理。

不過李大年先是把那一銅貝還給黎湘後，才接過餅吃起來。

「嗯？妳這醬……」

只要不傻，誰都吃得出來她的禿黃油要比普通肉醬要好吃得多。

李大年頓時福至心靈。

「姑娘妳是賣醬的啊……」

黎湘不好意思的笑了笑，向他道了歉。

「大叔，這醬你自己也吃了，肯定知道它和你那肉醬的差別有多大，那你有意願換一種醬嗎？」

李大年細細的品著嘴裡的餅和醬，心裡其實已經有答案了，但他也知道，這麼好吃的醬不會太便宜。

「姑娘好手藝，這醬確實是不錯，就是不知價錢幾何？」

「便宜，四十銅貝一斤。」

「四、四十?!」

縱然是已經有了心理準備，李大年也被嚇得不輕，要知道，他這肉醬買的時候才十五銅貝一斤呢。

「太貴了……」

這真要買了，抹一下那不就跟揪他的心一樣嗎，他哪裡捨得。

「大叔，若換成你是那群學子，你是會買加肉醬的，還是買加了這個黃油醬的？你賣一天粟米餅，加肉醬的能賣多少？加這個的又能賣多少？」

李大年沈默了下，嘴裡的餅還沒吃完呢，又來了兩個回頭客，都是要買加了黃油醬的。

黎湘站到攤主身邊，主動招呼起兩個客人。

「小哥哥，買兩個加黃油醬的餅夾起來更好吃哦，只要兩個銅貝。」

「來兩個。」

「我要四個分開裝，幫朋友帶的。」

黎湘收了十二銅貝，轉身遞給攤主六個，示意他去給人撿餅子，自己來塗醬，等送走了客後，她才不經意的說道：「本來我和我爹是想在學院外頭擺個小食攤的，大叔你說，有了這醬，拌什麼不好賣？可是我到這兒後一看，賣小食的還真是不少，搶了誰家的買賣都不太好，所以才想著來問問，大叔你要是真用不著的話，那我就去問其他幾家了。」

李大年哪能把人放走，當下就非常誠懇的留下黎湘談合作醬料的事。

書院的學子是真不缺錢，一銅貝、兩銅貝其實根本不算什麼，他之前賣粟米餅的時候是真不好賣，直到想出了用桂花蒸的法子後，攤子才熱絡起來。但是桂花蒸這法子，人家一學就會，下頭那家賣黍米糕的就是這樣，拉走了他不少客人，所以這黃油醬老實說還真是他現在最需要的，他要買下來，鞏固自己的客源。

「小姑娘，我誠心買妳家的黃油醬，能不能稍微算便宜那麼一點？」四十銅貝聽著真是太心痛了。

黎湘認真思考了下，點頭應道：「大叔，你是我今日第一單買賣，開門紅嘛，就給你少點，三十八銅貝一斤如何？」

「三十八……」

李大年算了算，一斤大概能抹五、六十次，按照剛剛那樣賣，那他一斤可以賺的還是挺多的。

「那我先拿三斤。」

李大年下了決定，人也乾脆多了，直接數了一百一十四枚銅貝出來給黎湘。

兩人約好了日後拿貨的地點，黎湘才帶著爹離開了白鶴書院。

其實方才她和李大年說的也不全都是編的，這條街上四、五家小食攤已經占領了這兒的大半江山，自己貿然闖進來很有可能會得罪人。

自家這情況，禁不起半點風吹雨打，所以雖然貨沒賣完，但能發展一個長期客戶，她還是很開心的。

一家之主黎江顯然要更加開心一些，一路上不知將那錢袋摸了多少回。

「湘兒，書院外頭咱們不賣了，那這些剩下的醬怎麼辦？」

黎湘一邊留意觀察著鎮上街道小巷的各種鋪子、小攤，一邊回答道：「爹你不用擔心，這醬料做好了能放兩、三個月呢，就算現在賣不掉，等過幾日那李大叔來，賣給他就好啦，反正不會虧的。」

「能放那麼長時間啊……」

有了女兒這話，黎江算是放下了心。他就怕做出來過個幾天就臭了，那多叫人心疼。

「爹，你先到那棵黃葛樹下坐會兒，我在附近轉轉，看看還能不能再賣點。」

黎湘主要是不想讓爹聽到自己和人談買賣，那可不是能用託夢傳手藝這種話糊弄過去的。

從小跟著爹在船上討生活的姑娘有些話根本就不會說，她自己一個人去多談幾個買賣，日後就算爹聽到了，也可以說是鍛鍊出來的。

這裡離碼頭挺遠，算是鎮中心的位置，附近商鋪很多，來往的行人也很多，可是她沿著街走了很遠都沒有看到適合賣醬的地方，最後只能折返回去。

父女倆一上午又走了好些地方，好幾家店嚐都沒嚐他們家的醬就開始攆人，眼看就要到中午了，他們乾脆回了船上。

累是累，但一個上午已經賣了一百多銅貝，兩人絲毫沒有氣餒。

「大江！你回來啦，我正好找你有事呢！」

碼頭上傳來一道粗啞的聲音，黎湘一聽就認出是之前送魚給她的裘叔。

很快船沉了兩下，明顯有兩個人上了船。

「大江，這兩天你到處收毛蟹，怎麼回事啊？」

黎江下意識的看了下女兒所在的船艙，猶豫了下，還是選擇說實話。

「我啊，收點毛蟹做了些吃食，打算賣點小錢，早點把村裡的債給平了。」

裘四海大驚。

「做吃食？你不要命啦！那東西能賣嗎?!」

他的聲音實在太大，大到黎湘在船艙裡都覺得震耳朵，乾脆撩起簾子走出去。

「裘叔……」

「誒？湘丫頭也在啊，我正說妳爹呢。」

「裘叔，毛蟹是能吃的，我們一家都吃了好多次呀，一點事都沒有，而且沿海那邊家家都吃螃蟹，這都是習以為常的事。」

黎湘說話間瞥到裘家叔叔身後有兩個桶子，裡頭裝的正是鮮活的毛蟹，看來他應當是來送蟹的……

「裘叔你等會兒。」

她轉身進了船艙把炭爐拿出來，直接打水生起了火。

裘四海就這麼眼睜睜的瞧著小姪女將那五、六隻毛蟹放到罐子裡，煮了約莫一炷香的功夫，再拿出來就變成紅彤彤的了。

黎江帶頭拿起一隻，掰開蓋子、去掉蟹心後，直接就啃了一口原汁原味的蟹黃。

「四海，這東西是真的好吃，我都吃了好幾日，要出事早出了。來嚐嚐？」

裘四海靜默。「……」

心動，但理智不允許他張嘴，誰知他身後的弟弟卻是按捺不住了。

「大江我拿一個吧。」

「老二！」

「大哥你擔心什麼呀，這東西要真有問題，大江能帶著湘丫頭一起吃嗎？人家又不是傻子。」

裘四海一噎。「……」

不得不說二弟說的話挺有道理，畢竟誰也不會拿自己和自己女兒的命來開玩笑，大江既然敢吃，那這毛蟹就肯定沒毒！

「我嚐嚐！」

兄弟倆學著黎江的手法，剝了蟹心、蟹胃還有腮，嘴裡咕噥著麻煩，吃得卻是格外起勁，一罐子螃蟹很快就見了底。

「嘖，突然感覺這三十來年白活了，這樣的好東西天天見著居然都能錯過，全餵到了江裡頭。」

兄弟倆一連吃了幾隻，這才想起正事來。

「大江，我今天來，是因為聽你說要毛蟹好奇，在江上轉悠了好久都沒見你們的船，這才找過來的。」

裘四海把兩桶毛蟹都提了出來。

「我自己再留幾隻，晚上回去跟家裡人嚐嚐，這些就都給你了。」

說完兄弟倆丟下活螃蟹，各自拿了幾隻煮好的，互相拉扯著上了岸。

黎湘瞧著心裡倒覺得是件好事，這裘家兄弟倆不來，她也是要找人來把毛蟹能吃的消息傳遞出去的，不然日後等大家發現買到手的醬料是毛蟹做的，恐怕無法接受。等毛蟹能吃這事傳開了，江上家家都開始吃螃蟹了，禿黃油的用料公開就再沒有什麼好怕的了。

當然，這些都還只是黎湘的暢想。

吃過午飯後，父女倆又開始帶著那些醬料沿街走著，尋找將禿黃油和蟹黃醬賣出去的機會。

從鎮東走到了鎮西，看了好幾家賣小食的，都被拒絕了。

那些主事的人首先看的是他們身上穿的衣裳，然後才是他們手上拿的東西，再沒有像李大年如此識貨的人。

折騰了一天就這個結果，說不洩氣那是不可能的，不過黎湘很快就調整好了自己的狀態。

創業初始會遇到各種麻煩是一定的，只要能克服難關堅持下去，勝利就一定是她的！

「爹，明兒能不能帶我去趟城裡呀？」

「嗯？」

黎江划船的手都抖了下，差點沒把槳給甩出去。

「湘兒，咱還是老老實實捕魚賣吧。那黃油醬偶爾做做，能供上李攤主就行了，這樣咱家也有額外的收入，挺好的了。」

他一聽女兒說想要去城裡，就知道女兒在打什麼主意。是，城裡繁華，的確是要比鎮上機會更多，但這個機會什麼時候來、會不會來，誰也說不清楚。

這兩日雖說是賣了不少的銅貝，但捕魚也耽誤了，林林總總算下來，其實也並沒有多掙多少錢，他這樣心裡不踏實，錢揣著都覺得燙手。

黎湘嘆了一口氣，創業最怕家裡不支持了，聽爹這話的意思，明顯是有了退意呀。

「爹，不管怎麼樣，咱們東西已經做出來了，有條件，怎麼也要先去城裡瞧瞧、試試，若真要是賣不出去，咱們再回來捕魚也就耽擱一日功夫，李大叔那兒賣一次錢就賺回來了，爹……咱們去城裡來回就一個時辰，這麼近，不去試試我不甘心，爹……」

黎湘勸得嘴巴都快冒煙了，才終於說服了她爹同意。

第二天一早，一家三口都穿上了自己最乾淨體面的衣裳一起上了船。反正不用出去捕魚，黎湘便提議了將娘也帶上，到時候禿黃油若是賣不出去，就當是一家三口出來遊玩一日。

這個提議黎江自是沒什麼不允的，他每日陪妻子的時候甚少，心裡也實在歉疚。

一家三口準備妥當，就等著伍乘風一上船便出發了。

伍乘風上船後習慣性的撩開簾子，想找黎湘拿竹板、黑炭學字，結果一撩開發現船上多了一個人，連忙打了招呼。

「闞嬸兒……早。」

闞氏討厭喬氏，對伍乘風倒是沒那麼反感，甚至還心有一絲憐惜，見他站在船艙門口便朝著他招手道：「四娃進來坐。」

黎湘默默拿出一個小板凳，放到自己對面去。

伍乘風見此哪裡好意思說自己喜歡待在船頭，乾脆大大方方的進了船艙，一落坐，他就注意到這母女倆穿得太過乾淨整潔。

「嬸兒這是要帶著湘妹妹去趕集嗎？」

本是隨意問了一句，結果他居然聽到闞嬸兒說要進城。

進城！「那個人」不就在城裡？

「大江叔，今日我不去碼頭了，你帶我一起進城吧！」

「……」

黎江還真是沒想到，本來是一帶二，現在變成了一帶三，而且四娃上了他的船去城裡，回來肯定沒工錢交，到時候會發生什麼，想想就頭疼得很。

黎湘見識過喬氏的厲害，不想惹那麻煩，藉著看風景的藉口坐到對面，一手肘捅了過去。

伍乘風吸一口氣。「……」

「準備好二十個銅貝回去給你娘，別讓她鬧騰到我家。」

「放心。」

伍乘風忍不住笑了下。

進城是逆水行船，划上去大概要大半個時辰左右，還是挺累人的。伍乘風不太好意思和黎湘母女坐在一起，就乾脆去了船尾幫著一起划船。

半個時辰後，船就已經到了陵安城的碼頭。

伍乘風和黎家說好回去的時間後，直接在碼頭下了船，而黎家三人卻是從碼頭裡退了出來，右拐進入了陵安的內河。

整座陵安城除了城外有條安陵江外，城內還環繞著一條四通八達的護城河，沿河兩邊最開始都是住戶，後來大多慢慢便發展成了商鋪，居民們平日裡想買個什麼東西，便直接搭乘河內的筏子就行，再不必繞老遠的去找橋過河。

黎湘一家便是沿著這內河進城的，一家三人共交了三個銅貝才被放行。

這裡的環境其實和現代的江南水鄉差不多，只是現代的建築要比眼前更加漂亮高大一些。

「爹，城裡每天都是這樣熱鬧嗎？」

黎江一年也就來城裡兩、三次，他也不知道，但是在女兒面前怎麼可能露出無知呢，當然是隨聲應和。

「那是，城裡嘛，當然和鎮上不一樣。」關氏沒憋住笑，噗哧了一聲。

黎湘也笑了，不過她沒去笑話爹，而是走出船艙坐在船頭，看著河道兩邊的各個商鋪。和鎮上那一點點的客流量比，城裡可就太熱鬧了，店鋪也是百花爭豔各種各樣，光是賣小食的她就看到了七、八種，什麼粥鋪、糕鋪、麵攤……等等，麵攤！

黎湘激動的站起來揉揉眼，確定她沒看錯，右手邊的那個正在冒著熱氣的攤子，挑出來的正是白花花的麵條！

「爹！這裡能靠船嗎？」

「不能咧，只有城裡運人的竹筏才能隨意停靠，像咱們這樣外來的漁船，要統一到前頭比較寬的河道才能停，湘兒妳想買東西？那爹可以行慢點讓妳買。」

「沒事，不用了……」黎湘悻悻的坐了回去。

這裡有麵攤，那說明就有麵，等下只要找個糧鋪就能一探究竟了。她心裡有些激動，做麵食是她拿手的，要是這個時代有麵粉，那她就能一展身手，別的不說，就家裡收上來的那些毛蟹，做個蟹黃包，有湯有肉，成本還低，那肯定賺錢，希望麵粉不要太貴吧……

黎湘惦記著麵粉的事，一靠船就拉著爹去找糧鋪，一家子打聽了下，走了一炷香找到了一家據說是城裡最大的糧鋪。

「白氏糧行……」一瞧這名兒就知道是家族企業。

「瞧著店挺大的，走，進去瞧瞧。」

黎江帶頭走了進去，母女倆緊跟其後也進了店。

一進店黎湘便有種說不出的奇怪感覺，只是心裡惦記著麵粉，她一時也沒深想。

「三位客人需要買點什麼呢？本店米油醋各種醬料、調料應有盡有。」

「應有盡有？」

黎湘聽到這話一瞬間是有點惆悵的，怎麼可能應有盡有，她想要的辣椒、雞精、蠔油、十三香，這個時代都沒有。

「姑娘，應有盡有許是誇張了，但別人店有的，我們糧行肯定都有，別人店裡沒的，我們店也有。像咱們店的這個十三香，姑娘妳去打聽打聽，整個陵安不可能有別家店有。」

「十三香?!」

黎湘驚呆了，下意識的跟著那夥計走到一處櫃檯，櫃檯上有桿小秤砣，還有幾個非常大的陶罐子，每個陶罐旁又都放了一個小碟子，裝著樣品，每瞧一樣，她都要驚訝一次。

「十三香、乾辣椒、五香粉、蝦粉、蠔油……」

天啊……她終於知道為什麼自己一進門感覺會那麼奇怪了，這間白氏糧行裡的布局，和現代超市裡賣米糧的布局，實在是太像了！

還有這些調料，怎麼看，都不像是這個時代會有的東西。

這白氏看來有點名堂呢！黎湘一顆心撲通撲通狂跳，等於說這個時代也有穿越過來的人唄，瞧瞧人家，已經把日子過得風生水起了，自己卻還在底層掙扎。

不過，有了眼前這些東西，她相信自己一定也能掙出屬於自己的家業來。

「小哥，乾辣椒怎麼賣？」

「乾辣椒啊，現在種植得不多，出貨少，所以有點貴，一斤十銅貝。」

比肉還貴！

黎湘小小的遺憾了一下。這東西不是目前必須的，純粹是因為她自己愛吃辣，嘴饞了，還是等日後賺錢再來買吧。

她把目光從乾辣椒上移開，在店裡看了一圈，瞧見爹娘正在看粟米和其他米糧的價錢。

「小哥，你們店裡可有麵粉？」

「麵粉？沒有，不過我們店裡有小麥，姑娘可以買回去自己磨。」

夥計領著黎湘穿過兩個大缸，來到一處貨櫃，拉開蓋子，便露出了裡面滿滿一櫃子略棕黃的小麥來。

聞著那撲面而來的麥香，黎湘感覺自己心都踏實了。

「小麥不會也那麼貴吧？」

年輕夥計抓抓頭，不好意思的笑道：「雖說沒乾辣椒貴，但也不便宜，一斤五個銅貝。」

這個價格還算是在黎湘的接受範圍之內，一斤麵粉能做大概十七、八個大包子，小籠包的話能做四、五十個，還是有很大賺錢利潤的。

「湘兒，在看什麼呢？」

黎湘一回頭，發現爹娘都過來了。

「爹、娘……我想、我想買這個。」

「這是……」

黎江卡了殼，他沒見識過這東西，不過女兒要買的肯定是有用，這點他還是知道的。

「夥計，這個幫我們秤上五斤。」

「好咧！您稍等啊。」

那夥計一點不給人反悔的機會，轉身就去拿了舀麵的瓢出來，正要舀呢，突然又轉頭問道：「不知客人是否帶了麻袋？若是沒有的話，本店一個麻袋另需一個銅貝。」

「不用不用，我有。」

黎江知道女兒要出來買東西，自然是早有準備。就一個麻袋還一個銅貝，怎麼不去搶呢？

「秤實點，別缺斤少兩啊。」

「那不能，咱們店門口掛了店規呢，缺一賠十，保證足斤足兩……來，這裡一共五斤，承惠二十五銅貝。」

黎江傻了。二十五！他以為頂多才十幾銅貝的……

「爹，付錢呀，放心，女兒能掙回來的。」

關氏也在後頭推了推丈夫，黎江這才回過神來，掏了二十五個銅貝結了帳。

一出糧行他就忍不住了，提溜著那麻袋左看右看，彷彿要給看出一朵花兒來。

「湘兒，這是什麼糧啊，怎麼那麼貴？」

「爹，你別看它貴，只要能幫咱家賺錢就行，這是小麥，回去我做了，你就知道它貴在哪兒了。走走走，咱們還要去賣黃油醬呢，先把這個放回去。」黎湘開心得很，恨不得馬上賣完醬回去做包子。

跟在後頭的夫妻倆被女兒的快樂感染，心情也輕鬆多了，沈甸甸的債務彷彿也變輕了。

「當家的，湘兒最近開朗了不少。」

「是開朗了，這樣才好，整日跟個老頭似的愁這愁那，我天天瞧著心裡也難受。」說到這兒，黎江不知道為什麼鼻子一酸，眼睛都紅了，關氏趕緊安慰的拍了拍他，又說了些開心的事，兩人才漸漸平復了情緒。

來回走了這麼些路，關氏已經開始流起冷汗，臉色也微微有些發白。黎湘見此自是不敢再拉著娘出去，跟爹說好了讓她回船艙裡休息，自己和他帶著黃油醬出去賣。

關氏有心想跟去，奈何身子不爭氣，最後也只能妥協，靠在窗子上瞧著父女倆越走越遠。

「咦，那是四娃？」

河對岸走過去的兩個人影本是稀鬆平常，但其中一個那穿著、那身形，和伍家四娃一模一樣，伍家也沒有親戚在城裡，那四娃是跟誰在一起呢？

不等關氏細看，那兩人就拐進了巷子裡，不見了蹤影。

她倒也沒看錯，剛剛那兩人中的其中一人的確就是伍乘風，而那另一人，則是城中永明鏢局的一位鏢頭。

鏢頭姓柴，早些年到處偷師學了些武藝，加上膽子不小，又有組織能力，慢慢也在鏢局混出了頭。要說他為什麼會和一個碼頭搬工有所交集，那還是兩個月前的事了。

柴鏢頭雖長住城裡，但他老家卻是在伍乘風做工的鎮上，兩個月前，他回去給族老祝壽，下了船沒走多遠就瞧見正在跟人打架的伍乘風，雖說那小子打架沒什麼套路，但他一眼就相中了那小子骨子裡的倔勁，還有那雙夠狠的眼睛。

當時他趕著要去祝壽，只給伍乘風留了姓名和鏢局名字，後面等了兩個月一直也沒人來找，還以為他不來了，沒想到今日這小子就找上了門。

「小子，這是想通了？」

「是，柴鏢頭，我想跟著您學武！」

「跟我學武，那可是沒有工錢的。」

柴鏢頭自認不是什麼善人，那種捨己為人倒貼養徒弟的事他可幹不出來。

「你自己想想清楚再決定。」

「我想清楚了。」伍乘風回答得非常肯定。

之前在船上臨時說要進城，確是一時衝動，但一路上他已經冷靜下來，仔細想過了。留在鎮上，每日扛包是賺不了多少錢的，他也不想再每天回去面對那一家子，十五年，任打任罵十五年，伍家的養恩他還完了。生恩，等他哪天賺夠了銀錢再回去一次買斷，伍乘風對那個家沒有一絲留戀。

「好小子，你想明白就行，我這裡不包吃，但是可以收拾個柴房給你睡覺用。咱們鏢局暫時沒有招人，不過你要是爭氣，早些學會我的功夫，那我也能把你帶進去。」柴鏢頭一邊講著，一邊帶著伍乘風去瞧柴房。

這裡連柴房也是不一樣的，人家的這個門窗完好，關上門就密不透風，好歹過冬也能混下去。

伍乘風當場就拜了師父，說好了三日後就搬來城裡。

兩人商量好了事，柴鏢頭也沒留人吃個飯，直接就送了客，伍乘風隱約還記得路，一路找回了碼頭。

一到碼頭他就去給自己找了個活兒，幫船卸貨。和黎家約好的時間還有三個多時辰，反正閒著也是沒事，卸一船就能得二十銅貝，瞧那船的大小，一個半時辰就能卸完，到時候還能幹點別的。

其實這幾年他已存下不少銀錢，省吃儉用活一、兩年沒問題，但坐吃山空實在太沒安全感，人嘛，能幹活就不要偷懶。

伍乘風很快加入卸貨的人群裡。

第四章

黎湘還在找之前看到的那個麵攤，不知道是不是這裡的人不愛吃麵，她一路走下來都沒有看到麵攤，賣餅的也沒有，走了差不多一刻鐘後，她才終於又看到麵攤。

「姑娘，要吃麵嗎？」

黎湘看了下麵攤上掛的牌子，寫的什麼麵她不認識，但她認識數字，最便宜的是兩銅貝，最貴的要六銅貝。

「大娘，妳這兒都有些什麼麵呀？」

「有清湯麵、雞蛋麵、肉臊子麵……通通二兩，加量得另外再加錢。」

那大娘說完便眼巴巴的盯著黎湘，生怕錯過她說的話。

「那就來二兩清湯麵吧，分開裝，麵熟了撈起來放一個碗，清湯另一個碗。」

黎湘拉著爹過來選了一桌坐下。

大娘瞧見是兩人，心思一喜，一邊煮著麵，一邊試探的多問了一句。「姑娘，你們兩個人，要不要再多點碗麵？」

「不用了，一碗就行。大娘，妳記得分開裝啊，麵裡不要加調味。」

「好咧。」

大娘動作快得很，沒一會兒兩個碗便端上了桌，一碗是剛撈上來的麵，一碗是加了幾顆蔥花的清湯。

「姑娘，我這還是頭一次見這樣分開吃麵的，沒湯它能好吃嗎？」

「本來是不好吃的，不過加了料就不一樣啦。」

黎湘也不賣關子，直接抱出罐子，舀了兩勺禿黃油在那碗白麵上，攪和攪和就成了一碗禿黃油拌麵。

熱氣裹著禿黃油的香氣慢慢飄出來，大娘都情不自禁的嚥了嚥口水。

「姑娘，妳這、這出門還自己帶醬啊，真是會過日子，慢用……慢用……」

大娘坐到了旁邊一張桌子，左右現在也沒其他客人。

黎湘把麵拌好才推過去。

「爹，你快吃，涼了麵就坨了。」

「湘兒妳吃吧，爹不餓。」

黎江心知女兒點這一碗麵是為什麼，他捨不得吃，只是女兒倔起來，他也拗不過，最後還是老老實實的接過了麵。

黎湘便趁著爹吃麵的功夫坐到旁邊桌上，和大娘聊起天來。

「大娘，妳這麵攤每天都固定開在這兒嗎？我們今兒一路從上面找下來的，一個麵攤都沒遇上，想吃碗麵，可得走好遠。」

「一看姑娘妳就是剛進城沒多久的人，咱們城裡要吃麵，那得去酒樓飯莊吃，一般人做不出好麵條來，除了我。」

大娘很是自豪，非常爽快的告訴黎湘抻麵的訣竅，都是她自己無意中琢磨出來的。

「只是這麵啊，抻得再好，也趕不上別人的攤子，妳瞧瞧我這兒都沒客人。」

抱怨是這樣抱怨，但黎湘知道這麵攤肯定還是掙錢的，而且現在也不是吃飯的點，也看不出來她真實的客流量。

「大娘妳真是謙虛了，瞧妳這手藝就知道生意肯定好。」

這話黎湘倒不是說來哄人的，她是真覺得這大娘厲害。能自己琢磨出抻麵的技巧，抻出來的麵粗細均勻且不斷，煮出來也不爛糊湯，沒點本事還真不行。

誰不喜歡聽好話呢，大娘自然也不例外，加上黎湘有意親近，兩人的距離頓時被拉近了。

「大娘，妳那和好的麵團，能不能賣一點給我？就巴掌大一小團就行了。」

「嗯？麵團？妳買那幹什麼？」

大娘倒不擔心自己的手藝被學走，麵團嘛，誰都會和，抻麵可不是誰都能學會的，她純粹就是好奇那麼一問。

黎湘是想拿那個麵做老麵，代替現代的發酵粉，不過她沒說實話，只說是想吃麵疙瘩湯。

「我這就是一時嘴饞，所以才想直接買點麵團，不然還要去米糧鋪子裡買小麥回去再磨再和，那多麻煩。」

大娘一聽是這個理，立刻起身去攤子上揭開蓋住的一大坨麵，切了一坨出來。

「我這一刀二兩，姑娘妳要不信，可以去借個秤來秤秤。」

「不用不用，大娘我信得過妳。」

黎湘跟灶臺打了那麼多年交道，那一坨麵團有沒有二兩，她自然瞧得出來。

「大娘，來，四個銅貝收好了。」

她把錢遞過去，將麵團拿過來，用樹葉細細包好。這時黎江的麵也吃完了，大娘接了錢，正好過去收碗，哪知一看到碗就心疼了。

雖然麵條已經被吃得乾乾淨淨，但那碗裡還殘留著許多禿黃油的油，這父女倆可真不會過日子，這麼多油的東西也不吃乾淨，浪費多少油水這是。

「大娘，妳看我爹剛剛吃的這碗麵，要是賣的話，大概要賣多少？」

「這麼有油水的麵，那得五、六銅貝吧……」

大娘想到自家炒的那麵臊子，還帶了肉的都沒這油水多，一時很是唏噓，正琢磨著是不是因為油少才沒人吃肉臊子麵時，就聽到對面那姑娘笑著問她。「大娘，妳說那碗麵賣四個銅貝，好不好賣？」

有那麼瞬間，大娘都要以為這父女是來搶生意的了，不過她很快反應過來。

「妳是說，加了妳家這個醬的麵賣四銅貝還有得賺？」

黎湘很肯定的點點頭，然後打開蓋子取了一點給那大娘嚐了一口。

「我家這醬，做湯麵會略微遜色，最好是拌麵，只需要兩勺就能拌上一碗麵，色香味俱全。」

「怎麼賣？」

大娘非常果斷。

只是四十銅貝著實不算少，兩個人又你來我往了一番，最後黎湘也給了她一個三十八一斤的價格。

禿黃油是真的香，加上油水特多，三十八買下一罐，大娘還挺高興的。她先是拿了一斤，說了要是好賣的話，下午便去泊船的地方找他們再拿貨。

結果父女倆回到船上還不到一個時辰，便瞧見那大娘火急火燎的找上了船。

「黎姑娘啊！那黃油醬賣完了！」

「賣完了？這麼快？」

黎湘驚呆了，在她的預估裡，最快也要到傍晚蔡大娘才會找過來。

「大娘，妳生意也太好了吧……」

「不不不，不是，本來能賣一天的，只是剛剛來了個老爺子吃麵，才吃兩口，就說妳這醬對他胃口，直接花了五十銅貝把剩下的半罐子買走了。」

蔡大娘倒也實誠，一點沒瞞著價錢的意思。

「姑娘，這是一百五十二枚銅貝，我要再買四罐。」

黎湘大驚。「！」

大客戶啊這是。

「好！大娘稍等，我去拿給妳。」

黎湘十分殷勤的回船艙裡提了四罐禿黃油出來，然後歡歡喜喜的送走了蔡大娘。過了大概兩刻鐘的時間，出去抓藥的爹娘也回來了。

原本花了幾十銅貝，正愁著村裡還債的黎江一聽說又賣出了四罐，心情頓時大好。

今日一下便賣了近兩百銅貝，這麼多錢，平日他可是要從早幹到晚，做個五、六日才能賺到！

女兒的手藝叫他們看到了希望，夫妻倆眉間的愁緒都散了許多。

「湘兒，那咱們要不先回去吧，下午還能再收些毛蟹回家呢。」

興奮的夫妻倆一時竟是忘了自家和伍四娃約好了要傍晚一起回去，還是黎湘提醒他們。

「咱們都答應伍家四哥要等他一起回去的，要是先走了，那他傍晚怎麼回家啊？」

對哦，還有四娃，差點把他忘了。

「那就等等。」

可這還有兩個多時辰呢，就這麼閒著，他心裡一點都不踏實，黎湘只好找了個活給老爹，讓爹去買口大鐵鍋回來。

畢竟她還準備回家磨麵粉做包子賣，可家裡只有幾個陶罐，蒸螃蟹還勉勉強強，蒸包子就不行了，得用蒸籠還有鐵鍋，蒸籠嘛，可以去村子裡找村民訂做，鐵鍋那就只能買現成的。

黎湘對自己的體力沒信心，所以這活兒便只能讓爹去做了。

等爹一走，她也帶著四罐禿黃油離開了船。

城裡商鋪那麼多，也不只一家麵攤能用禿黃油，她還是想到處轉轉看看，看能不能把手裡的醬推銷出去，另外再熟悉熟悉路。

她這一出去便是兩個時辰，等再回來時，手裡的罐子已經少了兩個，那兩罐被她賣給了一家小飯館，小飯館的掌櫃是個識貨的，都沒有講價，直接付了八十銅貝給黎湘，這趟出來算是值了。

「爹，娘，時候差不多了，咱們去碼頭等他吧。」

「好好好，走吧。」

黎江早就坐不住了，一聽女兒說能走，立刻解繩划走，彷彿城裡有瘟疫一般。

一家子很快出了內河，靠到了碼頭上，不過靠得比較遠，因為前排都被那些大船給占了。

「湘兒，妳跟妳娘在船上待著，我去碼頭上轉轉，看能不能遇上四娃。」

黎湘點點頭，乖乖坐在艙裡。

碼頭來往的大多是男人，還是一群光著膀子的男人，就算現下沒有什麼男女大防，姑娘家也是不好在碼頭久待的。

「湘兒，妳看那邊！好大的船！」

聽到娘那興奮的聲音，黎湘頓時回過神來，跟著趴到窗邊一瞧，好傢伙！居然是一艘三層大船！

三層大船在現代是隨處可見，但是在古代就算得上稀奇了，這麼大的船，目測船身至少二十公尺，駛進碼頭宛如大佬進場，把那前排的一眾大船瞬間秒殺。

「這是誰家的船啊，這麼大的排場……」

碼頭上居然還有府衙的士兵迎接。

「是送大司馬到陵安榮養的官船。」

「爹！你回來啦！」

黎湘探頭往外一看，沒發現有人在後頭，疑惑問道：「伍家四哥呢？」

「在後頭，還在結工錢，這小子真是個閒不住的，忙完了事還蹲在碼頭跟著卸了幾船貨。」

黎江對勤快的伍乘風那是真心的讚賞，在他看來，這樣的男人日後才能頂家養家。

「對了，我方才瞧他累得不輕，說不定都還沒吃午飯，湘兒，去燒點水，咱還有兩個粟米餅熱一熱給他吃吧。」

「知道啦……」

黎湘暗嘆了一聲，伍乘風這是泡在苦水裡了嗎？才幾歲呀，天天幹那些苦力活兒，外人瞧了都要心疼。

她一邊燒著水，一邊給餅裡夾了不少的蟹肉醬再放上去熱。

等伍乘風頂著一身灰上船來時，餅已經熱了，水也可以喝了，他倒也不矯情，道了謝便大方的拿了餅。不過身上太髒了，他死活不肯進船艙，堅持坐在船板上，黎湘也就由著他了。

回去順風，不到半個時辰便到了家，一家子連鍋都來不及開，先關上門數錢。

「一、二、三……一百一十八。」

黎湘算了下，今天走的時候爹娘身上帶了一百二十五銅貝，加上賣禿黃油賺的二百七十銅貝，一共有三百九十五，然後進城三銅貝、抓藥抓了四十五、小麥二十五，鐵鍋買了兩百，吃麵兩銅貝和買麵團，正正好。

「娘，咱家除了這裡的錢，別的還有多少？」

關氏瞧了眼丈夫，兩個人都有些不太好意思的樣子，黎湘頓覺不妙。

「不會沒有了吧……」

「有有有！」

關氏轉身從枕頭套裡拿出一個錢袋，倒出來一數，正好五十。

黎湘把錢都裝到一起掂了掂，這麼一點，居然就是一家子所有的銀錢，抓幾次藥就沒有了，而且如果她沒記錯的話，還有五日便又是家裡該還債的日子。

一月兩次，一次兩百，這個錢，現在家裡根本拿不出來。

她有些頭疼起來，這一百六十多的銅貝她要拿去訂蒸籠，還要買食材，至少要花掉一大半，若是五日內那粟米餅攤的李大叔沒有來買禿黃油，那村裡的債只怕是沒法按時還給人家了。

不行，還是要想辦法還，不然村裡風言風語的，娘在家裡聽了又要難過好久，心氣鬱結，病又怎麼會好？

黎湘把錢袋交到爹娘手裡，語氣儘量輕鬆道：「爹，你等下去趟喬四叔家裡，找他訂五個蒸籠，比咱家那個鐵鍋稍微小點就成。」

蒸籠是竹製的，材料不花什麼錢，買的就是個手藝，所以這東西一般不怎麼貴，黎江很痛快的應下來，洗了把臉就出門。

等他一走，黎湘便忙著去熬藥另外開鍋，還要把買回來的麵團弄好、發酵，忙完了才開始熬粥做飯。

關氏很想去幫女兒的忙，奈何今日一天下來精神實在不濟，只能早早躺到床上，聽著女兒一個人在外忙碌。

黎湘是個忙慣了的人，為了自己的事業打拚，再累她都不怕。

忙活了兩日，黎湘訂的五個蒸籠都編好，送到家了，小麥也拿到村裡石磨上磨成了麵粉，家裡還新製了十斤蟹黃醬。

有現成的蟹黃醬，黎湘便省了事，沒再去想蟹黃湯包。

要知道，做蟹黃湯包可費事了，還得去買雞買豬皮做皮凍，做出來才會一口下去都是湯，這實在是不符眼下的市場需求。

現在的人要的是填飽肚子，一口下去全是湯水的包子絕對不好賣。

為了安定爹娘的心，黎湘先和了點麵，準備晚上蒸兩個包子給他們嚐嚐鮮，正好上次買回來的那坨麵也發酵得差不多了，扯上一小坨和上水，加到麵裡揉成麵團，不到半個時辰，盆裡的麵團便膨脹了好幾倍，瞧得黎江夫妻倆目瞪口呆。

他們這下倒是真信了女兒落水後被傳了廚藝這一說，畢竟除了神仙，誰能讓食物自己漲大這麼多呢？

黎湘不知道爹娘腦袋裡那奇奇怪怪的想法，只專心準備著自己的包子，發酵好的麵團拿出來還要揉一揉排氣，然後再醒發一刻鐘左右，等徹底醒發好了，便能切劑子、擀皮了。

一坨麵被她分成了兩半，一半拿來切成三個大劑子，直接拿去蒸饅頭，一半拿去切成了六個小劑子，擀皮包包子。

最後熱水上鍋，蒸上一刻鐘便大功告成了！

黎江兩口子愣愣的盯著剛出蒸籠，還在冒著「仙氣」的大白饅頭和包子，只覺得彷彿是在作夢一樣。

就那麼一點點麵粉，最後竟然做出來這麼大的三個饅頭和六個包子！

「娘，你們別光看呀，嚐嚐。」

黎湘拿筷子給他們一人挾了一個包子，很是期待的看著他們。

夫妻倆嚥了嚥口水，都顧不上吹氣，直接咬了一大口。

「呼呼……好軟！好香！」

滿滿一口下去，先是嚐到了微微的甜味，明明沒有放糖，可麵皮居然帶著甜，那綿軟香甜的味道，再加上裡頭鹹香的蟹黃、蟹肉，吃在嘴裡都捨不得嚥下。

「湘兒，這包子比黍米糕還好吃！」

黍米糕大概就類似現代的糯米糰子，只是沒那麼甜，也沒那麼精緻。但對古人來說軟糯香甜，已是十分美味的糕點了。

聽到爹說包子比黍米糕還要好吃，黎湘心裡的那一點不確定也踏實下來，這說明她做的包子還是很合當下人口味的。

「爹，你再嚐嚐饅頭。」

「饅頭？」

這名字新鮮。

黎江拿在手上只覺得沈甸甸的，心想這麼大一塊下去，肚子就該飽了。

他試探的直接咬了一口，口感和包子皮幾乎是一樣的，只是沒了中間的餡兒，一大口下去有點噎。

「湘兒，我跟妳娘一直瞧著妳做這饅頭包子，沒見妳放糖啊，怎麼這包子皮有甜味，饅頭也是甜的？」

「呃……這……」

黎湘一時還真是不知道該怎麼回答，總不能說是因為饅頭裡頭有澱粉，人的嘴巴裡有澱粉酶能分解澱粉讓它變成糖，這東西太難解釋了。

「大概是因為麥子帶甜吧，我也不太清楚……」

她隨口糊弄過去，馬上又問起了饅頭包子的味道怎麼樣，他們會買哪一個，瞬間轉移了夫妻倆的注意力。

關氏仔細品過包子和饅頭後，選了饅頭。

「包子有餡兒當然味道更好些，不過饅頭吃下去再喝點水，肚子就飽了，還有甜甜的味道，比起來我更喜歡饅頭。但是同價位的話，我可能會買包子，畢竟有油水。」

「妳娘想的和我一樣。」

黎江拿著大白饅頭十分不捨的又咬了一口，才繼續道：「湘兒，若是要去城裡賣的話，那就都做包子，在鎮上賣的話就做饅頭。」

「鎮上……不，咱們還是去城裡。」

鎮上百姓的消費水平有限，賣吃食的攤子其實並不多，生意好的就那麼兩、三家，她再擠進去也就只能賺個溫飽，這不是她想要的。

黎湘和爹娘商量了下，決定明日早些起床，把爐子、蒸籠搬上船，直接就在船頭蒸包子，然後拿到陵安去賣。

「我也要去！」

一聽丈夫女兒商量的計劃裡沒有自己，關氏頓時急了。

「當家的，我跟著你們一起去，我能幫忙包包子！湘兒剛剛包的時候我都瞧仔細了，很快就能學會的。」

黎湘愣下，抬頭去看爹，發現他竟沒有第一時間反對，顯然有些意動。

「爹，娘不能多勞累的。」

「是……」

黎江剛要開口勸，就見妻子紅了眼，到嘴的話就又嚥了回去。

「就在船上坐著包包子，又有我看著，累不著的，總不能什麼都指望著妳去做，那我們這做爹娘的哪還有臉見人。」

話都說到這份兒上了，黎湘也只好答應下來。有個幫手那自然是好的，她也是擔心娘的身體。
一家子都商量好了，黎湘便去準備裝包子的提籃。
小時候常瞧見那些走街串巷的小商販提著個保麗龍箱到處賣冰棍、賣包子饅頭，沒想到自己也有這麼一天。不過這裡沒有保麗龍箱子，只能在提籃裡墊上她小時候的包被。
家裡窮是窮，東西卻是一直收拾得很乾淨，黎湘聞過了，包被幾乎沒有什麼異味，放外頭掛一晚上就行。
有這包被墊著底，再鋪上一些乾淨的樹葉，包子就沒那麼容易涼了。
萬事俱備，只待天明。

翌日一早，天都還沒怎麼亮，一家子便收拾好東西上了船。
昨兒個船上已經收拾得乾乾淨淨，那些捕魚要用的漁網和其他工具都被收到家裡放雜物的地方，現下船艙裡靠船尾的地方堆放的是已經劈好的乾柴，中間是用四條長板凳拼成的簡易桌子，上面放了個乾淨簸箕，裡頭裝著一大坨麵團。
搬上船的這個麵團是黎湘先前就發好的，用了家裡所有的麵粉，拿到船上醒發一下就能用了，至於擀包子皮的地方，有一塊光滑的小石板正好夠用。
就這麼些東西幾乎已經占了大半個船艙，幸好蒸包子的爐子在船頭，不然這船還真是沒法兒走。

黎湘檢查了下裡裡外外，確定沒有什麼遺漏後便叫了爹行船。

聽爹說伍乘風昨日特地找他，說是在城裡找了份包吃包住的活兒，以後短時間是不回村裡了，所以也不會再坐自家船去鎮上。

能在城裡找到一份包吃包住的活兒是好事，還能擺脫那極品的一家，說實話黎湘還挺佩服他的，年紀小小就敢一個人出去闖蕩。

「湘兒，快來教我包包子呀。」

「誒！來了！」

黎湘鑽進船艙裡，開始忙活起來。

從家裡到城裡要大半個時辰呢，這會兒並不急著爐子上的火，她先把麵團都分了劑子，然後開始擀皮。

關氏學得很認真，很快便能自己獨立完成擀皮包包子，一路上母女倆配合默契，一個擀皮、一個包包子，還沒到城裡呢，麵團便已經沒了一半。

黎湘數了下，一半的麵團一共包了四十八個包子，她包的包子沒有特別大，就是和她拳頭一般大小而已，胃口一般的兩個包子就能吃飽。

「快到城裡了，我去把火生起來，娘妳先包著。」

黎湘抱著柴火走到船頭，點火引火的動作已經做得非常熟練。現在蒸包子，等到了泊船的地方，包子差不多也熟了。

可惜這裡沒有手錶或鬧鐘，蒸個包子還要自己估算著時間，實在麻煩。

「娘，等下包子好了我帶出去賣，爹留在船上給妳擀皮，妳來包，一個蒸籠放六個包子，蒸上一刻鐘就行了。」

關氏默念了兩遍，點點頭表示記住了。

「要不還是讓妳爹陪著妳去吧？船上我一個人就行的。」

「不用，就一籃子包子，哪兒就用得著兩個人去了，再說，娘妳也知道爹那個性子，他能幫我沿街叫賣嗎？忙起來他能不算錯帳嗎？」

黎江無語了。

「慧娘，妳跟湘兒這是當我聽不見呢？」

「誒！還真把你給忘了。」

關氏笑得手都在抖，好好一個包子險些豁了口。

「行吧，妳爹跟著妳確實沒啥用，那妳自己當心點，就在集市上賣，別去人少的地方，賣完就趕緊回來。」

「嗯嗯嗯，娘妳放心吧。」

黎湘也不是小孩兒了，這些話都聽得進去，她也知道該怎麼保護自己。

很快船便到了城裡，停泊進了上次停靠的那片河灣，這時候蒸籠裡的包子也熟了，黎湘正拿著筷子一個個的往提籃裡撿。

五籠包子三十個，裝了滿滿一籃子，拿布一蓋上，既能保留熱氣，還能遮擋灰塵。

「娘，我走啦，趕緊把包子裝上去繼續蒸，要是熟了我還沒回來，就把爐子口堵上。」

「放心吧，我都記著呢。」

關氏站在船艙門口，眼巴巴的瞧著女兒越走越遠，才坐了回去。

「當家的，你說湘兒那包子能賣得出去嗎？」

黎江擀皮的手一頓，語氣輕鬆道：「咱女兒的手藝妳又不是沒嚐過，那包子賣相又好，怎麼會賣不出去？把心放回肚子裡吧。」

「也是，湘兒手藝那麼好。」

關氏擔憂少了大半，專心包起了包子。

此刻上岸的黎湘已經走得老遠，不過她並沒有第一時間開始叫賣，而是打聽到幾家大酒樓的位置找了過去。

能去酒樓吃早點的人，根本就不會在乎那幾個銅貝，她就在這條街上叫賣，總能勾過來幾個。

「賣包子！皮薄肉鮮的大包子！獨家秘製配方，嚐到就是賺到！」

黎湘的吆喝聲在這條熱鬧的街市上並不是特別響亮，不過她的詞兒新鮮，很快便有兩人在她面前停了下來。

「小姑娘，妳剛喊的包子是何物？」

總算來了客人，黎湘立刻打起十二分的精神，露出標準笑臉，揭開了籃子上的遮布。

「公子您瞧，便是這個。又香又軟的大白包子，吃一口您絕對不後悔。」

乾乾淨淨的手、乾乾淨淨的籃子，再加上那雪白的包子，叫人第一眼便心生好感。

「倒是沒見過這吃食，給我包兩個。」

「公子，兩銅貝一個包子，您確定包兩個嗎？」

黎湘話一出口那公子就笑了，不光他笑，他身後的小廝也笑了。

「我家公子別說兩銅貝的包子，就是二十、二百一個，那也吃得起。小丫頭，別磨磨蹭蹭的，趕緊包了，別耽誤我家公子會友。」

要的就是這話。黎湘動作麻利的挾了兩個包子放到樹葉上包好，正要遞過去的時候，試探的問了一句。

「公子既是去會友，需不需要給朋友也帶一份呢？」

那公子愣了愣，想想還真是，左右不過幾個銅貝，買就買了。

「那就再包兩個，不對，再包四個吧，拿兩個給他。」

公子指了指自家小廝。

「好咧！」

黎湘十分歡喜的又包了四個，都是分開裝的三片葉子，六個包子收了十二銅貝，開張大喜！再來幾個這樣的客人那真是要開心死了，真好真好，繼續賣吧。

「賣包子！皮薄肉鮮的大包子！獨家秘製配方，嚐到就是賺到！」

包子這東西，誰也沒聽說過，又聽到皮薄肉鮮、獨家秘製，有那想嘗鮮的，便都來買了一、兩個回去，三十個包子，不到兩刻鐘就賣完了。

黎湘趕緊返回了泊船的地方，又裝上新出籠的包子。

這會兒她那第一個客人已經帶著包子見到了朋友，他們約在一座茶樓裡，茶樓裡的早點都是一小碟一小碟擺放在桌上，兩相比較，放在樹葉裡的包子便略顯有些廉價了。

「于兄，你來茶樓怎麼還自備點心？」

于歸年尷尬的笑了笑，一時有些後悔買了。

「就是嚐個新鮮而已。」

「誒？確實是新鮮，吃過那麼多早點，我還沒見過這樣的，這麼白，應當不是粟米……我嚐嚐。」

李家公子挾了一個包子，一口咬下一半。

李家公子一驚。「！」

這鬆軟香甜的口感再加上裡頭鮮香的餡料，簡直不要太好吃！

「不錯不錯！」

他一邊讚嘆著吃起剩下一半的包子，一邊伸手又挾了一個。

「于兄，你這是在哪家店買的？」

于歸年無語。「……」

瞧李堯這樣子，莫非這包子還挺好吃的？

他忍不住也挾了一個，只一口便愣了。要說這陵安城裡好吃的不少，他也是幾乎全吃了個遍，但從來沒有吃過一樣能比這包子裡頭的餡兒更加鮮香的，吃著是肉，卻又不像是豬肉，看著有油，吃起來又一點都不膩。

的確是十分美味，他甚至還想再吃幾個。

「這包子是我來時在路邊遇見一個姑娘提著籃子賣的，這會兒也不知道還在不在，小池，你再去瞧瞧，買點回來。」

「好的公子。」

小池正要轉身下樓，突然又被叫了回去。

「嗯……我記得剛剛給你也買了兩個包子，還沒吃吧……」

「……」

小池很快反應過來，趕緊把屬於自己的那兩個包子放到了桌上。

「公子慢用。」

「去吧。」

小池領了差事，一路小跑回到之前買包子的街上，只是左看右看都沒瞧見人，問了旁邊的商鋪也都說沒印象，他只好沿著街往前找，來來回回幾次，正要放棄的時候，就瞧見賣包子的小丫頭又來了！

「小丫頭，可叫我好找！你們家這包子沒有個固定的攤位嗎？」

黎湘搖搖頭，家裡都快掏空了，哪有錢去租什麼攤位。

「小哥是還要買包子嗎？最近幾日我都會在這條街上賣。」

「對對對，再給我來四個，不對，來八個。」

他也想嚐嚐這個連公子都說好吃的包子，反正一個才兩銅貝，小意思。

「好咧，小哥這包子你收好，裡頭多包了三個，感謝小哥這麼照顧我的生意。」

「還挺會說話，行了，只要妳這包子好吃，我保證天天來。」

小池付了錢，才走沒多遠就看到好幾個人圍到那小姑娘周圍，說要再買幾個包子。

「真有那麼好吃？」

他看了看手裡的包子，一邊往回跑，一邊往嘴裡塞，還沒到茶樓呢，他的三個包子就吃完了。

果然是獨家秘製，味道真是不錯，明日就算公子不吃，他也要再去買幾個。

一刻鐘後……

「真好，又賣完了。」

黎湘不用數就知道自己這兩輪一共賣了多少錢，心情簡直好到爆炸。她不敢耽擱，馬不停蹄的又跑回去裝了一籃子。

許是因為包子是個新鮮食物，加上味道又好，買的人多，回頭客也多，他們根本就不在乎那兩、三個銅貝，經常是三、四個一起買，五斤麵粉包的九十六個包子，不到一個時辰的功夫就全賣完了。

一家三口簡單收拾了下船艙後，異常興奮的圍在一起開始數錢，儘管黎湘心裡已經有數了，她也沒說。

數錢對於他們這樣背著債務的家庭來說，實在是有種異常踏實的快樂。

「一百七十九、一百八十！天！居然賣了一百八！」

兩口子都要樂瘋了。

成本算上蒸籠和豬肉，還有那五斤麵粉，一共才五十出頭，等於說他們一家才一上午就淨賺了一百多，而且日後不算蒸籠只會更多！

黎湘看著爹娘那高興的樣子，想了想，還是沒把少了的十二銅貝說出來。

一共九十六個包子，有多買的她都會送一個，一共送了六個包子，十二銅貝呢，說出來他倆肯定心疼。

「娘，這一百妳收著，過兩日要還的，另外這八十，我要再去買些小麥回來。」

關氏欣喜的點點頭，小心的把錢收起來。

「當家的，你跟湘兒一起去吧，順便幫著拿東西。」

「這是自然。」

黎江拍拍身上的白麵，拿了扁擔麻袋說走就走。
父女倆直奔上次那家白氏糧行，這回他們買了十五斤麥子，剩下五個銅貝，黎湘到底還是沒忍住，秤了半斤辣椒。
對於一個嗜辣的人來說，天天清茶淡飯那真是一種折磨，以前在現代不能吃是因為胃癌，現在她都沒病了，再叫她憋著，她就有點憋不住了。
黎湘抱著辣椒笑得十分滿足，一回船上便寶貝的藏到了自己籃子裡。
「爹，咱們今天沒多少包子，已經賣完就回去吧，下午正好出去收收毛蟹。」
「我也是這樣想的，妳跟妳娘回去好好歇著。」
黎江划著船慢慢從內河退出去，而此時離他們一家進城才一個時辰。
這會兒外面的陽光正好，涼風徐徐，吹得趴在窗舷的黎湘昏昏欲睡，突然水面啪嗒一聲，兩點冰涼的水花被拍到了她的臉上，冰得她瞬間清醒過來。
「娘！有魚！」
關氏頓時樂了。
「傻丫頭，這江裡當然有魚啦，不然妳爹成天出去撈什麼呀。」
「嘿嘿……睡懵了。」
黎湘繼續趴到窗舷上，看著外頭的風景，心裡掠過一絲遺憾。要是這時候船上有根漁竿或者漁網就好了，反正回去路上閒著也是閒著，釣釣魚撒撒網也是個不錯的消遣，撈上來的魚不拘是賣還是自己吃都行。
下回再進城的時候她得記著帶張網，這樣回去晚飯就有著落了。
想著想著，不知是漁船晃得太舒服還是她太累了，沒一會兒便趴著睡了過去，等她再醒來的時候已經到家了。
正準備下船的她一抬眼就瞧見自家門前蹲了個人，略有些眼熟，卻又記不起是誰。
「娘，咱家來人了。」
關氏下意識的站起身往家裡一瞧，臉上頓時沒了笑意，就在黎湘以為那是上門討債的人時，她突然聽到身後的娘喊了一聲。
「阿弟……」
一聲阿弟嚇了黎湘一大跳，就說看著有些眼熟嘛，原來和娘長得有些相似，記憶裡娘彷彿說她有一個哥哥和一個弟弟，所以這就是小舅舅了。
不過原身是從來沒有見過這個舅舅的。
當年那場翻船，就是在娘回娘家給外婆過生辰的路上發生的，沒想到船翻了，大哥沒了，娘和外婆家的關係也變得有些敏感起來。
此後娘不敢再走那條河道，甚至也不太敢見娘家人，是以，原身對外婆家的人根本沒什麼印象。
黎湘跟在爹娘身後，悄咪咪的打量了下這位小舅舅。人長得高高瘦瘦，眉眼清正，大概是生活條件不太好，身上穿的衣裳打了好幾個補丁，臉色也有些蠟黃。

「阿姊！你們、你們回來啦。」

他有些拘謹，畢竟姊弟倆也有些年沒見過了。

關氏雖然被勾起了傷心事，心情低落，但她知道那事怪不著弟弟，於是主動走過去拉起他，開門進屋子裡坐下。

「今兒怎麼想起到這兒來了，可是有事？」

「是……是家裡，家裡要給阿成辦喜事了……」

「阿成……」

關氏愣了下，反應過來阿成就是大哥的兒子，比自己女兒大四歲，的確是到了該成婚的年紀。

「定的哪家的姑娘？哪天接親？」

關福嘆了一聲，抓了抓腦袋沮喪道：「日子就定在半個月後，是大有叔家的三女兒。」

「大有叔？他家人好像還不錯啊，而且辦喜事是好事，你這唉聲嘆氣的是為啥？難道是，缺銀錢？」

關氏語氣艱澀，最後那兩字當真是擠出來的。娘家辦喜事，照理來說她這個女兒是要回去幫忙、要使銀錢才是，可自家這個情況……

「娘……」黎湘走過去蹲在她身邊，拍拍她手安慰道：「半個月還挺長的，咱們努力賺錢就是。」

就目前賣包子的賺頭，半個月可以攢下一筆不小的數目了。

聽了女兒這話，想到自家如今賣包子的情況，關氏心裡總算是輕鬆了幾分，誰料一旁的弟弟竟不是為錢來的。

「阿姊，我跟妳直說了吧，阿成要辦喜事，可他嫌現在住的房間太小，要把翠兒的房間占了打通成一間，大嫂那個人妳也知道，嘴皮子太厲害，何況家裡的進項大多都是大哥他賺的，我也沒臉去爭什麼，只是這樣翠兒就沒房間了，她一個十五歲的大姑娘，哪裡能和我們住一間，所以、所以……」他一邊說，一邊祈求的看著姊姊、姊夫。

這下關氏明白了。「你想叫翠兒來我家和湘兒一起住？」

關福使勁點點頭。

只有到了姊姊家裡，他的女兒才不會日日被打壓受欺負。

「阿姊，我這也是實在沒法子才來找妳。翠兒年紀也不小了，很快就會嫁人，不會打擾你們很久，而且她很勤快，能幫妳洗衣煮飯打掃家裡，就是跟著姊夫去捕魚也可以的！」

到底是姊弟一場，聽他這話，關氏便明白翠兒必定是在家裡受了不少欺負，她自己當然是沒什麼意見，但這個家當家的畢竟還是丈夫。

「當家的……」

「要我去接嗎？」

黎江這話便是變相應了。

關福頓時喜出望外，忙說不用。

「其實她今兒是跟著我一起出來的，只是我不知道姊夫你們同不同意，便叫她在村前小路等著……」

黎湘一家無言。「……」

眼瞧著關福一路小跑著走遠了，黎湘才露出幾分擔憂來。那個翠兒表姊也不知道脾性如何，萬一是個眼高手低的，又或者是個內裡藏奸的，那自家這買賣做起來還真是膈應，畢竟以後都要住在一處的話，很多東西都防不勝防。

「娘……表姊要和我住一間屋嗎？」

「不會，娘知道妳喜歡清靜，咱家不是還空著兩間房嗎，讓她住妳隔壁去。」

關氏愛憐的摸摸女兒那盤好的髮揪揪，心裡自有計較，姪女再親，那也親不過女兒。

黎湘聽了娘的話那是非常開心的，一個人住多舒坦，突然加進來一個陌生人，怎麼想怎麼彆扭。

「娘，那我去給表姊先收拾收拾。」

「去吧。」

一家子剛回來，本就有許多東西要收拾，現下加上姪女馬上要住進來，那就更忙了。

兩口子簡單地把船上的東西歸置好後，便忙著把陳年的一些木板翻出來清理乾淨，幾塊木板加上兩張長板凳，再鋪上乾草被褥，那就是一張床了。

瞧著是很簡陋，但鄉下大多數人家都是這樣的床，也沒什麼好嫌棄的。

黎湘提了水拿著掃把先把灰塵清了，再把門窗都擦一遍，正做著呢，就聽到外頭傳來兩聲細細怯怯的姑姑、姑父，聽聲音就知道是個極度沒自信的姑娘，她的防心頓時去了一小半，伸出頭一瞧，整個人都愣了。

那是一個十五歲正值芳華的姑娘？

乾枯發黃的頭髮，低垂的頭，佝僂的背，不聽聲音說她是個小老太婆都有人信。

「湘兒快出來，這是表妹。」

黎湘應了一聲，放下手裡的東西走過去，試探的拉了拉她的袖口。

「表妹，我是黎湘。」

「表、表、表妹好……」

關翠兒攥著拳頭，渾身僵得一動都不敢動。她不敢抬眼，不敢看姑姑、姑夫和表妹眼裡對她的嫌棄厭惡。她知道自己是個累贅，姑姑家裡條件也不好，還要收留自己，不高興也是應當的。

「阿姊，這是翠兒一個月的口糧，我放廚房去了。」

關福把東西一放，也不交代什麼，直接就讓黎江送他回去，連飯都沒在姊姊家吃。他一走，關翠兒便更加拘謹起來。

關氏不著痕跡的戳了戳女兒，黎湘秒懂。

「表姊，走，我領妳去瞧瞧妳睡的屋子，還沒收拾好呢，妳可別嫌棄。」

「不會，不會！」

有得住就不錯了，怎麼可能會嫌棄？

關翠兒由著表妹拉她去瞧房間，一進屋還能聞到剛打掃過的塵土味兒，房間不大，只有一張舊桌，其他什麼都沒有。

沒關係，地上鋪了乾草也能睡的。

她剛這樣想，就聽到身旁的表妹開口說道：「表姊，這間房原來是我太爺爺住的，他的床塌了好多年，早就清理掉了，現在一時之間只能給妳用板凳擱木板搭一個，這會兒木板還有濕氣，不過沒關係，曬一下午就行了。」

「好的，謝謝表妹，剩下的我、我自己來打掃吧……」

關翠兒將自己的包袱放到桌上，主動拿起門口的抹布開始打掃，黎湘瞧她那手腳麻利的樣子便知道這是個勤快的姑娘，只是她的性子未免太瑟縮了些，說話都不敢看人眼睛，背也是一直駝著，給人感覺很是壓抑，一點都不鮮活。

黎湘不了解她的生活，也不好下什麼定論，反正日後很長一段時間要住在一起，再慢慢觀察吧。

「表姊，那妳自己先收拾著，我去做午飯。」

這個點煮午飯略有些早，但下午還有事，早吃早出發，收完毛蟹回來還有得忙呢。

黎湘去了灶間，一眼就看到了小舅舅放在飯桌上的那袋口糧，瞧那麻袋上一個個圓鼓鼓的突起，不用打開就知道那是一袋豆子。

……難道表姊每天在家吃的都是豆子？

「湘兒，我剛去拔了點菜，中午煮菜粥？」

關氏拿著一把洗乾淨的油菜進來，一眼也看到了桌上的那袋豆子，說起來自家也還有七、八斤豆子，原是一家人半個月的糧食，這幾日大多都是女兒在做飯，豆子便也沒怎麼吃了。

「娘，這豆子……」

「收到櫃子裡吧，讓翠兒跟咱們一起吃，那豆子天天吃著，噎人得慌。」

「噢……」

黎湘乖乖把那袋豆子收起來，裝水生火開始熬粥，趁著熬粥的空隙，她翻了翻家裡的櫃子，發現家裡除了有粟米和豆子之外，再沒別的吃食了。

想想自己在現代的家，各類五穀雞蛋不說了，各種海鮮乾貨、泡菜鹹菜、鹹魚臘肉臘腸應有盡有……唉，不能想，一想就流口水，下次賺錢了先去買點雞蛋回來，泡菜也要醃起來，天天喝白粥也不是個事。

「娘，粥快熬好啦，爹什麼時候能回來呀？」

「他……應該快了，給他留一碗就行，我去叫妳表姊吃飯。」

關氏心知不敢走娘家那條道的，不只自己一人，弟弟多半出了岔路口就會被放下，自己走回去。

這心結，一時半會兒誰也打不開。

半個時辰後，一家子都喝完了粥，關翠兒爭搶著要洗碗，黎湘攔都攔不住，也就只好隨她了。

正好有她在家陪著娘，娘也能有個人說話，這樣自己跟著爹出去收毛蟹也能放心些。

「爹，把網帶上吧，咱們一邊收一邊自己也能撈一些。」

「行！妳不怕累就行。」

一聽說要幹活，正洗著碗的關翠兒立刻從灶間跑出來。

「姑夫！帶上我吧！我能幹活！」

黎江一愣。「……」

撈魚可不是個輕鬆的活兒，江上來往熟識的人那麼多，被人瞧見還不知道要傳出什麼閒話，自己女兒跟著幹活天經地義，拉著小舅子家的孩子算什麼回事。

「下次，下次一定帶妳，今兒妳才剛來，在家陪陪妳姑姑。」

關氏也應和道：「是啊，就在家陪我吧，你們要都出門了，就剩我一個人在家怪悶的。」

兩個長輩都發了話，關翠兒也不好再說什麼，只能轉身回去繼續洗碗，父女倆這才收拾了東西，划著船出門去。

第五章

說來這一下午要幹的事還挺多，之前賣給粟米餅攤的禿黃油不知道有沒有用完、需不需要補貨，這個要去看一看。

另外就是收毛蟹，盡可能的多收，順便再撒兩網，撈點魚回家。

黎湘早就蠢蠢欲動了，上午才買辣椒，下午撈點魚回去，晚上做個水煮魚片，那該是多快樂的事。

「湘兒，粟米餅攤子那兒妳去吧？爹去找附近的漁民收收毛蟹，兩刻鐘後回來接妳。」

「好！」

黎湘提著兩罐備用禿黃油，索利的下了船。

之前賣的時候沒想過後來會去城裡發展，所以今天得去通知一下，最好是固定交貨的時間，這樣大家都方便，只是……

她來到學院外頭，卻發現粟米攤子不見了！

後來問了旁邊商鋪的老闆才知道，那李大叔家裡出了白事，要停業幾天，這事黎湘當然理解，於是又帶著兩罐子回到碼頭上，靜等著兩刻鐘過去。

「誒！小丫頭。」

起初聽見這話，黎湘並沒有反應過來是在叫自己，一直到她感覺到頭髮被人拽了拽才反應過來，回頭一瞧，是個跟伍乘風差不多大的少年，個子比他略微高點，人也要壯實些，穿得破破爛爛，眉間一道疤痕，瞧著有些凶的樣子。

「你叫我？」

「嗯，我見過妳，伍乘風經常坐妳家的船，你倆肯定熟吧？他最近去哪兒了，怎麼沒來碼頭了？」

「他……他只是我同一個村的，平時沒怎麼說過話，他去哪兒我怎麼會知道？」

黎湘沒說實話，畢竟這人瞧著也不像是伍乘風的朋友，若真是要好，伍乘風自己就會告訴，再不然也會叫人帶個話，反正，糊弄就對了。

「妳肯定知道！告訴我他去哪兒了，不然揍妳。」

那人小小年紀，氣勢倒有一股子凶悍，小毛孩還真容易被他嚇到，不過黎湘嘛，只是淡淡後退了兩步，嫌棄了一句便叫他破了功。

「離我遠點，口水都快噴到我臉上了。」

駱澤一噎。「……」

大概是沒有想到會有小姑娘不怕他，場面靜默了好一會兒，還是黎湘又先開了口。

「你找伍乘風有什麼事？要緊的話可以告訴我，哪天我要是見到他會幫你轉達的。」

駱澤皺了皺眉，人家不肯說，他也不能真跟姑娘家動手，於是見梯就下。

「找他打架！告訴他我叫駱澤，他自然就懂的。」

說完便瀟灑的將衣裳甩到肩頭，大搖大擺的走了

黎湘無言。「……」

不務正業的小屁孩。

這個小插曲很快她便丟到了一邊，畢竟伍乘風只說進了城，又沒有說在哪裡工作，那麼大的地方她可不會傻傻跑去找人，有緣見到再說吧。

嘖，這馬上十一月了，天也越來越涼了，尤其是這碼頭，一陣陣風吹著真是有些受不了，就在黎湘想著先去找個地方避一避的時候，遠遠瞧見自家船划了過來。

這還不到兩刻鐘呢，黎湘跳上船，進了船艙才暖和起來。

「爹，你怎麼這麼快回來？」

「他們捕魚今兒走得遠，我碰上妳袁叔了，他正好要過去，就叫他幫忙帶話，晚點咱直接到碼頭來收就行。」

「那敢情好，爹，咱們去放網吧，撈點魚晚上回家燉魚吃。」

黎湘很是興奮，彷彿已經看到熱辣辣的水煮魚正在向她招手。

瞧她那著急忙慌弄漁網的勁，黎江還當女兒是饞肉了，心想著晚點來收毛蟹的時候再順便切點肉回去，正好家裡來了客，也叫翠兒嚐嚐，那丫頭也是個可憐的。

父女倆時隔幾日重新撒網，配合得仍舊是十分默契，近兩個時辰拉了四次網，居然又得

了一條黃沙，只是這條黃沙有點小，才一斤左右的樣子，還是個「未成年」呢，最後給牠放生了。

這個點漁民們差不多都陸續到碼頭賣魚，黎湘父女倆也開始往碼頭去。她把最後一網魚蟹都拆下來後，清點了一番，鯽魚有五條、草魚三條、白鰱兩條、黃辣丁四條，另外還有二十三隻毛蟹和一小盆白蝦，只一下午的收穫，這算是很不錯了，賣的話約莫也能賣個幾十銅貝。

黎江苦慣了，根本沒想過要留點給自家吃，還是靠船後他準備提上岸賣的時候瞧見女兒眼巴巴的樣子才想起來，女兒想吃魚了。

別的他沒有，魚嘛，這不是在桶裡嗎？女兒這幾日忙前忙後為家裡掙錢，想吃點魚那還不好辦？

「湘兒，這盆白蝦還有白鰱就不賣了，草魚也拿一條出來，咱們自己吃。」

黎湘歡喜的應了一聲，立刻把要留下的魚都分開抓出來，放到一個桶裡，其實白鰱她不怎麼想要，肉嫩但刺多，吃起來沒那麼痛快，可是誰叫家裡窮呢，有得吃就不錯了，哪兒還能挑。

「湘兒，我走了，待會兒他們送蟹來，妳就自己收一收。」

「好，知道啦。」

黎湘看著爹提著魚走遠了才轉身收拾船頭，漁網掛起來，漁獲都搬到艙裡去，船板打水沖一沖，瞧著乾乾淨淨的。

「湘丫頭可真是勤快啊。」

黎湘一抬頭，瞧見隔壁靠過來一條船，船頭是一位還算臉熟的叔叔，立刻笑著打了招呼。兩人客套了幾句，總算是說了正事。

「聽說你們家在收毛蟹，我今兒撈了不少，妳給秤秤。」

原以為他說的不少也就幾十隻，沒想到她去接的時候居然瞧見了滿滿三、四袋。

這……

「喲，可真不少，王叔您這是有什麼竅門呢。」

「嘿嘿，湘丫頭妳就快秤吧。」

人家沒意願說，黎湘也就不多問了，反正自家有貨就行。她把螃蟹一一秤過，總共有五十斤，約莫一百六十多隻螃蟹。

「王叔，想來您也知道我家收毛蟹的價，十斤四個銅貝，您這兒一共五十斤，二十銅貝。」

她說完正準備掏錢，突然又見那王叔探過身子把螃蟹又提了回去。

「湘丫頭，這毛蟹我也嚐過，滋味兒好著呢，比那肉也不差什麼了，十斤才四個銅貝，這哪說得過去，妳給漲漲。」

黎湘瞠目。「……」

十斤四個銅貝確實是少了點，當初也是家裡實在沒有錢，加上人人都不願意要這東西，才有那麼低的價，人嘛，誰不想自己手裡的東西多賣點，這個她理解。

「那就十斤六個銅貝，我給您三十銅貝。」

話音剛落，對面的人就笑了。

「湘丫頭，妳不知道，學院門口那粟米攤隔壁老闆是我小舅子，他可是都告訴我了，妳賣那一罐子醬要四十銅貝，我也嚐了，粟米餅裡夾的醬就是用毛蟹做的，這麼金貴的東西，十斤才給六銅貝，這買賣也太黑了吧？」

原來是知道自己賣禿黃油的事了，難怪。

黎湘一點不慌，她既然敢賣，就已經做好了會被人發現的準備，不過要是能和平買賣，她也不想弄得太難看。

「王叔，那你說要多少？」

「一斤一銅貝，給我五十銅貝，這些蟹妳拉走。」

「不可能！」

黎湘一臉你不要臉的表情。

「王叔，你既然吃過毛蟹，那就該知道，一斤裡頭牠的殼占了大半的分量根本不能用，真正能吃的也就那麼一點點，一斤一銅貝，我家買回去不光賺不到錢，還要費勁剝拉半天，圖啥？您家這蟹啊，您自己留著吃吧，我們家不買了。」

「不買？不買的話，那你們家可就買不著蟹嘍，我在後邊已經把來賣蟹的都給收了，湘丫頭，這事妳可做不了主，去叫妳爹回來跟我談。」

王老八一副勝券在握的模樣，瞧得黎湘牙癢得不行。

太賤了這人！自家的貨都想賣貴點，這是無可厚非的，但他偷偷在後面收完了所有毛蟹，藉此來逼迫漲高價，這種行為太無恥了。

不過，姓王的這算盤可能要落空了。

先不說自家還攢著十幾斤的醬暫時不愁賣，就說那毛蟹撈上來，養得再精細也就只能活個四、五日，目前鎮上能大量買毛蟹的就自己一家，自家若是不買，那他這麼多的毛蟹就得臭在家裡。

一想到這兒，黎湘胸不悶了，氣也順了，甚至還朝對面露出個真誠的笑。

「王叔，你留著慢慢吃吧，就算是我爹回來了，也還是那句話，不買。」

「嘿妳個小丫頭……」

任他再說什麼反正黎湘就是不理，只安安靜靜的坐在船艙裡綁著自家撈上來的那二十幾隻蟹。

王老八也沒罵得太過分，畢竟自家這些蟹還是要賣給黎家，不能弄得太難看。

他兒子小八從船後頭走過來，略有些發愁道：「爹，咱是不是要太高了？咱四個銅貝收上來的，六個能賣就賣了唄，要是真給人弄生氣了，人家不買了怎麼辦？」

「你懂個屁！那黎大江家裡什麼情況你不知道啊，欠了一屁股的債，媳婦兒還是個病秧子，他一罐醬能賣四十，賺錢得很呢，你說他會放著這麼好的買賣不做，回去繼續撈魚？」

王小八想想是這個道理，撈魚一天才得幾十個銅貝，賣一罐醬就有了，是他他也不會放棄這個買賣的。

「還是爹你高明。」

「那是，小八你學著點。」

父子倆的聲音不大不小，黎湘卻是聽得清清楚楚，忍了又忍才沒出去和他們吵嘴。一女對兩男，真動起手也是自己吃虧，等爹回來再說。

兩刻鐘後……

賣完魚的黎江手裡還提著一刀白花花的肥肉回來了，一見爹上船，黎湘便立刻拉著他進了船艙告狀，添油加醋的抹黑了一把隔壁那對父子，黎江的臉那是以肉眼可見的速度變黑了。

「咱家還有醬，不買他家的蟹，別理那老王八。」

他話才說完，隔壁就在叫了。

「大江兄弟，出來咱倆聊聊。」

黎江放下手裡的肉，直接走到船尾拿起了槳，理都沒理他。

「湘兒，解繩子，咱回家做飯吃了。」

「好咧～～」

大、小王皆愣住。「……」

怎麼事情的發展跟他們想像的好像有點不太一樣？

「爹，大江叔走了……」

「你爹我沒瞎，我看見了！」

王老八憋著一股子氣，想踢一腳結果發現腳下是花了錢的毛蟹，又縮了回去。

「哼！明兒咱們繼續去收，沒有毛蟹，我看他們拿什麼做醬！早晚要求到我跟前來，現在不過是做做樣子而已。」

王小八無語。「……」

他心裡覺得不對勁，那黎家船走得也太快了，乾淨俐落，一點都沒有能商量的意思，怎麼看都不像是會妥協的樣子，可他不敢忤逆老爹，只能悶不吭聲的繼續忙去。

但願真如老爹所說，大江叔只是做做樣子。

事實倒真如那王老八所想的一樣，黎江心裡其實一點底都沒有，完全是一時意氣把船划了出來，沒走多遠便有些後悔了，畢竟家中來錢的大頭還是黃油醬，包子餡兒也要用毛蟹來做，真不買王老八的蟹，難道都要自己去慢慢撈嗎？

他心不在焉的划著船，一會兒往東一會兒往西，一會兒快一會兒又慢，起先黎湘還沒發現，一直到錯過了回家的路口她才反應過來。

「爹，划過頭啦！」

「哦哦哦！」

黎江回過神，趕緊調了頭。

「爹，你這是在擔心買不著蟹？」

「有、有點。」

「欸，我還以為是啥大不了的事，就這呀。」

黎湘坐到船尾，非常認真的給自家爹分析了一番。

「咱家還存著十幾罐醬，不管是賣包子還是供貨，都能撐個七、八日，可那毛蟹一上岸過不了幾日就臭了，需要著急的肯定不是咱們，而且現在馬上都十一月了，螃蟹也吃不了多久，咱家本來也沒準備做這個長久買賣，現在賣包子不是賣得挺好的嗎，沒了黃油醬，咱們可以包別的餡兒，總之辦法多得很，爹你放寬心吧。」

有了女兒這話，黎江心裡輕鬆多了。剛剛他也是鑽了牛角尖，都忘了自己還有幾個好朋友，像裘四海他們，只要自己說一下，買個幾十隻問題不大，再加上自己也可以出去下網，怎麼也不會到一隻都買不著的境地。

想明白了，心裡鬆快了，手上勁也大了，沒一會兒船就靠到了家。

黎湘下了船，走在前頭，一手抱著一盆白蝦，一手還提著半麻袋毛蟹，正在洗葉子的關翠兒一見到就趕緊放下手裡的東西跑過來接。

關氏瞧著也沒說什麼，只是嘆了口氣，可以想見姪女在家過的是什麼日子。

「娘，我瞧著咱家乾淨了好多，還有衣裳也洗了，葉子也摘了，全都是表姊做的？」

「除了她還有誰啊？這丫頭真是一刻不閒，讓她休息都不肯，打掃完了就去澆菜、洗衣裳，聽說妳賣包子需要泡桐樹葉包，剛又去摘了一大堆樹葉回來洗。」

雖說不是自己女兒，可這娃勤快得叫人心疼。

「娘，表姊剛來，她有活兒幹心裡才踏實，隨她去吧，等熟悉了，她就知道咱們家不會嫌棄她。我先做飯去，今晚吃好吃的～～」

黎湘看著桶裡的魚蝦，口水都快流出來了。

「爹！幫我把這條草魚殺一下！」

「來了！」

黎江提著魚拿著刀直接去了江邊，關氏則是跟著女兒一起進了灶間。別的她幹不了，也就燒燒火了。

「湘兒，中午煮魚湯是嗎？」

「這個嘛，保密，反正娘妳等著吃好吃的就行。」

黎湘神秘兮兮的把今日買回來的那半斤辣椒和肥肉放進櫃子裡，肥肉這東西還是做禿黃油比較好，炒菜她只喜歡五花和瘦肉，偏偏古時候的人卻都以肥肉為好，帶瘦的還掉價，真是不識貨。

咦，家裡的粟米快吃完了，哎！今日被那小屁孩跟王老八打了岔，雞蛋又忘記買了……不看櫥櫃她一時還真是沒想到。

算了，明兒再去買吧，先把飯煮上。

就這點米蒸出來的飯，也就夠三個人吃半飽，所以只能煮粥，這樣的話，本來要準備的湯就算了，家裡沒有吃粥還配湯的習慣。

黎湘把最後的那一點粟米都拿出來洗乾淨，水開後下米慢慢熬著，然後出去拔了幾根蒜苗回來。

這麼一會兒的功夫，她要的那條草魚爹也殺好了。

「慧娘，天快黑了，我先去把那袋小麥磨出來，妳們飯好了自己先吃，不用等我。」

關氏點點頭，明兒還要去賣包子，麵粉是必須要磨出來的。黎湘看了眼外頭的天色，大概還有兩刻鐘天就要黑了，她連忙追出去喊了兩聲。

「爹，你要是磨不完，磨一半也行，反正明日也做不完。」

「知道了。」

黎江扛著那一袋麥子，一手拿著桶，很快便消失在小路拐角，這時關翠兒突然冒了出來。

「表妹，姑父要去幹什麼啊？要我幫忙嗎？」

「不用不用！表姊，妳都忙了一下午了，歇會兒吧，一會兒就吃飯了。」

「那我幫妳做飯吧！」

黎湘佩服。「……」

她真是頭一次見這麼勤快的人。

「表姊，妳這啥事都幹完了，人家該說我懶了，妳呀，休息休息，實在閒不住的話就去把自己的床弄一下，看妳喜歡怎麼睡，板凳什麼的自己放，弄好了去找我娘拿褥子。」

關翠兒雙眼一亮，是啊，自己的床還沒弄好呢，這點小活兒哪裡能麻煩姑姑。

「那我這就去。」

她一有活兒幹，整個人的精氣神都變得不一樣起來，黎湘見她自己忙活去了，這才進了灶間開始弄菜。

本來想蒸乾飯再弄個水煮魚配，結果米不夠，煮了稀飯，做水煮魚的醬料也還沒配好，所以想想算了，還是用煎的吧，正好配粟米粥。

這條草魚挺大的，有四斤左右，大魚刺少，怎麼吃都行。

黎湘把兩邊魚腹的肉剔下來，挑出切得比較厚的魚片，加點薑片倒點黃酒和鹽醃製了一刻鐘才拿出來。

家裡條件有限，很多調料、配料都沒有，只能將就著吃點原汁原味了。

她把豬油罐子抱出來，拿筷子挑了一小坨豬油放到鍋裡，奶白色的油塊滋啦一聲迅速化開成小小一灘，油脂的香味很快飄散到空氣裡，任誰聞了都忍不住要流口水，黎湘也不例外。

這完全是本能反應，畢竟一家子除了這兩日吃了點帶油水的東西，之前可都是素著的。

「湘兒，妳這是準備做什麼？」

鐵鍋拿回來後，這還是關氏第一次見用它做吃食。

黎湘一邊抓著醃好的魚片往鍋裡放，一邊答道：「咱們煎點魚吃。」

說話間，那還帶著水氣的魚片已經沾上了鍋裡的熱油，滋啦滋啦的聲音一聲比一聲大，聽著很是嚇人。

當然，這種小場面對黎湘來說是家常便飯，沒什麼好怕的。

關氏瞧著女兒那淡定的模樣，心裡再害怕也不敢露出來了，當娘的還沒女兒膽子大，實在丟人。

「好香啊……」

魚下鍋的時候她只聞到了一股酒香，沒想到才煎了這麼一小會兒，味兒就變了，真叫她說，她也說不出到底是變成了什麼味兒，就是覺得聞了後肚子好餓啊。

「娘妳嚐嚐，鹹了還是淡了？」

黎湘拿了個乾淨的碗，挾了一塊剛煎熟還在滋滋冒油的魚片出來。

「吹一下，還燙著呢。」

闞氏接過碗筷，下意識的嚥了下口水，吹了兩下便忍不住咬了一口。

外頭這層皮好香啊！又脆又香，一口咬下去，滿腦子都是那股子焦香，裡頭的魚肉雖沒有平時煮湯的那麼嫩，卻十分有嚼勁，焦香之餘還有淡淡的酒香在其中，別有一番滋味。

「好吃，好吃！味道正好！」

整片魚吃下去後，闞氏意猶未盡，眼巴巴的看著鍋裡那圍成一圈的魚片，恨不得全撈起來，馬上開飯。

啊，肚子更餓了……

好不容易等到魚片都煎完，還以為要吃飯了，闞氏正準備著碗筷呢，就見女兒挾完魚片後又加了柴進灶膛，不光加了柴，她還挖了一坨豬油到鍋裡！

好心痛……那一筷子可夠一家子吃好幾天的。

「娘，可以去叫表姊吃飯啦，白蝦馬上炒好了。」

「哦……」

炒白蝦，沒聽說過，不過那個蒜苗扔進去味道好香啊……

闞氏艱難的移開眼，出門去叫姪女吃飯。

「翠兒，別忙活了，先吃飯。」

「姑姑……床馬上弄好了，就來。」

床？

關氏這才想起下午曬的那幾塊板是準備晚上要給姪女鋪床的，這一不注意，活兒就又讓她幹了。

「先別弄了，床搭好了還要鋪乾草褥子，一會兒讓妳表妹跟妳一起弄。」

關翠兒想說自己一個人就行了，但她頭一次來姑姑家，乾草褥子什麼的放哪兒都不知道，只好聽話跟著進了灶間，先準備吃飯。

灰撲撲的飯桌和家裡幾乎一模一樣，可那桌上的吃食卻是她從來沒見過的。整個灶間都飄著濃烈的香味，那是她從來沒有聞到過的香味，彷彿是在作夢一樣，姑姑還給她端了一碗黃澄澄的粟米粥。

「姑姑……我、我不能吃，我吃豆子就行了……」

「豆子我沒煮，今天就跟我們一起吃這個，難道妳嫌棄？」

關氏堅持的把粥碗又推了過去。

「我沒有……」

她哪裡會嫌棄，這粥比家裡的還要稠，光看著她已經忍不住吞口水了。關翠兒在家一年到頭也吃不上這樣的一碗粥，她很是侷促，一直沒敢拿筷子。

黎湘乾脆拿了筷子直接塞到她手裡。

「表妹，妳要是不吃啊，那打明兒起就別幹我家的活兒了，哪有讓客人來幹活卻連晚飯都不給吃的。」

「妳表妹說的是，翠兒，妳要是不吃，那以後姑姑家的活兒妳都別沾手，不然我虧心啊。」

關翠兒從來沒想過自己不幹活還能幹什麼，來之前爹娘都反覆叮囑了要聽姑姑的話，姑姑身體不好，不要惹她生氣，她要聽話。

「姑姑，我……我吃。」

見她總算端起碗開始吃，母女倆這才笑了，一人給她碗裡挾了一樣菜。

「這是妳表妹煎的魚片，可好吃了，翠兒妳多吃點。」

「表姊，這是我炒的小白蝦，記得把蝦頭跟殼吐掉。」

怕她不懂，黎湘還親自剝了一隻給她做示範。

「這些都是我跟爹捕魚撈上來的，沒花錢的，表姊妳放心吃。」

聽到說不花錢，關翠兒心裡的壓力的確是小了一大半。姑姑和表妹都好照顧她，叫她心裡酸酸澀澀的說不出話來。

她先是咬了一口魚片，又吃了一口白蝦，整個人都呆了。

表妹的手藝，也太好了吧！魚片又脆又香，白蝦清甜味兒鮮，她都捨不得嚼了。

從小到大，這是關翠兒記憶中第一次吃到帶油水的食物，她也不知道為什麼，吃著吃著眼淚就從眼裡冒了出來。

飯桌上流淚實在太不像樣，關翠兒不敢抬頭，幾乎是把頭埋進碗裡在吃。

黎湘心知這才第一日，大家都還互相不了解，也不能就要求表姊大大方方起來，先慢慢熟悉吧。

三個人安安靜靜的吃完飯，關翠兒依舊是搶了洗碗的活兒，黎湘便去抱了乾草幫她把床鋪好。

眼下已是深秋，又是住在江邊，晚上水氣重，濕冷濕冷的，鋪點乾草再鋪褥子就沒那麼容易潮了。

等收拾得差不多了，太陽也漸漸落了山，四周靜謐無聲，只偶爾有幾聲狗叫從村裡傳來，黎湘總覺得哪兒不對勁，想了好一會兒，看到對門小娃出來才反應過來。

「娘，喬嬸兒這兩日怎麼沒罵人了？平時這個點不都要在家裡吵好久嗎？」

「她啊，男人回來了唄！伍大奎本就嫌棄她丟人，她就是再想罵也得憋著。」

「難怪……」

就說這兩日怎麼那麼安靜，原來是她丈夫回來了。要不是天晚了，黎湘還真想去瞧瞧那個能制住喬嬸兒的人是個啥樣兒。

說來也奇怪，明明就住對門，原身卻是從來沒有見過伍大奎的，雖說有一部分原因是原身經常待在船上，但逢年過節在家都不曾見到就很奇怪了。

不過這人和自家沒什麼關係，黎湘也就想想便拋到了腦後。

翌日一早，天還沒亮，村子裡的雞也都還沒打鳴，黎湘就起床了。她惦記著今日要去城裡賣包子，麵要早些發起來才是。

昨日傍晚爹摸黑已經把麥子都給磨完了，她有那麼瞬間是想把麵全和了的，但想想還是穩妥起見，也不知道今日賣包子會是個什麼情況，先少做點。

黎湘舀了差不多十斤的麵粉出來，正點燈加著水和麵呢，門吱呀一聲開了，回頭一瞧是爹起來了。

「湘兒，妳把麵和好了再去睡會兒，爹力氣大，爹來揉。」

「嘿嘿，爹，你不說我都要去叫你的，這麼多麵，我可揉不動。」

「那行，我先去洗手。」

這入口的東西，必須得保持乾淨才是。

這話還是黎湘說的，重要的是家裡人都聽進去了，這是叫她最開心的。

麵很快和好了，接下來的活兒就是黎江的了，他正值壯年，又常年拉網，手上力氣比一般男人還要大，揉起十幾斤的麵那是絲毫不費力氣。

黎湘洗乾淨手也沒再回去睡，而是收拾起板凳、蒸籠這些東西，開始一樣一樣往船上搬，搬完了做包子要用的東西，她又看了看昨日撈上來的二十幾隻毛蟹，想了想，也放到了船上，等賣完包子回來路上給蒸了，正好在路上就給它剔乾淨。

利用可利用的一切時間，父女倆一個在灶間忙著、一個在外頭忙活，動作都是輕了又輕，不想吵醒了家裡的另外兩個人。

天漸漸亮了，麵也發得差不多了，黎湘扯了差不多一斤開始抻麵，準備早飯一人煮碗麵吃，沒法子，家裡沒有粟米，就剩一堆豆子，也是實在找不到別的糧食吃了。

「爹，你去幫我拔點菜回來。」

「好，我先把這發好的麵搬到船上去。」

這十斤麵發出來的麵團可是寶貝，馬虎不得，兩人說著話的功夫，關氏也起了床，稍微洗漱後便進了廚房給女兒燒火。

此時黎湘的麵已經抻好，正在剁大蒜，昨兒晚上沒有吃辣椒，給她饞的，早上必須來吃一口。

「娘，我等下做的醬會嗆鼻子，妳先出去，等我做好了妳再進來。」

「沒事，以前咱們沒灶臺的時候在屋子裡做飯，天天都嗆著呢，我都習慣了。」

黎湘無語。「……」

柴煙哪能和辣椒的威力比，她又勸了幾句無果後只好算了。

「行吧，那妳要是受不了就出去，別硬撐啊。」

黎湘啪啪拍碎了兩個大蒜然後剁碎，下一坨豬油進鍋燒熱了就丟蒜末，再加鹽中火翻炒，等到蒜末都變得微微發黃時立刻撤了火，倒了一些辣椒粉進去，濃烈的蒜香味瞬間被另外一種辛辣的味道代替。

「咳咳咳……咳咳咳……」

闞氏一邊咳一邊抹著眼淚跑出灶間，好一會兒才緩過勁來，回頭一看，女兒正不緊不慢的將鍋裡的醬料裝到罐子裡。

她滿頭霧水，為什麼女兒彷彿都聞不到嗆味一樣？

「娘妳可別進來了，等我做好了麵再給你們端出來吃。」

黎湘聞著辣椒味兒簡直不要太親切，不等麵熟就乾吃了一小勺蒜蓉辣椒醬。被油爆出香味的蒜蓉，加上油滋滋的辣椒，味道實在絕配，辣得人胃口大開，哪怕只是清湯麵，只要有它作配，自己可以吃三碗！

一刻鐘後，麵條熟了。

黎湘把燙熟的菜加到各個碗裡，加完調料又加兩勺子蟹肉醬，然後開始挑麵……等把幾個碗都端出去了，她才發現表姊還沒有起床。

不應該啊，就昨日表姊表現出來的樣子，恨不得十二個時辰都在幹活，怎麼會到現在還沒起床？

「娘，你們先吃，我去叫叫表姊。」

黎湘走到房門口，輕輕拍了拍門，還沒開口喊呢，門就自己慢慢滑開了。

「表姊妳……」

她話才開了個頭，整個人就愣住了。床上的表姊睡得正熟，被子都是踢開的，身材一覽無遺。難怪表姊總是佝僂著背，原來是前頭發育太好了……

黎湘低頭瞧了瞧自己，衣裳上連個起伏都沒有，想想就心塞得很。真是納悶，同樣吃豆子、喝米粥長大的，為啥表姊那麼大，自己卻連發育都還沒有開始？

「表姊……醒醒啦，起來吃了早飯我們就要出門了。」

一聽要出門，闞翠兒立刻清醒過來，想到自己現在是在姑姑家，頓時手忙腳亂的爬起來穿衣裳。

「表妹，我、我昨晚太晚睡了，對不起啊……」

「沒事沒事，不晚呢。」

突然到了一個陌生的地方會睡不著覺很正常，她理解。

「表姊我先出去了，妳收拾好就出來吃麵。」

「好，知道了……」

闞翠兒心慌慌的，心裡頭不停埋怨著自己不爭氣，剛來第一天就睡懶覺，還要表妹做好早飯來叫她，實在太不像話。

等她整理好自己，出門看到早飯時，心裡更慌了。

一眼就能看到的油水，這在家裡從來只有大伯父碗裡才會有，爹不是說姑姑家條件也不好嗎，為什麼跟她看到的完全不一樣……

「翠兒，快吃呀，吃完咱們要出門了。」

「哦，好……」

闞翠兒埋頭吃起了自己面前那碗麵。

也不知是表妹手藝太好了，還是因為油水多，這碗麵比昨晚那一餐更加美味，她不光吃完了麵，連湯都喝得乾乾淨淨。

這是她長這麼大以來頭一次早上吃這麼飽，要是爹娘也能吃一口該多好……

「表姊，走啦。」

「是去捕魚嗎？」

闞翠兒一邊跟著上船，一邊挽起袖子找著活兒，準備大幹一場。吃食那麼好，不幹點什麼她總覺得心裡虧得慌。

黎湘被她這小動作逗笑了，拉著她走到船艙裡坐下。

「咱們不去捕魚，去城裡賣包子，表姊，妳要閒不住就幫著擀皮。」

「擀皮？」

「妳過來，我教妳。」

這是闞翠兒聽都沒聽說過的詞兒。

反正一路上時間挺長的，把她教會了也能多個幫手。

黎湘看得出來，表姊是一個極度沒有自信、甚至是自卑的姑娘，這個時代，不受寵的鄉下姑娘就是這樣，從小給家裡幹活，長大了再嫁到另外一家繼續幹活，生個兒子就有價值，生不出兒子就繼續生，不然便一輩子都抬不起頭來。
這個時代的一些思想真的太糟糕了，她改變不了別人，但眼前的表姊，她想試著幫一幫。於是黎湘手把手的教會關翠兒擀皮、包包子，一邊教還一邊誇她包得好看，學得很好。
關翠兒還從來沒被這樣肯定過，拿著手裡的包子笑得跟個孩子一樣。
她們就這麼一起包了一路，關係迅速熟稔起來。
到城裡後，依舊是黎湘提著籃子出去賣包子，其他人在船上包。這回黎湘走之前問過關翠兒，問她願不願意跟自己一起出去賣包子，關翠兒有些意動，但最後還是拒絕了，她沒有勇氣跟著一起出去。
人家不願意，黎湘也不強求，畢竟幫人是次要的，賣包子才是正事。
她又提著籃子去了昨日賣包子的那條街，原以為還要吆喝一會兒才會有人來，結果出乎意料的是居然早就有人等在那兒了。
「小哥是你啊，這麼早。」
「還早啊？妳瞧瞧這日頭都要上來了，做買賣的還不上點心，再晚來一會兒，我都要走了。」
「對不起對不起，我家住得太遠啦，划船上來得大半時辰呢，下回一定注意來早些。這兩個包子送給小哥，消消氣。」
黎湘一邊誠懇的道歉，一邊先包了兩個包子笑著遞過去。所謂伸手不打笑臉人嘛，這話還是有一定道理的。

池子也就是抱怨了那麼一句，瞧著小姑娘一笑，又送兩個包子，他那一丁點火立時就沒了。

「那妳明兒記得早點，我家公子吃著不錯，這幾日我都會來買的。今日先包二十個給我吧。」

「二十?!這麼多！」

黎湘籃子裡一共才三十個包子呢，這一下便去了大半。

「有什麼好大驚小怪的？我們府上又不只公子一人，幾個主子一人嚐兩個就沒了，妳快包啊，我出來可有一會兒了。」

池子一邊催一邊遞了銅貝過去。

「一共四十四啊，妳自己數數。小本買賣就別老送了，我又不差那兩個錢，心意我領了。」

黎湘無語。「……」

行吧，大戶人家的哪怕只是小廝，錢袋也比自家寬裕。她趕緊包了二十個包子放到人家準備好的食盒裡，滿臉笑意的送客人離開。

賣了二十二個，籃子裡還有八個，這八個好賣得很，黎湘只是吆喝了兩聲便賣完了。不過今天麵多，做出來的包子也多，她還要跑好幾趟，所以不敢耽擱，一賣完便提著籃子小跑回了船上。
來回跑了好幾趟，一共賣掉五籃包子，就在她準備吆喝開始賣第六籃的時候，一位胖乎乎的男人過來叫住她，說想跟她談筆買賣。
黎湘認得這個男人，昨日賣包子時她路過一家久福茶樓，這個男人偶爾會出來迎客，那些人叫他苗掌櫃。
「大叔，談買賣能不能等我包子賣完呢？別耽誤了吃早點的時候。」
苗掌櫃一愣，沒想到這小姑娘會是這樣的反應。
「不耽誤不耽誤，妳剩下的包子還有多少，我全包了。」
「當真?!全包了?!」
黎湘飛快的算了下，自己賣了一百五十個包子，船上還剩下七十幾個，加上籃子裡的三十……
「大叔，還有一百個包子，你當真全包了？」
「自然是真的。」
苗掌櫃大大方方的掏了一百銅貝出來。
「這一百先給妳當定金，等妳一百個包子全送到我這兒了，再給妳結剩下的一百。怎麼樣？現在能跟我去談談了嗎？就在前面的久福茶樓。」
黎湘這回點頭了，跟著苗掌櫃一起進了久福。

走進久福茶樓的雅間，黎湘已想清楚了，她大概明白這苗掌櫃想和自己談什麼，心裡也有意願，不過船上的包子已經開始蒸了，她得先通知爹早點把包子送過來才行。

黎湘把自己的意思和苗掌櫃一說，苗掌櫃便立刻叫了夥計來，騰了她的籃子去泊船的地方找人。有他派人去，也省得黎湘再跑一趟了。

「苗掌櫃，有什麼事你說吧！」

「小姑娘，不用等妳爹來？妳能做主？」

黎湘沈默。「……」

等著爹來看自己跟人討價還價，大開眼界嗎？

「不了，賣包子的事，我能做主。」

「挺厲害啊，我還沒說，妳就知道是賣包子的事。」

苗掌櫃笑咪咪的給黎湘和自己倒了一杯水，然後拿了一個包子，很認真的咬了一口。

「嗯……和昨日吃的味道一模一樣，外頭的白皮鬆軟，裡頭的餡兒味道鮮，搭配得是真不錯。」

他兩口吃完了包子，又喝了一杯水，這才說到重點。

「小姑娘，實不相瞞，我想買妳製麵的手藝。」

「製麵？」

「沒錯，就是製麵的手藝。」
苗掌櫃忍不住又吃了一個包子。
其實他昨兒個在客人桌上瞧見這白白胖胖的包子時就動了心思，等夥計買回來嚐過後，更是勢在必得。
「黎姑娘，妳家這包子是用麵粉做的吧？」
黎湘點點頭，這沒什麼好瞞的，她兩次來城裡買小麥，人家稍微有心一查就能查到。
「我們茶樓的廚子也用麵粉做過吃食，可他們只能做出麵條、油餅，試過很多次都做不出這樣鬆軟口感的麵點。我想姑娘妳家一定是用什麼特殊的方法揉麵，才能做出這個包子。」
黎湘又點了點頭。
老麵發酵這個東西，一般人還真是弄不出來。
「所以，我想買下姑娘妳製麵的手藝，不知姑娘妳意下如何？」
苗掌櫃說完便目不轉睛的盯著她。
若是一般沒見過市面的鄉下姑娘家，被這樣盯著，心神早就慌亂了，但黎湘不一樣，談生意她經歷得多了，比這苗掌櫃更厲害的人物她也遇上過不知多少回。
「苗掌櫃，製麵的手藝我是有意願賣，只是我一個沒見過世面的丫頭也不知道價錢，不知苗掌櫃打算出多少？」

苗掌櫃眉頭一跳，心道這丫頭不簡單，立刻將原本要說的價錢往上提了提。

「五個銀貝如何？」

黎湘聽完滿臉都是失望。

「苗掌櫃，看來你沒有誠意。」說著她便起身要走，唬得苗掌櫃一愣一愣的。

五個銀貝那可是五千銅貝，他以為這個數兒對一個鄉下丫頭來說應該算非常不錯了，哪想得到她居然談都不談就這麼要走了？

「姑娘留步，留步！這個價錢不滿意，咱們可以再商談嘛，來來來，坐下喝點水。」

黎湘重新坐了回去，開門見山道：「掌櫃的，我今日只賣了十斤麵粉做出來的包子，一共賣了五百個銅貝，扣掉成本，我最多只要努力半個月就能賺到五個銀貝，實在沒有必要為了拿你這五個銀貝出賣手藝。」

她話說得這麼白，苗掌櫃是真驚了，一是驚訝小丫頭敢說，二是驚訝包子如此好賺。

一個包子兩銅貝，自己今日買了一百個包子，加上她之前賣的，的確差不多是五百的數兒，這樣說來，五個銀貝確實是太少了。

苗掌櫃細細思量了一番，少東家給他能動用的權限是一百銀貝，花五十應當也不是什麼大事。

「那就五十銀貝如何？」

「五十銀貝……也可，但這並不是買斷的價錢，以後若是還有別人帶著合適的價錢來找我買，那我也是能賣的。」

苗掌櫃瞠目。「……」

小看這丫頭了，她居然還能想到這層。

「還有，苗掌櫃，你買的是製麵的手藝，包子餡的方子是另外的，可不能算在五十銀貝裡，不過當然，包包子的手法我可以教你們。」

苗掌櫃一噎。「……」

這是哪裡來的小丫頭，好生厲害！所以他花五十銀貝只能買到一層包子皮？

「黎姑娘，照妳這麼說的話，我就只能買個包子皮了，那有什麼用？不說買斷的事，就說那包子餡的方子，怎麼也應該一起賣給我們吧？」

「那不行，苗掌櫃，你這茶樓也是做吃食的，方子多重要還用我說嗎？要麼是先人的智慧傳承，要麼就是自己聰明領悟，不管是哪一樣，都沒有賤賣的道理。」

打了個巴掌後，黎湘又給了顆「棗兒」。

「況且，學會了製麵手藝，可不是只能做包子皮，能做的簡直多了去了，就說包子吧，又不是只有那一種餡兒，你們茶樓可以自己調嘛，肉的、菜的，鹹的、甜的，只要好吃，那就能往裡包。」

一語驚醒夢中人，苗掌櫃聽得眼都亮了。

是嘛是嘛，他怎麼就沒想到呢？只要皮能做出來，裡頭的餡兒還不好說嗎？後廚裡那幾個廚子請來又不是白吃飯的，自有他們去琢磨，自己只要把這個製麵的手藝給買下就行了。

「黎姑娘所言甚是，是我考慮不周了。」

苗掌櫃朝櫃檯招了招手，那櫃檯的夥計立刻拿了筆墨和竹簡過來。

「黎姑娘，我呢，還有個小小請求，妳若是答應了，我便立刻寫到契簡上，即刻奉上五十銀貝。」

「掌櫃的你說。」

「咱不提買斷的事，但妳家這手藝賣給我們茶樓後，三年內不能再教別人，也不能在陵安城賣包子，就這一個要求。」

五十銀貝，這麼大的買賣，這點要求也在情理之中，黎湘想都沒想就點了頭。

反正不讓賣包子她還可以賣饅頭、餃子、麵條等等等等……中華美食博大精深，她想賣還怕沒東西賣嗎？這苗掌櫃還是涉世太淺了，唉，她可真體貼。

兩個人再沒什麼異議，苗掌櫃也就直接下筆寫起了契約，黎湘瞪大眼看他寫了一個又一個黑蝌蚪，只識得一個五和一個三，別的就啥也不認識了。

「黎姑娘識字？」

黎湘靜默。「……」

怎麼辦怎麼辦，不會看契約要是被坑了怎麼辦？

「不如妳在茶樓裡找個識字的客人幫妳瞧瞧？」

「行……不用了！」

黎湘正準備應呢，突然又反了口，立刻跑出茶樓在街上「抓」了個人進來。

「四哥，能在這兒遇上你真是太巧了！你快幫我看看那契約。」

伍乘風一頭霧水，就這麼被黎湘給推進了茶樓裡。

「什麼契約？」

黎湘將苗掌櫃寫完的竹簡往伍乘風面前一拍。

「就這個！你幫我看看有沒有什麼問題。」

伍乘風被趕鴨子上架，只能無奈拿起竹簡認真看了兩遍。

「久福茶樓花五十銀貝買妳製麵的方子?!」

他驚呆了。

五十銀貝那是什麼概念？他大概要不吃不喝十幾年才能攢下來。

「四哥還有後邊的呢，你再仔細看看。」

「後邊……他們要求妳家賣出方子後三年內不得再將製麵的方子轉教、轉賣給別人，也不能在陵安賣包子。別的就沒有了。」

黎湘點點頭，心裡這才踏實下來。

「苗掌櫃，我爹應該快到了，到時候由他來跟你簽，可好？」

「沒問題，那妳稍坐一會兒，我去叫他們準備東西去，順便把後廚收拾一下。」

苗掌櫃笑咪咪的離開了。

伍乘風還在震驚裡回不過神來，黎湘只好彈了他一個腦瓜崩。

「四哥，回神啦！」

「妳……」

他有心想問明白，但自覺和黎家又沒那麼親近，有些事他好像也沒必要知道，所以就把話嚥了回去。

「既然大江叔馬上就來找妳了，那我就先走了，我還有事。」

「誒！那你先告訴我你找了哪裡的活兒呀，得空我去瞧瞧你。」

黎湘其實還是惦記著學字的事，今日這件事更是堅定了她要盡快學識字的想法，而教她的人嘛，伍乘風無疑還是最合適的人選。

雖然她對以後只有個模糊的計劃，但這個計劃肯定是要在城裡租鋪子做買賣的。都是在城裡，那自然是找他學更自在了。

伍乘風哪裡知道小姑娘心裡頭的彎彎繞繞，還當她是惦記著自己，心裡一時如春風拂過，暖得很。

「我在永明鏢局當學徒。」

留下這句話後，少年便如他的名字一般，乘風離去了。

黎湘念叨著永明鏢局，將這名字記在了心裡，正想去和茶樓裡的夥計打聽打聽時，就聽到了自家爹的聲音。

「湘兒！」

「爹你來啦！」

「湘兒，妳怎麼到茶樓裡來了？剛剛有個夥計說要咱家把剩下的所有包子都送到這兒來，一百個呢，都是妳賣的？」

黎江都來不及坐下緩緩勁就開始發問，等他聽完女兒講的來龍去脈後，那眼瞪得比伍乘風的還大，面上迅速躥起了一抹紅。

「多少？五、五、五十銀貝？」

「爹，你沒聽錯，就是五十銀貝。」

黎湘把契簡往前推了推，示意他看看。

「這是那苗掌櫃寫的契，方才我遇上伍家四哥，叫他幫忙瞧了瞧，沒有什麼問題。爹，你待會兒去跟苗掌櫃簽了吧。」

黎江瞠目結舌。「……」

不行，他得緩緩。

就這麼兩刻鐘的功夫，女兒不光賣完了包子，還和茶樓的掌櫃談了一筆五十銀貝的買賣，連契約都寫好了！他怎麼感覺是在作夢呢……

黎江暗地使勁掐了自己大腿一把，疼得他一哆嗦，差點沒叫出聲來。

「喲！這位就是黎江兄弟吧！」

忙完的苗掌櫃出來瞧見黎江後笑得很是熱情，立刻招呼了夥計給桌上又填了一盤點心。

黎湘觀察了下，久福茶樓裡的茶點都是甜口的，就桌上這三盤，綠豆餅、紅豆糕，還有白胖胖的小團子，應當是用黍米做的，喝茶配這些也還算合適，不過像她這樣更愛好鹹口的人就不太喜歡了。

難怪苗掌櫃肯花大價錢買製麵的方子，想來也是明白茶樓裡只有甜口的點心不行，得推陳出新才是。

「黎江兄弟，想來契約的事令嫒已經和你說過了，要是你沒有什麼意見的話，咱們就把這契簽了？」

黎江看看契簡，又看看女兒，見她肯定的點點頭，心裡也跟著堅定下來。

「那就簽吧！」

「好好好……」

苗掌櫃取了紅泥出來，他簽了字，黎江按了印。兩份契簡，一人一份。

「黎江兄弟，這是五十銀貝，你點點清楚。」

「……」

黎江茫然的接過袋子，整個大腦一片空白，只看著女兒和那苗掌櫃在說著什麼，卻是一句都聽不清楚，好半晌才回過神來，立刻將錢袋子藏到了衣襟裡，小聲問道：「湘兒，這五十銀貝就這麼給咱們了？」

「當然，契約都簽了呀，爹你放心吧，咱家手藝值這個價。對了，爹你數過沒，數兒對不？」

「還沒……我數數！」

黎江彷彿做賊一般背過身，面朝著牆壁把那錢袋掏了出來，銀貝一個一個拿在手上數著，越數那手就抖得越厲害，等數完了錢，眼卻不知怎麼也跟著紅了。

「是五十沒錯！」

「那你收好了，可別被人偷了去。」

黎湘假裝沒看見那雙紅紅的眼睛，低頭拈了一塊紅豆糕吃起來。

「對了爹，剛剛我瞧著你就提了一籃包子，剩下的包子這會兒該蒸熟了吧？」

黎江眨巴眨巴眼點頭道：「是！我走的時候包子已經在蒸了，這會兒回去肯定熟了，我這就回去拿！」

說著他便拿了籃子要走，黎湘趕緊一把扯住他，叫他順便把船上那塊老麵也一起帶來。

老麵畢竟是用麵粉做的，發酵過後有股酸酸的麥香，她不放心留在家裡，怕招老鼠，所以一直都是帶上船的，此時正好拿過來教茶樓的廚子們發麵。

說實話，這茶樓的廚子廚藝還挺不錯的，剛剛吃的紅豆糕甜香軟糯，一點都不乾澀，紅豆香也很是濃郁，味道不錯，有真材實料的話，那教起來就容易多了。

「黎丫頭，妳說要買的東西我們已經買好了，要不要去後廚看看去？」

苗掌櫃有些迫不及待，正好黎湘也想去瞧瞧後廚，便跟著他一起去了。

第六章

茶樓後院和黎湘想像的差不多，四四方方的一個小院，院中一口井、兩棵樹，收拾得還挺乾淨，右邊的屋頂正冒著炊煙，想來就是後廚了。

果然，苗掌櫃帶她進了右邊的屋子。

一進那屋便有一股子熱氣迎面撲來，到底是做糕點的地方，一點油煙氣味都沒有，滿屋子都是暖烘烘的糕點香。

「小姜、老劉，你們仨過來過來，這就是要來教你們製麵的黎湘丫頭。」

「就她？掌櫃的你沒開玩笑吧？」

有些上了年紀的兩個廚子都是做了二十幾年糕點的人，仗著跟東家關係還不錯，連苗掌櫃都不怎麼放在眼裡，又哪裡看得上眼前這個黃毛丫頭？只有那個年輕點的小姜主動和黎湘打了招呼。

黎湘倒不在意他們的態度，轉身看起了方才她讓苗掌櫃買的那些東西。

一袋芝麻、一刀肉，還有韭菜、小蔥等蔬菜，都是品質非常不錯的食材。

「苗掌櫃，等我爹回來還要一會兒，麵暫時還發不了，咱們先把配料弄起來吧，能叫他們幫忙生個小火嗎？」

「能能能，當然能了，後廚的人妳儘管吩咐。」
苗掌櫃話音剛落，之前那兩個不滿的廚子立刻嚷嚷起來。
「掌櫃的，我蒸糕快熟了，我還得盯著呢。」
「掌櫃的，李家夫人訂的茶點我才做一半……」
兩個人推諉著不願意自降身分去和黎湘學那些在他們看來莫名其妙的東西，簡直就是當眾打了苗掌櫃的臉。
「行，你們不學，那就讓小姜跟著黎丫頭學，不過我話也說在前頭，現在不學，以後你們也別想學。」
「不會不會……」
「那你們自己忙活去，還看什麼看?!」
苗掌櫃揮揮手將那兩個廚子給趕到了一邊，拉著小姜送到黎湘眼前。
「黎丫頭，那兩個老頑固不識貨，妳就只需要教會小姜就行了。」
他說的小姜，大概二十五、六的模樣，標準的國字臉，不算好看，但眼神裡沒有絲毫瞧不起黎湘的意思，這是叫黎湘最舒坦的。
「那姜大哥，麻煩你幫我生個小火吧。」
「好的。」
姜憫本就是從小廚學徒升上來的，燒火他拿手得很。

黎湘試了試鐵鍋的溫度，差不多了，便舀了三碗芝麻倒下去，一邊用鏟子攪和，一邊用嘴吹，那些混雜在裡頭的乾殼兒很快被吹飛出去，等到鍋裡頭的芝麻開始爆了，黎湘便讓姜憫退了火，餘溫又烘了一會兒，她才將芝麻盛出來放涼。

苗掌櫃好奇的抓了幾顆放到嘴裡一嚐，那叫一個香！從前只知道芝麻可以榨油，還從來沒有這樣乾吃過炒芝麻，小丫頭顯然是真有點東西。

「苗掌櫃，這塊肉麻煩你讓人幫我剁成餡兒。」

「這好說，江小四，來把肉剁了。」

老傢伙使喚不動，小的還是可以的。

一個小學徒聽話的拿了肉去一旁咚咚咚剁了起來，剩下的白菜、韭菜都各自有人去料理，黎湘只要負責驗收就行。

等所有東西都準備得差不多了，她爹也帶著那坨老麵回來了。

「姜大哥，你來聞聞，記住這個味兒。」

黎湘一招手，姜憫便湊過去認真仔細的聞了又聞。

「這味兒是……酸的？酸中又透著麥香，有些像麵團放久壞掉的氣味。」

「是，是麵團放久的氣味，但不是壞了，它只是發酵了，和麵的時候一定要加這個東西，麵蒸出來才會鬆軟。」

黎湘指揮著姜憫倒了五斤的麵粉出來，教了他麵和水的比例，再把老麵用溫水化開，加到麵裡。

「一定要用溫水和，涼水和出來的麵吃起來是硬的，比較適合做麵條。

「麵團揉好後靜置半個時辰讓它發酵，若是天太冷了，可以放到尚有餘溫的鐵鍋裡，但不要加火。

「做完後要留一坨麵放著發酵，繼續做麵引子。」

姜憫記得很認真，從和麵、發麵到擀皮，全都記得牢牢的。

等麵發好，又擀了一堆皮後，黎湘開始拌餡兒。

「雖然我家秘製的餡料不能教你，但怎麼讓這些普通的餡兒變得更好吃，我還是能教的。」

就著廚房裡頭的這幾樣食材，黎湘教著做了芝麻白糖包、韭菜豬肉包、香蔥豬肉包，姜憫學著學著，竟真有幾分把黎湘當師父的心態。

他從來沒想過自己有一天會在一個十來歲的小姑娘身上學到這麼多有用的東西，調個餡兒居然還要放那些蠔油、五香粉、蝦粉等等等等，加那麼多東西，味道不會變得很奇怪嗎？

一刻鐘後，蒸籠開了。

當苗掌櫃看到裡頭那一模一樣的白胖包子時，心裡頓時踏實了一半，剩下的一半，在他嚐到那個芝麻白糖包的時候，也踏實下來。

甜滋滋的白糖裹著炒得香噴噴的芝麻，咬一口，滿嘴都是又甜又香的味道，配上鬆軟的包子，簡直好吃得不得了。

這次的買賣，真是做得太太太值了！

「小姜你嚐嚐？」

苗掌櫃隨便撿了一個包子遞給姜憫。

這些包子都是姜憫包的，他一眼就看出手上的是韭菜肉包，因為上面沒有芝麻和蔥花的記號。

說實在的，他並不怎麼喜歡吃韭菜，韭菜味道重，吃起來還有點苦，倒胃口得很。

「姜大哥，你嚐嚐呀！」

黎湘見他發呆，便跟著催了兩聲，姜憫只好認命的咬了一口，一口就驚了！

這是韭菜嗎？為什麼一點都不苦，還這麼鮮嫩?!

滿滿一口，既有肉的味道，又有韭菜的鮮，再咬一口還能嚐到裡頭被煮出來的湯汁，加上那鬆軟無比的包子皮，當真是鮮香無比，美味無窮。

姜憫吃完手裡那個包子情不自禁的還想再去拿一個，結果卻叫掌櫃的一掌拍了下去。

「趕緊趁著黎丫頭還在這兒時去調調餡兒，讓她瞧瞧有沒有問題，再不然就去發些麵，多包些包子，等忙活完了再吃。」

「……」

姜憫看著掌櫃手上那個包子，如果他沒記錯的話，掌櫃的已經吃了三個了。

「快去呀……」

苗掌櫃一邊吃著包子，一邊指揮得人團團轉。

先前從黎家父女手上買來的包子都在這廚房裡頭，這會兒還都是熱呼的，他便吩咐了夥計們，讓他們給茶樓裡每桌客人都贈送了一碟包子。

這一碟三個包子，有肉有糖有蟹，隨機口味，吃到就是賺到。

苗掌櫃也是藉著這些免費包子在客人裡頭先宣傳一聲，久福茶樓明日便會有新食單了！

「掌櫃的。」

「嗯？黎江兄弟，怎麼了？」

「我是想說，湘兒這也教得差不多了，我們該走了……」

出來都快一個時辰了，他有些放心不下船上的妻子和姪女，她們肯定也在擔心著自己和湘兒。

他這一說，黎湘也想到船上的娘還在等她回去。

「掌櫃的，姜大哥上手做得很不錯了，多練就行。我跟我爹還有事得先回船上，等下午我再過來瞧瞧，而且明兒一早我也還會進城，姜大哥練著有什麼不懂，到時候我再教。」

苗掌櫃聽完先是看了姜憫一眼，見他目光沒有猶疑之色，甚至還點了點頭，這才放心答應下來。

「那行，我送送你們。」

一行三人很快離開了廚房。
「老向，你瞧見沒，那包子……」
「我又沒瞎！」
「她是怎麼把麵給發成那樣的？」
劉有金心癢難耐，偷摸去蒸籠裡拿了一個芝麻包出來，一扯成兩半，本是想研究研究，卻叫裡頭化掉的糖漿給燙得一哆嗦，趕緊用嘴給嘬了，又咬了一口包子。
本來還稍嫌甜膩的糖漿被包子皮一中和，膩的感覺沒有了，只剩下了甜。那一口芝麻一嚼便相繼爆開，竟是越嚼越香。
「誒！老劉，怎麼樣你倒是說話啊！」
「就，挺香的……」
劉有金做了那麼多年糕點，對甜食可說是如數家珍，但他從來沒有吃過這種用芝麻做的甜食，還有那鬆軟的麵皮，吃完一個，齒頰留香，甚至還想再吃。
他隱隱約約意識到自己和老向這回是吃虧了，叫那姓姜的撿了便宜！
不過姜憫那小子只是學徒，剛升上不久，沒根沒底兒的，自己和老向若是想學，他還敢不教？
兩個人一合計，鍋也不急著看了，慢悠悠的晃到了姜憫那邊。這會兒他正在調著什麼餡兒，一連放了好幾種調料，蠔油、蝦粉……

苗掌櫃送完人回來就瞧見他倆這樣，頓時來氣。

「看什麼看什麼看，你們不是忙著嗎？小姜這邊誰也不許過來偷師。」

偷師這話說得重，兩個自詡「德高望重」的人怎麼可能讓這個帽子扣在頭上？立刻悻悻的回了自己的灶臺上。

這時，前頭招呼的一夥計急匆匆的跑了進來。

「掌櫃的，客人都在問還有沒有包子呢。」

苗掌櫃心下一喜，但想到黎湘拿過來的老麵只有那小小一坨，只能遺憾道：「今日是供不上的，得明日才行。算了，我自己去和客人們說。」

畢竟一個小夥計在客人面前也說不上什麼話。

他人一走，後廚裡頓時響起七嘴八舌的議論，無一不是圍繞著新出的包子，而那正在做包子的姜憫卻如老僧入定，充耳不聞。

若是黎湘此時瞧見，必定會好好誇讚他一番。在現代的時候她也收過兩個跟她學做菜的小徒弟，可惜都是小年輕，沒有定性，受不住手機的誘惑，幹活不認真，記事靠手機，上手就是差強人意。

當然姜憫也不是一學就會，他調餡兒的味道還拿捏得不夠精準，但這只要多做都是可以練熟的。

黎湘看看天色，大概也就巳時三刻左右。

「爹，下午我還要去茶樓，咱就不回家了，中午就在船上吃吧？」
「聽妳的，不過在船上吃的話，還得先去買點糧和菜。」
父女倆商量了下，決定回船上通知一聲再去買菜。
眼瞧著家裡的漁船就在不遠處了，黎湘腳步卻突然慢下來。
「爹，咱家今天掙的錢，你和表姊說了嗎？」
「沒有，連妳娘都還沒說，這麼多錢，怎敢當著妳表姊的面說？」
黎江可不糊塗。姪女人品興許是沒問題，但誰知道嘴巴嚴不嚴呢，萬一一轉頭說出去，那自家日後要應付的人就太多了。
知道他沒說出去，黎湘心裡石頭便落了地。
「是不能說，要說就說今日包子賺的。對了爹，今日包子還賣了五百銅貝呢，都在我兜兒裡。」
「咱家湘兒太能幹了！」
黎江心裡說不出的歡喜，若不是女兒已經大了，他還真想像小時候那樣抱著女兒來回跑個幾圈。
有了這筆錢，村裡的債就能還完了，妻子的病也能找個好郎中看看。彷彿是戴了十幾年的枷鎖突然被卸下，他整個人輕鬆得不得了。
同床共枕多年，丈夫的變化關氏自然是察覺到了，她心裡隱隱約約有點猜想，但又不敢想，直到聽見女兒說今日的包子賣了五百銅貝時，她才明白過來。一日就能賣五百，不出一月，村裡的債就能還完了！難怪當家的沒了愁緒，整個人都放鬆了。

這些年，那些債壓得他們一家喘不過氣，一日復一日的撈魚賣錢還錢，勉強維持生活，這種日子終於要過去了！

關氏心情大好，一聽說要在城裡逗留一日，立刻提議一家去廟裡拜拜，不過黎江沒答應。

「城裡的玄女廟還挺遠的，來回路上就得一個多時辰，上山還要耽擱，來不及，湘兒下午還要去茶樓呢，妳要想去，下回得空我陪妳去。」

「行，去廟裡又不急，咱們年前去拜拜就行了。」

說到年前，黎江立時想到馬上入冬了，自己一家的冬衣還是大前年做的，尤其是女兒，穿的還一直是妻子的舊衣裳，這麼多年，她穿過的新衣裳一個巴掌都數得過來，叫他心裡很不好受。

「這樣，我跟湘兒先去買糧回來做點東西吃，下午我陪妳去看完郎中後，咱們在城裡轉轉，翠兒要一起嗎？」

突然被點名的關翠兒連連擺手拒絕，她不敢出去，黎湘又是哄又是勸都沒能把人哄下船，最後只能放棄，跟著爹一起出去買糧。

因著船上碗筷不夠，所以黎湘決定中午就包點餃子蒸來吃就行了，現成的蒸籠，現成的葉子，簡單吃一頓，正好剛剛在茶樓看見那韭菜肉餡兒有點饞，中午就包它！

父女倆目標明確，很快便買好了一堆東西回到船上。黎江負責剁餡兒，關氏和關翠兒負責理乾淨韭菜，黎湘嘛，自然是負責和麵揉麵了。

冷水和出來的麵硬，她習慣加個雞蛋、加點鹽進去，揉好後醒發個一刻鐘左右就行了，沒有包子皮那麼麻煩。

因為大家都有擀包子皮的經驗，所以學餃子皮也快，等餡兒一拌好，三個人便一人拿著一塊皮，跟著黎湘學起了包餃子。

教會他們包餃子後，黎湘便出去生火準備做油辣子。今日錢袋鼓鼓，她也終於把自己早就看上的那些調料都買了一些回來。辣椒是怎麼都不嫌多的，她又買了一點，還有花椒、蝦粉、醬油、醋那些，都是常用的調味料。

吃蒸餃嘛，蘸料是非常重要的，她準備先把辣的調出來。

碗裡加了辣椒、蒜末、香蔥、芝麻，再加醬油，然後拿熱油那麼一淋，獨一無二的香味瞬間飄散出去，飄上了岸，很快就勾了個人回來。

那是一個衣衫略舊、頭髮花白又凌亂的老爺子。

黎湘正蒸著餃子，就瞧見岸上一老人眼睛直勾勾的盯著她的蒸籠，大概是餓得狠了吧，這麼大的年紀也挺可憐的，於是她等餃子一蒸好便端進去和爹娘說一聲，拿葉子給他挾了五個。

「老人家，我船上沒有碗筷，你將就著用手拿著吃吧。」

老頭兒接過餃子聞了聞，立刻搖搖頭道：「我剛聞見的不是這個味兒啊，明明是從妳這船上飄出來的。」

剛剛？剛剛她蒸餃子前先做了蘸料！

黎湘好人做到底，把她調的那碗蘸料端出來給老人家聞了聞。

「是這個味兒嗎？」

老爺子一聞那味兒，眼都亮了。

「是了是了，就是這個。不過，方才聞著沒有酸味兒，可是加了醋？」

黎湘點了點頭。

不加醋的蘸料是沒有靈魂的，她從小到大不管是吃餃子還是吃涼菜，蘸料必得加醋。

「老人家，這一碗是蘸料，加了辣椒的，您要是能吃辣的話，就拿餃子沾了放到葉子上慢慢吃，剩下的我得拿進去了。」

「辣我能吃，餃子？這好吃嗎？」

老爺子彷彿是自己和自己說話，問完便捏起餃子挨個兒沾了點料。

「丫頭，謝謝了。」

「不客氣，只是幾個餃子而已。」

黎湘也沒和他多說話，看他沾完了便端著蘸料回了船艙裡，一家子都還在等著她，誰也沒有先動手拿餃子吃。

「都吃呀，這天氣一會兒就涼了，等我幹麼？」

「一家子一起吃才香嘛。」

黎江笑呵呵的，這才開始動手，關氏也拿了一個餃子沾蘸料吃，只有關翠兒還是一動不動。

「我、我不餓……」

話音剛落，她那肚子便咕咕響起來，黎湘還有什麼不明白的，就是因為餃子裡頭包了肉，她才不敢吃。

這個表妹雖說一路上包包子感覺親近了許多，但她還是把自己當外人，大概也是從小的習慣吧，外婆那一家不說了，肯定是教育她姑娘家就不能吃肉。

「表妹，剛剛外頭那個素不相識的老人家我都挾了五個餃子給他呢，妳可是我親表妹，難道還吃不得那幾個餃子？」

「翠兒，吃吧，咱都是一家人，不興計較那些。」

黎江這一家之主開了口，關翠兒總算是聽話了。四籠四十個餃子，一家子沾著蘸料，沒一會兒就吃光了。

韭菜豬肉餃又鮮又香，再加上蘸料，那真不是一般的開胃，關氏吃得有些撐了，只能在岸邊來來回回的走路消食。

黎江在岸上陪著她，船艙裡便只剩下了姊妹倆，她們正在收拾著船艙裡的東西，黎湘不死心的又開始「勾搭」關翠兒。

「表姊，待會兒我爹他們要去看郎中抓藥，我呢要去趟茶樓，妳跟我一起去吧。」

關翠兒擦著凳子的手一僵，下意識拒絕道：「不，不了，我就待在船上等你們回來……」

「一起去嘛，我們出去一時半會兒的都回不來，妳一個人在船上誰也不放心啊。」

「沒事的，我會待在船上哪兒都不去。」

「表姊，去嘛去嘛去嘛！城裡可熱鬧了，有好多好多咱們沒見過的東西。」

「……」

黎湘看得出表姊是心動了，於是再接再厲央求道：「表姊妳就陪陪我吧，我一個人出去身邊都沒有熟人，心慌得很。」

「好吧……」

關翠兒到底是禁不住磨，加上她自己心裡的那點小心思，最後還是答應了。

畢竟是城裡啊，村裡多少孩子嚮往的地方，同村的小丫只是得了一朵城裡賣的絹花就得意了好久，炫耀了好久，而她，此刻就在這城裡頭，可惜爹娘他們看不見……

「走啦，表姊！」

黎湘扯著關翠兒的衣袖，將她拉到了岸上，後頭的黎江也鎖好了艙門。

因為醫館和茶樓並不在一條街上，所以四個人走了沒多遠便分開了。

兩個大人帶著五十銀貝，其他的零碎銀錢都在黎湘身上，而那些錢方才出去買肉時黎江便做主都給了女兒，由她自由花費，是以黎湘現在兜兒裡有錢，底氣十足，才上街就花了四個銅貝買了兩串糖葫蘆，姊妹倆一人一串。

「表姊妳嚐嚐。」

關翠兒呆呆的拿著糖葫蘆，聞著近在咫尺的香甜味道，口水都快流出來了。可是一聽到老闆說一串兩個銅貝，便有些不敢吃了。

「表妹，我剛吃完餃子，還不餓，這個能退嗎？」

「肯定不能退啊，表姊，妳要是不吃就只能扔掉。」

黎湘一頓瞎忽悠，關翠兒還當真了，她哪捨得丟，到底還是吃了。

「好甜啊！」

關翠兒還從來沒有吃過這麼甜的東西，上次吃到甜味，還是阿成哥打碎了一碗糖雞蛋，她收拾完碎碗後嚐到的，可是沒這個甜！

她慢慢吃掉兩顆後，趁著表妹不注意，偷偷將剩下的三顆藏到了袖子裡。

黎湘假裝沒有看見，走在前頭拉著她，一直到進了茶樓才放手。

門口的苗掌櫃一眼就瞧見了她。

「黎丫頭，來得可真早，午飯吃過了嗎？」

「吃過啦，掌櫃的，我去後廚瞧瞧？」

「這……」

苗掌櫃看了看關翠兒，是何意思不言而喻。關翠兒被瞧得渾身不自在，低著頭躲到了黎湘身後。

「表妹……我去外頭等妳吧。」

「那不行。」

黎湘牽著關翠兒的手向苗掌櫃介紹道：「掌櫃的，這是我親表姊，性子有些內向怕生，放她在外面我不放心，能不能拿張椅子讓她坐在後院等？」

「這沒問題。」

只要不去廚房，什麼都好說。

苗掌櫃很是爽快的叫了夥計去搬椅子，帶著她倆去了後院。

茶樓這會兒中午吃茶點的少，廚房裡也不怎麼忙，只有姜憫和他的小幫廚在裡頭忙活著揉麵包包子。

黎湘靜悄悄的站在兩人後面瞧了瞧，發現姜憫包包子的手法已經很熟練了，就是發的麵大概沒掌握好比例，有些稀，所以他包出來的包子老是會黏手。

這個問題不大，用點小技巧就能避免。

她在廚房裡找了找，翻出一個略大的水瓢出來。這個水瓢和自家那個一般大小，做個記號，兩瓢麵、半瓢水，好記得很，姜憫最不順手的部分就這樣被解決了。

苗掌櫃心裡歡喜得很，拉著姜憫叫他再和一次麵，若是這鍋包子再沒什麼問題的話，黎湘便算是完成契約。

於是那堆和稀了的麵就被丟到了一邊，看樣子是沒打算再「重用」。

雖說是拿來給姜憫練手的，麵並不是很多，但也有三、四斤的樣子，這可都是糧食！反正黎湘是見不得糟蹋糧食的。

她找苗掌櫃要了半瓢麵粉兌進去，重新揉了一刻鐘，醒發後再次兌進麵粉揉開，兩次過後，麵團才算是能用了。

「掌櫃的，茶樓女客多嗎？」

「女客……挺多的，咱們這茶樓位置好，尤其是三樓，能看的風景多。一些夫人小姐有時還會訂下整層樓辦個茶會什麼的。」

黎湘點點頭，揉出來的麵搓得更細了些，切出來的劑子也比原先的小兩倍，包上餡兒再拿到手上一瞧，也就嬰孩的拳頭大小。

「夫人小姐們應該會更喜歡這樣一小口就能吃掉的小籠包吧。」

苗掌櫃恍然大悟，是了，夫人小姐們會友時個個注意形象，哪裡會挾個大包子吃個沒完。

「還是黎丫頭妳細心。」

黎湘笑了笑，低頭麻利的把剩下的麵都給包完，正好姜憫的也包得差不多了，便一起上了蒸籠。

一刻鐘後，苗掌櫃迫不及待的先嚐了一個姜憫重新蒸的包子，麵皮鬆軟，和黎湘做的一般無二。

這下他才是真放心了，歡歡喜喜的送了黎湘姊妹倆出門，臨走時還非要裝十幾個大肉包子給她們。

幾個包子而已，黎湘也沒拒絕，都放到了籃子裡。

「對了，掌櫃的，跟你打聽個地方，你知道永明鏢局在哪兒嗎？」

「永明鏢局？那當然知道了，就在這條街的街尾處，往右直走一刻鐘就到了。鏢局可都是些粗手粗腳的大老爺們，黎丫頭妳打聽那兒做甚？」

「有個鄰居在那兒做事，他家裡人託我給傳個話。」

黎湘說得半真半假，告別了苗掌櫃後，便帶著表姊往鏢局去。

本來是想著過幾日等有空了再去找伍乘風學字的，但她剛剛想起一件很重要的事。自家和茶樓的契約是他看的，那五十銀貝他也知道，總是要提醒他兩句才行，而且，上回碼頭的確是有個人在找他來著，自己只是去傳話的時候順便提醒兩句，非常的善意友好。

不過，上回那個人叫啥來著？她好像給忘了……

「表妹，咱們這是去找誰呀？」

「嗯……去找一個鄰居，幫他傳個話，咱們就可以去玩了。」

黎湘牽著表妹，照著苗掌櫃指的路走了一刻鐘後，果然瞧見了一座鏢局。倒不是她識字，而是因為那鏢局外頭這會兒正有一車隊在，門口出來的鏢師一個個都提著刀，威武得很，頗有一種現代銀行押鈔的氣勢。

這種場面以前只在電視上看見過，現實中突然瞧見，她居然有些心生退意。那麼多人堵著門口，也不知道什麼時候會走，要她在眾目睽睽之下走過去找人，她覺得不太行，尤其是她還帶著個比她膽子更小的表妹。

算了，反正明兒一早也會來城裡，等明日再來吧。

就在黎湘打算帶著表妹返回的時候，鏢局裡又走出幾人，他們沒有配備任何武器，正在大包小包的往車上搬行李，她也不知道怎麼的，一眼就看到了伍乘風。

搬得最多，穿得最單薄，可見學徒並不是那麼好當的。

這種情況，黎湘想想還是不要見了，人家也許並不想讓自己狼狽的一面被熟人瞧見。

「表妹，咱們走吧，門口都堵了。」

關翠兒求之不得，趕緊掉頭就走，誰知兩人剛走沒多遠，後面便有人追了上來。

「湘丫頭？真是妳啊，怎麼來了又走了？」

黎湘回過頭，尷尬的笑了笑。

「就是路過嘛，想著順便過來瞧瞧，正好看到你在忙就不想打擾了。」

「有什麼打擾的，都已經忙完了，再等一刻鐘就要出發離開。妳這丫頭，是有什麼事吧？」

鏢局在茶樓的下街，無緣無故的，他才不信黎湘會跑到這兒來路過順便看看。

黎湘沈默。「……」

「有什麼話妳就說，不說我待會兒跟隊押鏢走了，得一個多月才能回來呢。」

「你也要跟著出去？」

不是，這伍乘風才多大，就跟著押鏢？遇上山賊劫匪他能自保嗎？年紀這麼小就要幹這種高風險的職業，實在有些招人心疼。

「太危險了吧……」

「走得不遠，沒事的，像那種來回大半年的，我就是想去都還沒資格呢。湘丫頭妳要是沒事，那我可走了啊。」

伍乘風已經看到隊伍裡的師父朝自己招了兩次手了。

黎湘這會兒也不好說什麼契約的事，畢竟他人都要走了，就是講了也傳不到村裡，學字就更不用說了，一個多月呢，還不如自己去買本書回來慢慢學。

「那你自己路上當心點，對了，這個你帶到路上吃吧。」

她把籃子裡的包子拿出來往伍乘風懷裡塞。沒看見就算了，既然看見了，也知道他要出遠門，怎麼也要意思一下。

「都是茶樓掌櫃送的包子，你帶在路上吃。」

「這……」

伍乘風被她這送包子的行為驚到了，等他反應過來的時候人已經沒了影兒。

這丫頭……

長到這麼大，他還是頭一次嘗到有人送行的滋味呢。

伍乘風笑了下，兜起包子跑回隊伍裡，從頭到尾他都沒有注意到黎湘身邊還有一個姑娘。

黎湘也是走遠了才想起自己忘了介紹表姊，一回頭居然發現表姊竟是戀戀不捨的看了伍乘風好幾眼，難道兩人之前認識？

「表姊……妳在看什麼呢？」

「我？沒看什麼，沒看什麼。」

關翠兒哪好意思說自己是捨不得那幾個大肉包子，畢竟那也不是自己的東西，是人家茶樓掌櫃送給表妹的。

她這一副躲閃不願提及的模樣，倒是叫黎湘誤會了。

雖說表姊和伍乘風好像是沒什麼機會認識，但指不定是在鎮上認識的，又或者表姊是對伍乘風一見鍾情？

欸，這個時代的少男少女真是太早熟了。

黎湘非常有眼色的沒再繼續追問，轉身帶著表姊去逛街，買了幾根頭繩，又扯了一點棉布。

別的還好說，不過幾個銅貝的事，但那棉布是真正兒的貴，若不是自己衣裳都是麻布做的，磨著疼，她還真捨不得花那一百五十個銅貝。

這副身體已經十三歲了，可是除了身高，別的地方都沒有怎麼發育，加上家裡一直沒有餘錢，所以也就沒有做過內衣。

黎湘不知道原身是怎麼忍下來的，反正她才穿了這幾日便磨到疼得受不了，回去一定要做件棉內衣穿才行。她仔細詢問過布坊的掌櫃，扯的是能做兩件的布，一件自然是給表姊穿的，表姊天天佝著，日後真成駝背的話就不好了。

關翠兒就這麼跟著她，看著她買了頭繩又買了布，心中豔羨之餘又忍不住替她擔心，一直憋到了船上才忍不住問道：「表妹，妳花這麼多錢都沒和姑姑他們說，要是姑姑知道了生氣怎麼辦？」

「沒事，我也沒亂花，這可是頂頂要緊的東西，而且，我身上的錢是自己掙的，爹娘也不會管我。」

她這話瞬間讓關翠兒想到了早上自己和姑姑一起包的那些包子，聽說一個要賣兩個銅貝，金貴得很，她下手都不敢捏太重了。

「對了表姊，這是妳今天的工錢。」

黎湘數了十五個銅貝出來，放到一臉懵的表姊手上。

其實若是要較真的話，表姊是沒有什麼工錢拿的，但誰叫這是親表姊呢，她想拉一把。

十五個銅貝對於一個從小幾乎都沒摸過錢的小姑娘來說，實在太有震撼力了。

關翠兒只覺得手心燙得很，沈甸甸的叫她心慌。理智告訴她這錢不能拿，該還給表妹，但手卻不聽使喚的只想緊緊的攥著它們。

有了這些錢，她可以買好多好多雞蛋，爹娘都能吃，再也不用眼饞阿成哥。她還可以去買些碎布頭回來做鞋子，爹娘的鞋都爛透了，每次出去都被好些人笑話。

十五銅貝，可以做好多好多她以前作夢都想做的事情……

「表妹……我……」

「拿著嘛，我聽爹說包子差不多都是妳和我娘包的。妳是客人，哪有讓客人幫忙幹活的道理，不給工錢說不過去。」

黎湘眼神真誠得很，關翠兒心頭一熱，倒是聽了勸，把那十五銅貝給收了起來。

「謝謝妳，表妹。」

她心裡明白，其實表妹根本就不用給錢，只是表妹照顧她而已。

關翠兒摸著懷裡那十五個銅貝，心情激動，恨不得現在就能回到家去，把錢拿給爹娘看看，不過想想又歇了心思。

爹娘還沒有分家，所有人賺的銀錢都要先交給阿奶才行，可是阿奶眼裡只有她的大寶貝孫子，好吃的東西從來輪不到自家。她不想把這十五銅貝交上去，說她自私也好，不孝也罷，她寧願把這錢都買雞蛋給爹娘吃，也不想便宜了大伯一家。

「表姊，跟妳商量個事唄。」

「嗯？妳說。」

關翠兒見表妹一臉嚴肅的模樣，下意識的坐直起來，儼然一副認真聽講的樣子，逗得黎湘差點沒繃住臉笑場。

這姑娘太乖了，乖得叫人心疼。

「表姊，咱先不論親戚，我要是雇妳幫我家做工，一天二十銅貝，妳願意幹不？」

「不用不用，我什麼都可以幹，不用工錢的！」

「這不行，沒有讓客人幹活的道理。」

黎湘挺忌諱公私不分的，若是表姊真是無償給自家幫工，不管做得好壞都不好說什麼，但做工就不一樣了，拿了工錢認真幹活是基本，做不好可以罰，凡事都明明白白的。

她仔細的把這道理掰開了和關翠兒講，關翠兒腦子也不笨，很快聽明白了。她幾乎是下意識的就想答應，不過一瞧表妹那張稚嫩的臉，她就瞬間清醒了。

「表妹，還是等姑姑、姑夫回來了再說吧。」

「什麼事要等我們回來再說啊？」

姊妹倆正說著話呢，船艙門開了，出去看郎中抓藥的兩大人回來了。黎湘一眼就瞧見了爹懷裡的那一疊東西。

「娘？你們怎麼也買了布？」

「也？湘兒妳也買了？」

黎湘默默翻出自己買的那一塊棉布。

關氏拿過一瞧，發現和自己買的那塊一樣都是棉的，只是顏色不同而已。

「這還買重了，說明咱母女倆心有靈犀嘛，本來是買了要給妳和翠兒一人做一身的，現在好了，正好做兩身好換洗。」

關翠兒一聽這裡頭還有自己的分兒，連忙拒絕道：「姑姑我有衣裳穿的！妳給表妹一個人做就行了。」

「妳有沒有我難道看不出來嗎？我這個姑姑這麼多年也沒回去看過妳，只是做兩身衣裳給妳，有什麼不行的？這事妳說了不算。」

關氏嫁人生子這麼多年，自然是看得出來姪女佝僂著背的原因，當著丈夫的面兒，她沒說褻衣的事，不過等丈夫去船尾划船了，她還是拉著姊妹倆小聲的說了褻衣的重要性。

關翠兒聽得面紅耳赤，黎湘卻是一點反應都沒有。內衣的重要性不用娘說她也知道的，她現在無比懷念自己衣櫥裡那些舒適又無痕的各種款式小內內，可惜了自己不會裁衣縫製，不然的話將布拿回去自己照著做一件多好。

唉……

只能回去找塊石板偷偷畫給娘瞧瞧，看看她能不能領會再做出來了。不過對於內衣這種東西，女人應該是很敏感的，娘應該能做吧，好想看看成品……

黎湘趴在窗舷上想著亂七八糟的事，晃著晃著又睡了過去。

再醒來的時候，黎湘還沒睜眼便先聽到了一陣吵嚷的聲音，其中對門喬嬸兒的聲音最為響亮。

「瞧瞧，瞧瞧！有錢去買布，卻不知還點錢給村裡人，太不知羞了！秋嫂子，我記得妳前兒還念叨著小牛長得快，又要換衣裳穿了，這黎家欠你們家的錢都夠買好幾身新衣裳了吧？」

那刺耳的聲音聽得黎湘心中頓生煩躁，腦子裡只有一個念頭，趕緊賺錢搬走，跟這種人做鄰居，簡直比住在茅屋旁邊更讓人難以忍受。

她起身綁了下頭髮，發現船艙裡的東西爹娘都已經搬走了，大概是想著搬完了再來叫自己，卻不知怎麼先被對門的看到了布。

今日自家賺了錢，買回來的東西可不少，那喬氏自然是不舒坦了。

黎湘走出去，一眼就瞧見自家屋前圍了七、八個人，兩、三個是債主，其他的都是看熱鬧的，娘的臉色很不好，表姊也差不多，但她卻站在前頭，擋住了喬氏咄咄逼人的氣勢。

只是，這麼多人，怎麼沒瞧見爹？

不管了，先上。

「喬嬸兒，妳說妳怎麼這麼喜歡來我家吵架呀，我家今兒可沒煮肉吃。」

聽到黎湘這話，好些人都想起上回喬氏吵架丟的臉，幾個沒忍住的還笑了。

喬氏兩眼一瞇，臉上表情沒有絲毫變化，彷彿一點都不生氣。

「妳家煮不煮肉是妳家的事，咱現在說的是妳家有錢買這麼多布，怎麼卻沒錢多還點給債主？」

狗拿耗子多管閒事。

黎湘真是想把這句話刻在她腦門上。

「喬嬸兒，妳是我家的債主嗎？」

喬氏一噎。「……」

「今天是還債的日子嗎？」

喬氏再噎。「……」

「妳是我娘肚子裡的蛔蟲嗎？妳怎麼知道明日我們家不會多還些給村裡的叔叔嬸嬸？」

黎湘一連幾問，問得喬氏臉都脹紅了也沒答出來。

她無非就是想煽風點火，那就滅了她的火。其實這群人裡頭，最沒資格來聲討的就是她了。

「各位嬸嬸，妳們都是看著我長大的，從小到大我穿的都是我娘我奶的衣裳改的，十三歲了，扯點布做身衣裳很過分嗎？」

黎湘說著話，眼圈兒便跟著紅了，那小可憐的模樣瞬間叫周圍人清醒過來。

是啊，黎家這十幾年來過的什麼日子大家有目共睹，怎麼到了喬氏嘴裡，就變得舒適安逸，她們居然還差點跟著喬氏的思路走了！

「咳……那什麼，家裡還有活兒呢，我先回去了。湘丫頭莫哭啊，嬸兒對妳家可沒意見。」

「是是是，我家裡也還有事。」

七、八個人很快離開，丟下喬氏一人。

沒人看她唱戲，她這獨角戲自然也就演不出來了，最後也只能咕噥了幾句悻悻回了家。

黎湘鬆了一口氣，看著她回家就跟送瘟神一樣。

「娘，下次她要是再來，妳就直接進屋子不要理她就是了。」

關氏點點頭，泛白的臉緩和過來。

她不是不會吵架，只是身體不行，一動大氣就又要在床上躺個三五日，白白浪費銀錢抓藥。所以遇上喬氏她一向是能忍則忍，不跟她較勁。今日還好，沒受什麼氣，就是整日下來精神有些不濟，這個樣子自然是做不了衣裳的，她一回屋就躺下了。

關翠兒是個閒不住的，進屋就開始收拾打掃、洗衣裳，洗完又出去翻地，因為她聽到表妹說想要種些韭菜、辣椒。

小半個時辰後，黎湘才瞧見自家爹回來，隔著老遠都能感受到他身上的那種輕快、喜悅的情緒。

「爹，你去村長家談什麼了，這麼開心？」

「還能是什麼，當然是把錢還了嘛。」

黎江雖然有些肉疼那些給出去的銀貝，但這麼多年當真是多虧了村長的照顧，所以他一有錢便想著先還了村長的，其他的就等著明天再說了。明日是月初一日，固定還錢的日子，村民們會自己上門來拿錢，也省得他一家家去再跑。

「爹，現在能不能告訴我，家裡一共欠了多少？」

「欠挺多，好多年了，舊的沒還完又欠了新的，妳娘早些年病情凶險，郎中開了藥方要一整根人參配藥，我去藥鋪問過了，最便宜的都要十五個銀貝。」

人參這東西哪裡是窮苦人家能吃得起的，可他又不能眼睜睜看著妻子死，所以只能求到了村長那兒。

當時黎家剛沒了大兒，小女兒也整日啼哭，一家子著實淒慘，村長便號召了全村的人借錢。

若是幾百銅貝，一家捐贈幾個也就完了，可十五銀貝，不打契約借，誰甘心出那個錢？

也是黎江一家平時口碑不錯，又有漁船有收入，村裡人願意相信他才借了錢，少的幾十，多的上百，都由村長記著帳，一百二十戶人家，有大半都借了錢，還到現在還有五十來戶的錢沒還清。

其實若不是這些年闞氏病情反覆，村裡的錢早就還完了。

「村長當初借了咱家兩百銅貝，這些年也一直沒有催著還。爹剛剛去還錢的時候，拿了妳一罐子黃油醬去。」

「應該的……」

黎湘有原身的記憶，知道村長爺爺是個很好很好的老人家。

「咱家現在總共還欠村裡十個銀貝，另外妳裘叔那兒，還欠了他三百，還有其他的幾個叔叔，加起來也有四百多。」

這些都是妻子後來生病他又去借的，村裡實在沒臉去借了。

黎江說起這些，眼裡都泛著淚花。

「不說那些了，不管欠多少，咱家這回都給還了。」

黎湘還沒來得及跟著傷感，便聽到爹說要都還了。

「爹你要一次全還掉？」

「是這麼打算的，有錢了當然要把債全還清。」

「……」

黎湘斟酌了又斟酌才開口勸道：「爹，要不然咱們先還三個月的，一次全還清太多，太招人眼了。當然，裘叔他們私下你可以全還掉。」

聽了女兒這話，黎江愣神了好一會兒，他也不傻，之前都是叫還錢的興奮給沖昏了頭。

「是這個理，不能太招人眼了，咱家在外人眼裡才開始做買賣沒兩日呢。」

說到買賣……

「湘兒，今兒咱家和茶樓簽了契，日後不能在城裡賣包子了，那以後是要到鎮上賣嗎？」

「不啊，鎮上能賺啥錢？咱們還是去城裡賣，但不賣包子，咱們改賣餃子。不過餃子這東西就不好裝在籃子裡賣了，得去租個攤位，又或者是租個鋪面……」

黎湘說完抬頭瞧了下爹的臉色，見他沒有反對的意思才繼續說道：「餃子乾吃要配蘸料，加湯吃要桌椅碗筷，所以基本要求是租攤位，當然最好是租鋪面。」

租個攤位一到下雨就濕涼，有個鋪面，颳風下雨都不怕，她是更傾向於租鋪面的，就是不知道城裡租鋪面的價錢……

黎江沒有一口應下，雖然餃子也很好吃，但城裡的鋪面想也知道會很貴，怎麼都得等明日去瞧過了再說。

父女倆默契的沒再提及鋪面的事。

第七章

第二天一早，又是天還沒亮的時候，黎湘便摸黑起了床。

昨晚她臨睡前才想起答應了那個小哥今日會早些進城裡賣包子的事，雖說包子已經簽給茶樓不能賣了，但自己送人吃他們是管不著的。

人家那般照顧生意，不管今日他會不會來，黎湘都覺得該守信去瞧瞧，另外再通知他茶樓以後都有包子賣了。

昨晚睡前她就已經拿酒發了老麵，這會兒起來和麵正好。才起來點了燈，沒一炷香時間就聽到表姊的房間傳出了響動，果然沒一會兒就瞧見表姊也起床了。

「表妹，有什麼要我幫忙的嗎？」

「有啊有啊，表姊妳來幫我和麵吧。」

黎湘有意培養關翠兒做吃食的手藝，乾脆把麵交給她，自己則是在一旁掌燈做指導。和麵這東西，掌握好比例後其實容易得很，揉麵也簡單，有一把力氣就足夠了，擀皮包包子這些，關翠兒更是昨日就學會了。

一個聰慧的「徒弟」，帶起來當真是無比順心。

很快，從頭到腳都是由關翠兒自己完成的一籠包子出鍋了。

「表姊，妳看看妳多厲害，包子才學一天妳就會做了。」

黎湘挾了一個到碗裡嚐了下，立刻又讚道：「跟我做的味道基本沒什麼區別，表姊，妳手真巧。」

「表妹妳可別哄我。」

關翠兒一雙眼水潤潤亮晶晶的，飽含期待。

「妳自己嚐嚐就知道了嘛，來這個給妳。」

黎湘也給她挾了一個，剛出蒸籠的包子還燙得很，關翠兒等不及的咬了一口，驚喜得幾乎要掉淚。

昨日包子都叫姑父拿走後，蒸籠裡還剩兩個包子，她和姑姑一人一個，那是她第一次吃包子，味道可以說是永生難忘。而眼前這個包子，自己親手擀和親手包的，蒸出來的味道居然和昨日那個差不多！

其中雖然有餡兒的原因在，但不可否認的是自己揉的麵是過關的。

「表姊，昨兒個我跟妳說的事妳再好好想想，妳看看妳這手藝多好，我雇妳可不是照顧妳，是因為妳自己有這個能力。」

黎湘吃完包子留下這麼一句話便去搬東西上船了，關翠兒坐在灶前小口小口的吃著包子，眼睛卻是越來越亮。

很快天明了，一家子洗漱洗漱都起了床。

早飯自然就是關翠兒包的那幾個包子，還有黎湘後頭熬的一點粟米粥。早上一碗清粥配包子，既有營養又養胃。

剛吃完呢，就有人上門來了。

畢竟大家都知道黎江是要早早出門捕魚的，所以來得都很早。

黎湘和關翠兒趕緊去搬了板凳椅子出來給村民們坐，自己則是進了灶間收拾。還完錢馬上就得走呢。

「表妹……這個，妳拿回去。」

眼前冷不防的出現了一把銅貝，黎湘懵了下才反應過來，這是自己昨日給表姊的工錢。

這傻姊姊定是瞧見自家還在還錢，心裡過意不去了。

「表姊，這是工錢，該拿的。我家的債用不了多久就能還完，妳不用擔心。」

「不行！表妹妳拿去先還了。」

這回關翠兒倔得很，死活都不肯收回那十五個銅貝。黎湘當真是哭笑不得，只能偷偷塞回她的包袱裡去。

家裡賺了五十銀貝這事，目前她還沒有想過要告訴表姊，得等自家買賣固定下來再說吧，她還要再觀察觀察。

黎湘跟著表姊在灶間忙活著收拾乾淨後，外頭的村民也已經拿了錢高高興興的離開了，一家子這才鎖上家門出發進城。

船還是那艘船，人也還是那些人，但現在一家子的心情和昨日比起來簡直一個天上一個地下。

黎江只覺得日子有盼頭得很，划船都格外有力氣。關氏也是心情大好，連氣色瞧著也和正常人一般無二。

因為今日不用再包那麼多包子了，所以那幾條板凳都被她占用拿來裁布製衣，反正在船上待著也沒事做，她正好搬了她的針線簍子上船，等快到城裡的時候，再把棉布簍子一收，讓給女兒去包幾個包子蒸上。

黎湘一共就包了五個，反正茶樓那麼近，他不夠就自己進去再買就是。

「表姊一起去唄？」

關翠兒一想到跟著表妹出去她興許又會為自己花錢，便非常堅定的拒絕了。

「我留在船上陪姑姑。」

關氏忙說不用，叫她跟著一起出去轉轉，可關翠兒就是不願意，黎湘便也隨她了。

父女倆一起上了岸，提著包子趕到了約定好的地方。這回她來得早，到了差不到一刻鐘後才見那小哥慢悠悠的晃過來。

「嘖，還真是說話算話，來得早了。小丫頭，再幫我包二十個包子。」

「小哥，今日我只做了五個包子，這是送你的。因為久福茶樓已經買了我這手藝，所以我不能再賣包子了，以後你們主子再要包子的話你可以到茶樓裡去買，味道差不多的哦。」

小池無言。「……」

所以這黎湘小丫頭聽話來這麼早，就是為了給自己送幾個包子？這麼實誠的姑娘還真是——怪可愛的。

黎湘把包子包好遞給小池後總算是了卻心事，這才跟著爹一起去了茶樓。

一晃又小半個時辰過去。

其實姜憫做包子的手藝幾乎已經挑不出錯來了，只是他對鹹口的包子餡味道沒有那麼敏感，所以她在後廚小半個時辰裡都是在教姜憫調餡兒。

教完調餡兒，她的契約就算是履行完畢，臨出門的時候黎湘又去找苗掌櫃打聽了點事。

「什麼？妳想租鋪子？丫頭妳可是簽了契約不賣包子的！」

苗掌櫃一聽黎湘問鋪子，頓時急了。

「咱們可是說好了的，三年呢。」

「掌櫃的你先聽我說完呀，我又沒說租鋪子是要賣包子，只是打算做些別的小買賣。我娘還生著病呢，肯定得有個營生。所以想問問你，靠譜的房牙能不能幫忙介紹一個。」

城裡頭的水深著呢，黎湘不敢託大出去隨便找，也只能問問這個苗掌櫃了。

「如何？苗掌櫃？」

聽到說不是賣包子，苗掌櫃立刻陰轉多雲，又熱情起來。

「房牙我沒有很熟識的，但有一個房產特多的老朋友，妳且等等，我給寫句話妳帶去。」

他返回櫃檯取了竹簡，一邊寫一邊念叨道：「那秦六呀說起來以前也是跟我差不多，可人家媳婦兒娶得好，陪嫁了好些鋪子房子，這些年啥也不幹，躺在家裡便能收錢，別提多瀟灑了。」

這話酸溜溜的，黎湘不好接，只是尷尬的笑了笑。

「那秦六住在哪兒呢？離這裡遠嗎？」

「遠是不遠，就在對面那片民宅裡。妳過橋後隨便找個人打聽秦六，或者六爺，很容易找的。」

苗掌櫃吹了吹竹簡上的墨跡，差不多乾了才交到黎湘手上。

「妳見著他就說是我介紹去的，把這竹簡給他瞧瞧就行了。」

「謝謝苗掌櫃！」

黎湘開心得很，拿著竹簡一路小跑出了茶樓。

「爹！苗掌櫃介紹了相熟的房牙給咱們，走吧！」

「不先去瞧瞧鬧市的攤位嗎？」

「爹，我問過啦，鬧市的攤位都是日租的，這會兒去看，有好的也是被人占了的，咱們先去看鋪子，要是太貴了，或者沒好的，那咱們再去瞧攤位，然後明兒早些去交錢，成不？」

她都打聽清楚了，黎江自然是沒什麼意見，父女倆立刻沿路尋到橋過了小河找過去，打聽秦六沒幾個人知道，一問六爺立刻就有人指了路。

順著小河兩人又走了一刻鐘左右，總算是找到一家門口有兩棵桂花樹的小院子。

這和黎湘腦子裡想像的大宅院不能說是相像吧，只能說是毫無關係，她有些摸不清自己是不是找錯了地方，一個有著眾多房產的「大佬」，住的竟然是這麼小的院子。

門口敞開著，裡頭也是靜悄悄的，父女倆面面相覷，一時拿不準要不要直接進去，這時一道聲音從身後傳來。

「找誰的？」

黎湘一回頭就瞧見個帥大叔，懷裡還抱著一隻漂亮的白貓。

「你是……秦六爺嗎？」

「這裡沒有秦六爺，只有秦六。找我有什麼事？」

「秦兄弟是這樣的，我們父女倆想在城裡租個商鋪做點吃食買賣，久福茶樓的苗掌櫃知道後就介紹我們來找你了，這是他讓我們帶的話。」

黎江把竹簡遞過去，那秦六看完便笑了。

「這老東西，還是那樣懶。行吧，給他個面子，你們要看多少價位的商鋪？」

「這……有哪些價位？」

「有……算了，先進屋再說吧，這臭貓挺沈的。」

黎湘無言。「……」

剛瞧著還以為這帥大叔是個愛貓的，外表高冷內心萌萌噠，沒想到自己看錯了。那隻貓好漂亮好乖，好想摸一把……

「湘兒，進來呀。」

「哦！來了！」

黎湘走在最後頭，跟著那秦六進了院子，眼睛忍不住去盯那隻貓。那貓不知是不是有靈性，也伸著個脖子瞧著黎湘，秦六扯了幾回沒扯回去，乾脆一把將牠從懷裡掃了下去。

「找你娘去！」

大白貓縮著頭瞄了黎湘兩眼，這才嗖嗖跑走沒了影兒。

黎湘撇嘴。「……」

小氣，看兩眼又不會少塊肉。

秦六拍拍身上的貓毛，取了一大串鑰匙出來。

「你們是苗莊介紹來的，不知道他有沒有和你們提過，我家的鋪子都是在河邊的。」

「他沒有提過……河邊怎麼了？」

「河邊，貴呀……」

秦六面上掛著假笑，並沒有馬上帶父女倆去看鋪子。倒不是他狗眼看人低瞧不起人，而是他覺得這父女倆看著不像是個爽快的，苦慣了的人哪裡捨得花上大筆錢去租一個鋪子呢，等下聽到價錢，只怕立刻就要掉頭回去了。

「我呢現在手上有四間空著的鋪子，但是適合做吃食的只有兩間。一間大一間小，大的一月八銀貝，小的一月四銀貝，三月起租。也就是說，如果你們要租的話，需要一次交齊三個月的租金。」

黎江聽完倒吸了口涼氣。

老天爺，一個月的租金至少要四個銀貝！這城裡的房子也太貴了吧！

他扯了扯女兒的袖子，打起了退堂鼓。

黎湘一動不動，她的反應沒她爹那麼大，畢竟早就有心理準備了。

陵安城就她這兩日的觀察來看，是座非常繁華的城市，水路交通方便，來往的異地客商不少，城裡房子門面貴也有它貴的道理。

「秦六叔，那其他兩間不適合做吃食的鋪子一個月租金多少呢？」

「別想了，價錢都是差不多。一間在一家壽材店旁，一家嘛，離煙花之地太近，我想妳爹應該不會同意的。」

黎湘沈默了，的確，那兩鋪面都不適合租來賣吃食。

「那麻煩秦六叔帶我和我爹去瞧瞧那間小的吧？」

「湘兒……」

「爹，放心，你還不相信我的手藝嗎？」

黎江哪裡放心得下來，畢竟是那麼多的銀錢。可他瞧著女兒那期待的眼神，實在說不出拒絕的話來。

「秦兄弟，麻煩你帶我們去瞧瞧吧。」

秦六有些詫異，更有些好奇，這小丫頭到底有什麼手藝，說話這麼的自信，鄉下人做的吃食在城裡可不好賣，苗莊這是從哪兒刨來的人？

「行，那走吧，也不遠。」

既然都介紹來了，那這父女倆肯定是出得起銀錢的，帶他們看看也無妨。

秦六走在前頭帶路，沿著河道走了大概一刻鐘左右，周圍住戶明顯少了，商鋪卻多了起來。

越往下便越是熱鬧，賣糖人的、賣香料的、衣裳鋪子七七八八一大堆，黎湘眼睛都要看不過來了。

「到了，就這間。」

秦六上前開了鎖，站在門邊沒有進去。這間鋪子臨著河道，水氣重，又長時間鎖著門，裡頭有些霉味兒。黎湘揮揮袖子感覺還可以接受，拉著爹進去仔細打量起來。

這間鋪子說小其實也不能算小，和現代那些只有一、兩坪的店比起來已經算很大了。她估摸著大概有六坪，標標準準的長方形，正門面朝河道最是熱鬧，後門鎖著看不見外面，但牆上開了大大的窗子，打開就能瞧見另外的一條街。

後邊雖說沒有沿岸的商鋪熱鬧，但行人也不少，只要宣傳到位，客人只會多不會少。

就是這間鋪子實在太空了，若是租下來的話，還要再去砌灶臺、打碗櫃、置辦桌椅，要開張起碼得六、七天才行。

她是等得起，就是不知道花起錢來爹那小心臟受不受得了了。

「爹，我瞧著這鋪子挺好的，雖說是貴了點，但位置好呀，你看看外頭來來往往的人，就你女兒這手藝，還怕留不住客嗎？」

這話倒是……

黎江想到女兒最近做的吃食，不管是包子、餃子還是麵，無一不是十分美味，就連苗掌櫃都拿了五十銀貝出來買女兒的手藝，可見女兒的手藝有多好。

他該對女兒有信心才是！不就是一月四個銀貝，三個月十二銀貝嗎？他、他再心疼也是可以拿出來的！

「成！咱們租！」

「誒？先等等，你們聽完我說的話以後再決定要不要租。」

秦六站在牆角朝父女倆招手。

「有些話還是要說在前頭的。你們要是租下來，灶臺只能砌在這個位置，煙囪必須走後面，除了這兩邊可以動牆之外，其他牆上絕對不允許有任何挖鑿，還有樓上的兩間屋子，一根木頭都不許動。」
「啥？樓上的房間也是一起租的嗎？」
黎湘簡直是喜出望外，立刻決定要把鋪子租下來。
她之前還想著要是自家來城裡做買賣，娘該怎麼辦？她身子弱，又不能一直費神，店裡做生意環境吵雜，她就是想休息都沒得休息，現在好了，樓上的兩間屋子居然也是一起租的，那這四個銀貝太值了！
「秦六叔，這鋪子我們租啦，去寫契簡吧！」
「……」
「真想好了？一次就要付我十二銀貝的。」
黎湘趕緊扯了扯爹的衣裳，黎江只能硬著頭皮應下來。
秦六見人答應了也就不再細問，反正自己條件都說了，他們還要租就租吧！
他領著父女倆從後門出去，上了側邊的樓梯到樓上瞧了瞧，然後才一路回去寫了契簡。
一下給出去十二銀貝就換來了兩把鑰匙，黎江心疼得簡直要滴血，等他想到還要請人來打碗櫃、訂桌椅，那真是一個頭兩個大。
原本他是想把錢攢著給女兒到時候置辦嫁妝的，結果現在一下就去了一半，他這才有些開始後悔。
黎湘哪能容他後悔，打聽了市場上賣二手桌椅的地方，立刻就拉著爹找過去，挑挑揀揀一個多時辰，配了六張窄桌和十條長板凳，一共花了一百五十銅貝。

好不容易都搬到鋪子裡，黎江心想差不多了，就砌個灶臺和煙囪完事了，誰知道還有！

「爹，咱們新店得有個名稱做招牌呀，還有食單，也得去找人寫吧？誰叫咱倆不識字呢。」

黎江無言。「……」

他還能說什麼，他只能乖乖的掏錢。

父女倆跑了好幾家店，先寫了食單出來，回來把鋪子樓上的房間重點打掃了一遍後，這才返回泊船的地方，把姑姪倆接到鋪子裡。

關氏哪裡想到在船上等了兩個時辰，居然等來了這樣的驚喜（嚇）！她都不敢問這鋪子租了多少錢，反正肯定是會叫她心痛到發病的數兒！

「這鋪子就這麼租了？什麼時候開張？打算賣什麼？」

「小飯館嘛，只要是吃食都能賣，咱家多備點食單，客人想吃什麼就做什麼。」

黎湘已經迫不及待想要在新鋪子裡一展身手了。

「表姊，妳瞧吧，我沒忽悠妳，現在我家租了鋪子要做吃食買賣，妳要是不拿工錢，以後可不許幹活。」

「我不是在作夢吧……」

關翠兒整個腦袋都迷糊了。姑姑一家不是還欠著債嗎？不是因為常年吃藥家裡很窮嗎？

為什麼跟她看到的完全不一樣？
「姑姑，你們真的要雇我做活兒嗎？」
「當然是真的啦。」
關氏心知自己就是個拖累，平時幹活都幫不到丈夫女兒，也只能寄望於翠兒身上，希望有她一起幫忙，丈夫女兒能輕鬆幾分。
「爹、娘！我去隔壁鋪子找老闆問問看砌灶臺的師傅住哪，你們把板凳、桌子先規整到角落裡去。」
「行，妳去吧，我來收拾。」
黎江搬起桌子、板凳往角落裡放，關氏跟著一起收拾的時候看到了一袋木牌子，拿出來一看，顯然是自家的食單。
她雖沒學過字，但活了這麼多年，數兒總是識得幾個。
這些個不知道是什麼吃食的，有的要五個銅貝，有的要七個，還有二十到三十的！什麼菜那麼貴呀？
關氏正想拿著去問丈夫，突然瞥見最底下一塊木牌，個頭比其他的都大，價錢也是用紅色寫的，格外顯眼。
就一個大大的一……嗯？一個銅貝？
不不不，哪有那麼便宜的菜式。可若不是一銅貝的話，難不成是一銀?!

關氏頭一回覺得自己不識字是真麻煩，連個食單都看不明白。這道菜究竟是什麼呢？到底多少錢？

「當家的，這塊牌子上是什麼菜啊？」

黎江回頭一瞧，一臉茫然道：「這得問湘兒，食單都是她找人寫的，我當時只顧著瞧招牌去了。」

關氏無言。「……」

神神秘秘的，心更癢了。可女兒這會兒去隔壁打聽事去了，一時半會兒也回不來，誒，隔壁是個啥店來著？

黎湘站在隔壁店門口，看著店家的招牌，只認出了一個「風」字。這是一家賣雜貨的，鋪面比自家小上一半，生意還挺好的樣子，她在店裡轉了快一刻鐘後，店主才有空招呼她。

「姑娘想買點什麼？我這店裡針線碗筷油鹽全都有。」

店主是個略有些胖胖的女老闆，瞧著是三十來歲的模樣，但身上一股子奶味，顯然剛生產完沒幾個月，實際年齡大概要小上一些。

「大姊，我不是來買東西的，我是隔壁的租戶，想跟妳打聽點事。」

「喲！隔壁租出去啦？我姓唐，姑娘，妳貴姓啊？你們打算做什麼營生啊？來來來，坐下說。」

唐惠熱情的拉著黎湘坐到了櫃檯裡頭，黎湘也只好把正事放到一邊，先自我介紹一番。

「我們家是準備做些吃食來賣，可店裡頭還沒砌灶臺，所以就想來找妳打聽打聽，知不知道附近哪兒有砌灶臺的師傅。」

「欸！找我妳就問對人了！我二姊夫就是幹這個活兒的，他手腳快得很，兩天就能給妳家灶臺煙囪砌出來，妳要是信得過我，晚上我就回去說一說，明兒他就能去妳家幹活。」

「那真是太好了！」

黎湘連連道謝，當下便和唐惠說定了時間。

她倒不擔心被坑，畢竟兩家日後可是長久的鄰居，正常人都不會使壞搞得日後難看，而且她相信自己看人的眼光。從唐惠招待客人、和客人之間的談話，就能看出她是個性子溫和的人，和她交好，沒錯的。

等黎湘再出門時，唐大姊已經變成了惠姊姊，聽著就親近得很。

「惠姊姊，我們家鋪子剛租下來，裡頭還亂得很，我得回去先幫忙收拾了，等拾掇好了再請妳來我家做客。」

「好！」

唐惠笑咪咪的送走了人，轉身回鋪子的時候，臉上的笑意卻是一點點散了。她這個店是從娘家帶來的，從小她就跟著娘在這裡看店，眼瞧著隔壁換了一家又一家的人，一家比一家人品差。

雖說方才那姓黎的小姑娘瞧著是個面甜心善的，但誰知道呢？當初那幾家，誰剛來的時候不是一副樂呵呵的模樣呢？時間一長各種毛病便都出來了，順手摸點針線都還是小事，最可氣的是有那不要臉的居然趁著來買東西想占她便宜。

但願這姓黎的小姑娘一家是個好的吧。

「惠娘啊，給我拿個簸箕瞧瞧。」

「來了來了……」

雜貨店裡很快又忙活起來。

黎湘回到鋪子裡的時候，桌椅板凳都已經放到了牆角，爹娘正拿著船上帶來的水桶、抹布打了水在擦門窗，表姊則是不知從哪兒找了個爛笤帚把鋪子裡都掃了一遍。

人多就是力量大，不過兩刻鐘的時間，鋪子便收拾得差不多了。

「湘兒，妳過來看看這牌子，上頭有一個一，到底是一銅還是一銀？」

黎湘走過去一瞧，嘿，正是自己特製的招牌菜牌子。

「當然是銀貝了，一個銅貝能掙什麼錢？」

「銀的！湘兒，什麼菜能賣那麼貴啊？是不是太高了點？」

關氏生怕自家鋪子被當成了黑店，一個銀貝是真的貴，反正她是被嚇到了。

「娘，這一個銀貝裡，菜的成本大概占一百銅貝左右，其他賣的那是獨一無二的手藝，反正咱又不會強買強賣，掛著唄，有人願意吃，咱就給他做。」

「這……」

「慧娘，妳就放心吧，咱家湘兒有主意著呢，是大丫頭了。」

黎江頗為欣慰的抹了一把汗，轉頭問起了砌灶師傅的事。

「湘兒，妳問到地方了嗎？趁著天色還早，我去跟人家把日子定下，也好早些開工。這鋪子都租了，得趕緊把買賣做起來才是。」

一天十幾個銅貝呢，不開張他心慌。

黎湘點點頭，把自己和隔壁唐惠商量好的時間說了出來。

「今日咱們匆匆忙忙的什麼東西都沒準備，我跟她說好了，明天她二姊夫辰時左右會過來，砌灶臺和煙囪的那些泥磚人家都有現成的，咱就不要去和了，明天爹娘守在鋪子裡給他打打下手，我和表姊出去把做菜要用的東西買回來。」另外，最重要的是——「爹，我想咱們能不能暫時搬到城裡來住。」

黎湘是喜歡自家的環境沒錯，但家有惡鄰實在是倒胃口得很，而且日後在城裡做買賣了難道還要來回兩頭跑？來回要行一個多時辰呢，那爹多累。

她到樓上瞧過，一大一小的兩間屋子，裡頭小的那間架個略大的雙人床、再放個窄桌就差不多了，到時候自己和表姊一起住，大的給爹娘住正好。擠是擠了點，但堅持個半年一年的，她肯定能賺到錢換大屋子住！

沒錯，黎湘就是對自己這麼有信心！

「娘，妳想想，要是每天還要回村子裡，爹會有多累呀。」

一句話瞬間戳中了關氏的心窩子，自家男人自己疼，她立刻站到了女兒那邊。

「湘兒說的沒錯，還是住到城裡好，也不用搬太多東西，把被褥跟衣裳拿兩套帶來就行了。」

黎江無言。「……」

媳婦兒和女兒都要搬到城裡，難道他要一個人回去嗎？當然也只能答應了。

至於關翠兒，她一點意見都沒有。姑姑家吃的好住的好，馬上還能做工賺錢，這麼好的日子，就是讓她睡在鋪子裡的地上她都樂意。

意見一致後，黎江便馬不停蹄的去把船划過來，短暫停留間把蒸籠、碗筷和船上的長板凳七七八八的都放到了岸上，然後再把船停到另一個地方，比從茶樓那邊過來近很多。

搬下來的長板凳黎湘直接扛到樓上放好，三條板凳加上木板就能鋪成一張床，木板家裡有現成的，等明天運上來一鋪，床的問題就解決了。

「肚子好餓啊……表姊妳餓了嗎？」

關翠兒搖頭說不餓。

黎湘不信，她巴在窗臺往外一瞧太陽的位置，差不多已經申時左右了。有了鋪子太過興奮，忙著忙著居然把吃飯給忘了。

她記得來時路上有瞧見一家粥鋪。

「表姊走！咱倆去買點粥回來吃。」

黎湘拉著關翠兒洗了兩個大碗便出了門。

「表姊，以後妳得習慣出門啦，等鋪子裡的買賣做起來，需要妳的地方可多著呢。妳說萬一我炒菜時缺點調料或是缺點配菜叫妳出來買，結果妳一出門就懵了，都不知道是往左還是往右那多難受，所以從現在起就要記路了。」

關翠兒非常認真的點點頭，即便表妹走在前面看不見。

她喜歡被表妹需要、被表妹肯定的感覺，她要做個有用的人！

姊妹倆很快買了兩大碗粥回去，四個人的量一共兩銅貝，賣粥配醃菜，賺是能賺，但只有薄利，這也是黎湘一開始就沒考慮過賣它的原因。

一家子喝完了粥後，收拾好工具，這才鎖上門離開城裡。

這回路上黎湘沒再睡覺了，她隱隱有種感覺，若是睡著了，肯定又會錯過什麼事。

果不其然，船還沒靠岸，她就瞧見家門口站了兩個男人，近了瞧得仔細才發現居然是那老王八……啊不，是王老八父子倆。

這才短短兩日，父子倆竟是憔悴了許多，彷彿生了一場大病似的。

「老王？你倆這是？」

「大江你可算是回來了！這回你可得幫幫我們！」

兩個大男人一左一右的圍著黎江，抓著他的手便不肯放，黎湘不知為什麼瞧著他倆那狼狽的樣子就想笑。不用猜都知道，老王家這兩日沒少死螃蟹，估計死了也捨不得丟，只好自家人吃了。偏偏死螃蟹的細菌太多太多，再健康的人吃了也要拉拉肚子，瞧這父子倆的面相，嗯，沒少拉。

嘖嘖，真是報應……

「大江，我的毛蟹都是四個銅貝十斤收來的，我也不漲價了，就原價轉給你怎麼樣？」

「……」

「老王，我們家沒打算再收毛蟹了。」

黎江話音剛落，小王突然滑下去抱著他的腿抽泣出聲。

「大江叔你就幫幫我們吧，我們實在是找不到願意買螃蟹的人了，五十斤螃蟹天天都在死，吃都吃不過來。」

「噗！」

黎湘沒忍住笑出了聲，這父子倆還能跑到自家來哭哭啼啼的，還真是命大。

「死螃蟹不能吃的，那東西髒東西太多，吃完輕者上吐下瀉，重者……就不好說了。」

「是是是！就是上吐下瀉，這兩日可真是折騰得不輕。」

王老八一改當日囂張的模樣，很是謙虛的向黎湘請教道：「湘丫頭妳可知要怎麼解毒？我家那口子還有兒媳都還在床上躺著呢。」

「解毒？那你要找郎中啊，我又不會看病。」

「可是看郎中不得花……」

王老八看著黎湘那張不太高興的臉，訕訕的把錢字嚥了回去，轉頭去求黎江。

「大江，咱倆認識這麼多年了，多少有些情分在吧？你就幫我一回，就一回！這些毛蟹我實在沒法子處理了！」

都知道他是四個銅貝十斤收回來的，零賣賣不出去，整賣又沒人買，降價他又捨不得，這就耽擱到了現在。

黎江有些心軟，他知道老王不是什麼好人，但小王為人還算可以，挺大一個老爺們這樣抱著自己的腿哭，他有些受不住。

反正這些螃蟹做的黃油醬可以存放挺久，買下來做成醬也不會虧。正當他想點頭說要買時，突然察覺袖子被女兒扯了扯。

「湘兒？」

「爹你先別急呀，咱們先談好價錢。」

「價錢？不是四個銅貝十斤嗎？」黎江一頭霧水。

「四個銅貝那是前兩天的價，現在咱們又不做毛蟹買賣了，自然要降一降。王叔，就瞧在你和我爹的多年『交情』上，十斤三個銅貝吧。」

「妳！」

趁火打劫呀！

王老八不說賣也不說不賣，就這麼直勾勾的瞧著黎江，盼著他駁回黎湘的話。結果沒想到黎江他居然點頭了！他點頭了?!

堂堂一個男子漢居然聽一個小丫頭的話，簡直恥辱！

「怎麼樣？王叔，要賣嗎？」

「要……」

王老八最後不情不願的把毛蟹以三個銅貝十斤的價格都賣給了黎家，好笑的是打開麻袋檢查的時候又死了七、八隻，最後一秤也就三十斤了。

二十銅貝收來的蟹回本九銅貝，自己一家還被折騰得半死不活的，王老八腸子都悔青了，一拿到錢便立刻帶著兒子回了家。

「趕緊蒸了吧，別又拖死了。」黎江說完，突然想起自家的蒸籠、鐵鍋都已搬到了鋪子，現下家裡就剩以前做飯的陶罐了……

三十斤毛蟹用陶罐慢慢蒸，只怕要弄到好晚了。

黎湘也想到了這茬兒，可眼下也沒別的法子，只能趕緊動手，早些全部蒸完。

一家子生火的生火、洗衣的洗衣，等螃蟹熟了便一起剝螃蟹，偶爾饞了便吃上一塊蟹黃，香得人連疲累都忘了。

四個人點著燈一直剝到亥時，才總算把三十斤螃蟹都給剝了出來，只是剝出來後還要炒製、慢熬裝罐，黎湘便催著爹娘先睡，自己和表姊來就行。

黎江明日還要早起收拾行李划船，也沒堅持，簡單洗漱便睡了。

黎湘其實也睏得不行了，但她瞧著表姊那好學的樣子，也跟著打起了精神，教她做禿黃油，又折騰了大半個時辰才安心睡下。

晚上睡得太晚，早上卻又得早起真是太痛苦了，黎湘惦記著和唐惠說好的時間，不敢磨蹭，強打著精神起了床。

洗漱完便趕緊把被褥捲好捆起來放到船上，還有床板和家裡的米油糧食，一大堆東西都放上去，船艙幾乎沒有能站的地方了，三個人只能坐在船頭，頂著風去城裡。

十一月的早上，江上的風是很冷的，關氏生怕著涼再拖累丈夫女兒，裹著床被子只敢露出一雙眼睛，瞧得黎湘又好笑又心酸。

娘的病一半是心病，一半是早年落了病根沒好好調養，這些年又生活太差所致。從現在就得開始好好給她調理調理了，飲食上的營養一定要到位，絕對不能省。

黎湘幹勁滿滿，恨不得立即開張開始賺錢。她正想著日後的計劃呢，突然聽到表姊驚呼一聲，一坨還冒著熱氣的粟米糕擦過關翠兒的臉砸到了船板上。

是誰?!黎湘站起身四下一看，立刻找到了罪魁禍首。

前方不遠的一艘小船，船尾正坐著一個眼熟的少年，挑釁的朝黎湘揮了揮手。那是上回在鎮上向自己打聽伍乘風的少年，他叫什麼來著？想不起來了。

「他是誰呀？」關翠兒站到黎湘身邊瞧過去，有些莫名其妙。

「表姊，臉上擦一擦，黏上米了。」

「……」

「疼不疼？」

「不怎麼疼，就擦了一下。」

前頭船上的駱澤見兩姑娘說話沒理他，忍不住又丟了一坨粟米過去。

「誒！小丫頭！真是妳啊。」

這回粟米直接砸到了黎湘手上，好好的糧食就讓他這麼糟蹋了。

黎湘皺著眉不耐煩地把手上的粟米糕抓下來團了團，盯準目標朝著那人直接砸了回去。

什麼人啊這是，打招呼是這樣打的嗎？沒禮貌。

黏答答的粟米拍在駱澤臉上，直接把他給砸懵了，等他再反應過來的時候，人家的船已經划到了前頭去。

「船家，你再划快點超過去！快快快！」

船夫無語。「……」

「阿澤你給我老實些，咱們這是進城，不能像以前那樣咋咋呼呼的。」

船艙裡的男人還要繼續念叨，駱澤直接不耐煩的打斷了。

「行了行了知道了，天天念叨，煩不煩……」

不就是進城住嗎，只是換個地方而已，依舊是沒有親戚朋友，對他來說根本沒什麼區別。不過，聽說有人在城裡碼頭見過伍乘風，到時候自己可以找他打架去！

至於那個小丫頭，切，真不識趣！駱澤很快便將這一茬兒給忘到了腦後。

黎湘也沒把今日這一齣當回事。畢竟鋪子才剛租下來，要忙的事一大堆呢，誰有閒工夫去記一個不知道名字的人。

一家子把東西卸到岸上後，黎江便先行去泊船。黎湘和關翠兒則是慢慢開始往鋪子裡頭搬東西，現在鋪子裡的碗櫃什麼都沒弄齊，糧食放下面會受潮不說，還怕有老鼠，所以姊妹不光把被褥什麼的搬上了樓，連糧食也一起了。

別的都好說，糧食是真重。

之前剩下的五斤麵粉，還有前天剛買的粟米和家裡存的豆子，沈甸甸的得有五十斤了，黎湘搬上樓再下來時累得不行，扶著門板剛歇了口氣，突然發現眼前掉下一縷灰。

樓上的木板發出輕微的吱呀聲，是表姊剛搬東西上去了。這哪行啊……若是開張了，樓下客人吃著飯，正遇到樓上有人一走動灰掉下來，那多倒胃口。

黎湘趕緊爬上樓瞧了瞧。

裡頭那間小屋子地方就那麼大，板凳已經放好了，就等木板。外頭這間原先是想著把爹娘的床放在靠裡屋的角落裡，儘量空出多餘的空間來，不過現在看來，不行了。

等樓下一開張，自己和表姊肯定是要一直忙的，所以白日不太可能上裡屋，倒是娘，大多時候得在樓上休息或是做針線，在樓上待的時間比較久，這樣床就不能放裡面了，得挪到靠門邊的位置。那兒的下邊是廚房後門，輕輕走幾步路，就是掉灰也是掉廚房後門，不礙事。

「表妹，木板我拿上來啦！」

「妳傻啊妳，一次少拿幾塊，拿這麼多！」

黎湘趕緊去樓梯口把木板接了一半過來。

「表姊妳去鋪咱倆的床，這房間的，我先給調調位置。」

關翠兒應了一聲，抱著那幾塊木板去了裡屋。

姊妹倆在樓上忙活了一炷香的時間，順利鋪好了兩張床，等拿抹布擦一擦後再把乾草被褥放上去就成了。

這會兒樓下的東西已經搬得差不多了，一些小件的關氏也幫著搬到了鋪子裡的桌子上，黎湘瞧著沒什麼要搬的了，便領著表姊去河邊打水回來清掃。

像這種日常刷洗的水，直接從鋪子前的護城河打就行，人喝的話還是得走上百來公尺到一處公用水井去打。

對了，廚房裡頭外面都得備個大水缸才行。

黎湘驟然發現自家鋪子還缺東西，今日要買的東西也是真多，爹估計又要捂心窩子了。

「阿湘妹子在嗎？我是唐惠。」

聽到樓下傳來的聲音，黎湘連忙應了一聲，放下手裡的東西下了樓。

「惠姊姊，你們可真準時，我爹去泊船了，馬上就回來。」

「沒事，我跟妳說一樣的。這是我二姊夫，姓曹，他呢，有個小徒弟運泥磚去了，大概一刻鐘的時間就過來。你們想打什麼樣的灶臺可以先和我二姊夫溝通溝通，不然砌好了不滿意再來拆，會很麻煩。」

「好的，謝謝惠姊姊了。」

「那你們先忙著，我得開門去了，有啥要幫忙的就來叫我。」

唐惠沒有多待，把人往鋪子裡一放便離開了。她那二姊夫是個會來事的，立刻就給自己找了活兒幹。

「黎姑娘，方便跟我說下灶臺的位置嗎？我先畫下線。」

「哦哦！可以可以，曹師傅這邊。」

黎湘照著昨日秦六爺劃分好的廚房位置說給了曹師傅聽，然後便瞧見他拿著瓢舀了石灰，貼牆畫出一個方方正正的形狀。

「等等！」

這個形狀、這個位置，太小了吧，也不實用啊。

「曹師傅，能不能在這邊靠牆角的位置做一個弧形的灶臺？牆角的地方空出一些可以坐人、放柴火什麼的。」

「這……弧形？我還真沒見過是什麼樣的，要不妳來撒？」

黎湘二話不說便接過了石灰袋子。

對廚師來說，一個順手的灶臺太重要了，一個兩孔灶顯然是不夠用的，她自己拿著石灰撒，將牆角的位置幾乎都圈了起來，只留下一個兩人寬的口子。

灶臺分橫著三個大孔、豎著三中孔，到時候安上陶罐在角落裡，平時幾個大鍋工作它也能溫著水，若是需要煲湯什麼的，只需要另外加柴就行。

她把自己對灶臺的要求仔仔細細的都和曹師傅說了一遍，見他是真的聽明白了，才將石灰袋還給他。

正好這時爹也回來了，黎湘便把弄廚房的事都交給了爹去照看。有他守著鋪子，自己和表姊也能騰出手去採買東西。

「爹，我和表姊出去看看集市的東西，順便把水缸和鍋給訂了，午飯等我回來做啊。」

「知道啦，妳去吧。對了，帶點錢在身上。」

黎江知道女兒身上還有三、四百銅貝，但那是他早就答應給女兒的私房錢，買鍋買水缸自然不能用她的。

「兩銀貝，夠了吧？」

「夠了夠了，放心吧爹，那我們走了啊！」

黎湘宛如出籠的小鳥，拉著關翠兒一路小跑出去。

「表妹，咱們先去哪兒啊？」

「去菜市場瞧瞧吧，畢竟是咱們以後每天都要去的地方，先熟悉熟悉。」

黎湘一邊回答著問題，一邊用心記著自家鋪子周圍的環境。自家左邊是那唐惠的雜貨鋪，右邊隔著一條巷子是一家賣酒水的，另外對岸有三棵靠在一起的柳樹，形狀還滿怪異。

該先問問那秦六爺這邊街道的名字才對，這樣就算是走岔了路，也能問回去。

「表妹，菜市場在哪兒啊？咱們都沒去過，怎麼知道地方？」

黎湘結舌。「……」

她有些無奈的指了指自己的嘴。「表姊妳看這兒是啥？」

「妳的嘴呀……」

「對呀，咱們長了嘴可以問嘛。妳別怕，別老想著人家會瞧不起妳、鄙視妳，俗話說伸手不打笑臉人，見人三分笑，嘴巴再放甜點，一般人都願意回答的。喏，前面那個大姊，提了一籃子菜的那個，表姊，妳照我說的法子去問問她。」

關翠兒一聽要自己上，瞬間緊張起來，捏著衣角，感覺渾身不自在。

「表妹，我不行……」

「怎麼不行，表姊妳長得又不醜，笑一笑，再問她大姊妳知道菜市場在哪兒嗎？就一句話，妳去試試嘛。要是她不理妳，那我保證以後再不要求妳跟人打交道了，去試試，我在這兒陪著妳呢。」

黎湘眨巴眨巴眼，萬分期待的瞧著她。

「那我……我，試試吧。」

關翠兒不想叫表妹失望，她在心底反覆默念著表妹剛教她的那句話，躊躇著走到了那個提著籃子的大姊面前，扯出一抹僵硬的笑。

「大姊，妳、妳知道菜市場在哪兒嗎？」

「菜市場？近得很呢，妳瞧見那棟青瓦房子沒，從它旁邊的小巷子進去直走到底，出去就是菜市場啦。小姑娘剛進城的吧？」

大姊很是熱情，不光介紹了菜市場的位置，還說了一般菜肉的價錢。陌生人的善意很是溫暖，立時緩解了關翠兒的緊張，等那大姊一走，她便歡喜地朝黎湘跑了過去。

「表妹，我問到了！」

她都沒發覺自己的聲音變得有多輕快、多開心。

黎湘忍不住笑了。「那就拜託表姊帶路啦！」

「嘿嘿，走吧走吧。」

姊妹倆心情十分不錯的順著方才那大姊指的方向找到了菜市場。

這個菜市場和黎湘想像的不太一樣。她以為現下都馬上要入冬了，蔬菜該十分少才是。沒想到居然那麼多。

常見的白蘿蔔、胡蘿蔔就不說了，茼蒿、芥菜、小白菜也很多，還有西葫蘆、蓮藕和冬筍等等各種新鮮蔬菜，南方就是好，蔬菜水果多得很。

黎湘眼巴巴的看著一個水果攤上的蘋果和橘子，饞得厲害，可她不好意思買。家裡雖說是賺了些錢了，但租個鋪子已經花了一大筆，再加上置辦東西花的錢，爹娘心疼得晚上都睡不著覺，眼下鋪子裡也沒個進項，還是等等吧，等她賺了錢，再來把這些個小寶貝買回去！

「表姊，走，咱們瞧瞧蓮藕去。」

那老婆婆擺的蓮藕看著很不錯的樣子。

「老婆婆，您這蓮藕好新鮮啊，是今天摘的嗎？」

老婆婆搖搖頭，非常誠實道：「是昨晚摘的，五個銅貝一斤，小姑娘要嗎？」

五個銅貝一斤的菜算是挺貴了，不過黎湘拿這蓮藕有大用，想想還是決定要買。老婆婆揹來的也不多，就二十斤，她付了一百銅貝全買了。

「表妹！二十斤蓮藕啊，妳頓頓吃也吃不了那麼多啊。怎麼買這麼多？」關翠兒無法理解，在她看來一百銅貝可以買好幾背簍的菜了，現在就只買了二十斤蓮藕？

「這東西我有用，肯定不是亂花錢，妳放心吧。走走走，咱們再去看看蘿蔔。」

黎湘拉著她在菜市場轉來轉去，買了幾把青菜，最後又買了五、六根白蘿蔔、胡蘿蔔，還有大棒子骨，肉也切了半斤，七七八八竟是花了近兩百銅貝。

「……」

控制了又控制，還是花多了。

「表姊，妳先把菜都揹回去吧，我去找打鐵鋪子，一會兒就回。」

「妳一個人可以嗎？」

「沒事沒事，打鐵鋪子我知道在哪兒，一點都不偏僻。妳先回吧。」

怕她不識路，黎湘還特地給她送到了路口，然後轉頭去了打鐵鋪子，定了兩口大鐵鍋。也是運氣好，那打鐵鋪子的老闆便有朋友是製陶的師傅，由他介紹，陶缸也很快定了下來。

忙完了兩項大事，離做午飯的時候還早，黎湘便想繞遠些轉轉，摸一下周圍的情況。出來的時候走的是右邊，她決定繞一圈從左邊回去，一路上瞧見了不少的商鋪，衣食住行樣樣都有，就連她心心念念想買書的書肆都有一家。

可惜沒開門，打聽了一下才知道，老闆要下午才會來。

這家書肆就開在距離自己鋪子不到五百公尺的位置，還是很近的，黎湘也不急在這一時半刻，知道了地方，等下午有空了再過來買一本啟蒙的書簡就是。

轉得差不多了，她便回返鋪子裡。

第八章

這會兒爹和那曹師傅正在忙著砌灶臺，鋪子裡髒亂得很，外頭一個少年正在卸著板車上的泥磚，黎湘回來後沒瞧見表姊和娘，那應當是在樓上。

「爹，我回來啦！」

「誒！湘兒妳來瞧瞧，這灶臺的樣子是不是妳要的那種。」

黎江讓開位置，把剛砌成的灶臺底露了出來，彷彿一個大大的月牙。

黎湘一瞧便滿意了，畢竟是她親手畫的線，再歪也歪不到哪兒去。就照著這個底往上砌，沒問題的。

「就是這個樣子，很好啦。」

她看了下廚房，找到了之前放在船上蒸包子的爐子。

「爹你幫我把這爐子搬到後門去吧，我去做午飯。」

「行，我來搬。」

幾十斤重的爐子對黎江來說那是小菜一碟。搬完了爐子，他又拿著水桶去井裡打了兩桶水提回來。

這時關翠兒聽到動靜下來了，也幫著一起把柴火搬到了後門。

「表妹，就這一個爐子，咱中午做什麼吃呀？」
「嗯……做麵條吧。」方便快捷不占地方，經濟又實惠。
「表姊，我去弄水和麵，妳幫我把那些蓮藕洗了，等會兒要用。」
「好好好。」
關翠兒心裡早就癢癢了，就想瞧瞧表妹拿蓮藕做什麼。
二十斤蓮藕她直接揹到了河邊，拿刷子刷得乾乾淨淨後又揹去了水井邊，打了井水來沖洗。
她這樣一副生面孔，又帶了那麼多蓮藕，著實引人矚目。一個來打水的大娘主動開口詢問道：「小姑娘，面生得很，是新搬來的住戶嗎？」
關翠兒心一慌手一動，手裡的蓮藕頓時斷成了兩半，好在她還記得先前表妹說的那些話，勉強扯出個笑臉回道：「我們是新來的租戶，就在前面雜貨鋪旁，用不了多久就會開張了，主要是賣些吃食。」
「喲！賣吃食啊，是賣粥還是賣麵？手藝怎麼樣？」
「我表妹手藝很好的！」
話一起了頭，再說彷彿也沒那麼難了，關翠兒和那大娘又說了幾句話才背著蓮藕回了鋪子。
這會兒黎湘的麵已經醒好了，正在搬桌子出來準備揉麵。眼下廚房還沒修整好，條件簡陋，煮飯炒菜都麻煩得很，還是煮麵方便，有湯也有麵，能吃飽。

「表姊，蓮藕洗好放一邊吧，剩下的我自己來就行了。」

關翠兒應是應了，卻是個閒不住的，問明白做麵要的配料後，又趕緊去洗了蔥薑蒜出來切好，準備好後便安安靜靜的站在旁邊瞧著表妹做麵。

「咦？表妹，妳這回做的麵怎麼比上回的寬了那麼多？」

她還記得第一次吃表妹做的麵，那麵條是細細的一根，但現下表妹做的卻是有兩指寬的麵，瞧著怪稀奇的。

「麵嘛，也不都是固定的模樣，就像粟米，可以是粥也可以是飯，全看妳怎麼做。」

黎湘認真的把麵皮擀得薄薄的，再切成二指寬的麵條，撒上麵粉抖開。等麵條全都切好了，鍋裡的水也開了。

爐子火大，麵也熟得快，正挑著菜呢，她突然想到什麼，伸頭朝鋪子裡頭喊了一聲。

「曹師傅，你和你徒弟能吃辣嗎？」

「能的能的。」

聽到裡頭的回答，黎湘心裡有了數。她把麵都挑進碗裡後，依次把鹽和蔥薑蒜苗辣椒粉都加到了碗裡，再把麵湯騰出來，洗鍋燒油。

等鍋裡的油熱了，直接拿湯勺舀起半勺油澆到麵上，趴啦幾聲響後，一股辣椒、蒜苗被熱油澆出來的香味瞬間飄散出來。

離最近的關翠兒最先聞到，她清楚的聽到了自己嚥口水的聲音。

原來麵條還能這樣做！看著油亮亮的，味道還那麼香，一看就很好吃的樣子……

「表姊，妳要加醋嗎？」

「哦，要要要。表妹，這是什麼麵？」

加完醋的黎湘小心地擦掉碗沿上的油星，端起碗聞了聞，很是滿意道：「這個啊，叫油潑麵。」

「好香啊，是哪來的味……」

「惠娘，是妳做好吃的了嗎？」

相鄰的幾個鋪子的老闆聞到味兒都出來了，只是看來看去，都沒發現香味的來源，還是走到屋後頭才瞧見是隔壁的新租戶在做麵食。

人家才剛搬來，都還沒有修整好，他們也沒跟人打過招呼，不好在人家吃飯的時候過去。可是光聞味兒卻吃不到，簡直叫人心癢難耐。

唐惠瞧瞧自己手裡剛熱好的粟米餅，又瞧瞧人家碗裡的麵，瞬間沒了胃口，突然好羨慕二姊夫……

黎湘一開始還沒注意到周圍有人，她先端了一碗麵讓表姊送到樓上，又端了一碗出去，剛出去就瞧見隔壁的唐惠正吃著粟米餅，眼直勾勾的盯著她手上的油潑麵。

「惠姊姊，妳已經在吃了啊？我剛做了麵想給妳吃呢。」

唐惠一時無語。「……」

「誒！小姑娘，惠娘她用不著吃了，能不能把那碗麵賣給我呀？」

旁邊一道聲音響起，黎湘才發現隔壁後門還站著兩個男人。

「這麵……」

「誰說我用不著吃的，我還餓著呢！」

唐惠一口吃掉了剩下的米餅，端走了黎湘手裡那碗麵。

「謝謝阿湘妹子！等會兒我吃完了再把碗拿來還妳。」說完，她便端著麵雄赳赳氣昂昂的走了。

旁邊兩人心知是沒自己的分兒了，倒也不甚在意，興許只是聞著香呢，麵嘛，不都一種味兒嗎？

黎湘沒理他們，擦了桌子拿了板凳出來，剛擺好筷子，曹師傅他們也洗好手回來了。

「黎姑娘，這是什麼吃食？怎麼好像從來沒有見過……」

「這是油潑麵，用麵粉做的，嚐嚐看？」

「麵粉？」

曹師傅有些詫異。自家媳婦兒也去買過麵粉回來吃，但她揉出來的麵團扯不出麵，只能切塊煮成羹，要麼就是麵糊糊，味道也就一般般吧。

而眼前這碗，先不說那撲面而來的香氣，就只說那沾了辣椒油亮亮的麵，瞧著都讓人食慾大增。

他迫不及待的挑了麵一嚐，先是嚐到了辣，待嘴裡的辣味淡了，香醋的味道才突顯出來。香滑筋道的寬麵加上酸辣開胃的配料，哪怕只是裡頭的一根蒜苗都好吃得不得了！

「黎姑娘，妳這手藝不說了，等這鋪子開起來，絕對是生意興隆！」

「嘿嘿，多謝曹師傅吉言了，趕緊吃吧，一會兒涼了不好吃了。」

黎湘端著自己的麵上了樓，下頭三個人呼啦啦吃著麵，一人再一碗麵湯，很快便掃光了盤。

曹師傅和他小徒弟都挺不好意思，哪有在別人家吃飯吃光盤的，黎湘倒是開心得很，自己做的吃食別人喜歡，那就是對她的肯定。

既然曹師傅和他徒弟對油潑麵接受良好，那說明符合這裡的人口味。幸好自己之前已經做了油潑麵的食牌，就不用再補了。

一碗油潑麵五個銅貝，良心價～～

「阿湘妹子……」

黎湘嚇了一跳，正下著樓突然從旁邊冒出來一個人。

「惠姊姊？麵吃完了？碗給我拿去一起洗吧。」

唐惠幽怨的看了黎湘一眼，把早就洗乾淨的碗遞給她。

「妳做的麵真好吃。」

好吃到她以後大概都對粟米餅沒有興趣了。唐惠說完還嘆了一口氣才走，弄得黎湘丈二金剛摸不著頭腦。

「表妹，我去洗碗吧，妳不是說下午要把蓮藕弄出來嗎？」

「啊！對！差點忘了，表姊妳拿一下，我去隔壁雜貨鋪買個東西。」

黎湘把碗一放，追著唐惠前後腳的進了鋪子。

「惠姊姊，妳這店裡的小石磨要多少銀錢？」

「小石磨……三十銅貝，最低價，我就賺妳兩銅貝。」

這個價錢還可以，黎湘二話不說便掏了錢把小石磨給買下了。

雖說它小，到底也是石頭做的，好幾十斤重，她真是費了九牛二虎之力才把它搬到鋪子後頭去。

小石磨可是個寶貝，有了它，以後早上就能喝豆漿了，還有，她可以把澱粉做出來了！這個時代好像還沒有地瓜、馬鈴薯，玉米也不曾聽聞，所以她一看到蓮藕才起了念頭，想要用蓮藕來做澱粉，蓮藕的澱粉其實就是藕粉，營養高又低脂，是很健康的食材。

「表妹，是要把蓮藕弄碎了放進去磨嗎？」

「對！表姊咱倆一起來，先把蓮藕給切了剁碎，兩節藕之間的藕蒂記得丟掉，要是裡頭有沙，趕緊用水沖了才能剁進去。」

黎湘把石磨放好，先仔仔細細的取水沖洗了一遍，然後提了個乾淨的木桶放到石磨出口下，準備接磨出來的藕渣。
就一小會兒的功夫，表姊已經切碎了兩節蓮藕，正好她接著拿過來磨。
姊妹倆配合默契，安安靜靜的做著手裡的活兒，半個時辰後，二十斤蓮藕就全部磨成了渣。
黎湘簡單收拾好，跑上樓去拿自己買的棉布。這可是全新的棉布呢，要是讓娘知道自己拿來過濾藕渣，肯定要心疼到窒息。
幸好娘已經睡午覺了，不然還真是不好偷出來。她打算速戰速決，然後洗乾淨晾好放回去。
「表姊，妳幫我撐著這塊布，我來弄藕漿。」
關翠兒下意識的接過表妹手裡的東西，待看清是新棉布時，心跳瞬間加速。
「這……」
「噓……別讓我娘聽見了。」
要是有別的布，她也不會拿棉布來嘛，誰叫家裡幾乎都是麻布呢。
「拿穩了啊，我要把藕渣倒進去了。」
黎湘把磨出來的藕渣倒進了棉布裡，立時便有米白色的漿水流到下面的木盆裡。她使勁把那一大包擠了又擠，等差不多沒漿水後便加井水到藕渣裡反覆沖洗，這回出來的漿水顏色淺些，但還是很濃。

來來回回的擠了擠、沖了沖，一共用了三個大木盆來接，那藕渣沖出來的水才算是變清了。

「好啦，剩下的讓它自己沈澱就好了。」

這三大盆子沈澱出來的藕粉至少也有兩斤左右，足夠她用很長一段時日。誒！她得趕緊去把布洗了晾起來才是！

黎湘把三個盆子交給表姊照看，自己去河邊把棉布洗好，偷偷晾到了樓上的裡屋。說起來樓上晾曬衣裳的地方都還沒有弄出來，這塊布也不知道什麼時候才會乾，要是乾不了，那她就燒點水把布拿去烤烤，儘量不要讓娘發現就對了。

誒？自己下午好像還有一件很重要的事來著。

黎湘突然想起上午回來時路過的那家書肆。這個點，那家書肆應當是開門了，她得去一趟，買點啟蒙的書回來學學。

不識字真是太難受了，自家的食牌都只能靠價錢認。

「表姊我出去一下，一會兒就回來，妳幫我看著這三個盆，別讓人動它們。」

「去吧去吧，我肯定看好。」

黎湘這才放心，重新把毛躁的辮子編好後，便帶著銀錢去了上午路過的那家書肆。

黎湘出門後，往書肆的方向走去，隔著老遠她就看到書肆已開了門，只是門口一個駐足的百姓都沒有，瞧著頗為冷清。

她站在門口往裡瞧了瞧，也沒看到夥計，試探的先喊了一聲。「老闆在嗎？」

「……」

「老闆在嗎？」

還是沒有人說話。

奇了怪了，門開著卻沒老闆？

就在黎湘想轉身離開的時候，書肆二樓傳來了一道女聲。

「想買什麼自己進來瞧。」

「……」

好吧，聽到這綿軟的聲音，她心裡那一丟丟不滿瞬間沒了。

「老闆，我想買點啟蒙的書簡，能幫我拿一下嗎？」

「啟蒙？等著。」

樓上傳來一陣窸窸窣窣的聲音，聽著像是才起床。

一炷香後，先是一陣香風拂過，然後才有一雙藍色緞面繡鞋從樓上款款而下。

黎湘一抬頭就驚，頭一次真正見識到什麼叫肌膚如玉、眉目如畫。在這個沒有美顏的時代，竟有人只是描了個眉便能和現世的大明星相媲美！

「小丫頭，是來給家裡兄弟買書簡的？」

「不，不是的……我是想買來自己學。」

聽到是她要自學，美人兒老闆興致頓時高了幾分。

「難得有姑娘家肯自己學字，我得給妳挑卷好的才是。」

她繞著書架轉了轉，翻了幾卷書簡都不太滿意，突然想到什麼，又上了樓，再下來時，手上已經多了兩卷書簡。

「來，小丫頭看看，這兩卷如何。」

黎湘下意識的湊上前去一瞧，發現那書簡上不光有字，還有圖。第一個字只看圖她就知道了，是「山」字。

她需要的正是這樣的！

「喜歡嗎？」

「嗯嗯嗯！喜歡！多少錢？」

美人兒老闆笑了笑，聲音很是溫柔。

「十個銀貝。」

黎湘一驚。「……」

十個銀貝！

只是一卷啟蒙的書簡，怎麼會那麼貴？她以為最多也不過是五、六百銅貝的。

「老闆妳沒開玩笑吧……」

「妳看我像是開玩笑嗎？」

黎湘一噎。「……」

就是看著不像才問嘛。

「太貴了，我買不起。」

就是有錢，她也捨不得買，只是啟蒙而已，實在不行她可以等一個月，等伍乘風回來再去找他學嘛。

「老闆，那種沒有畫的是多少錢？」

「沒畫的啊，一個銀貝……小丫頭，妳可真是不識貨，我這兩卷帶圖解的千字文，可是別人想買都買不著的好東西。」

美人兒老闆的情緒瞬間變得懶怠起來，她抽了一卷無圖的千字文放到桌上，連話都懶得多說幾個字。

「看吧。」

黎湘打開瞧了一眼，大概和天書也沒什麼差別了，反正她根本都不認識，和那本有圖的一比，傷害實在太大。

一個銀貝……買還是不買呢？要不還是再去別的書肆瞧瞧吧！這家書肆總覺得哪兒怪怪的，除了老闆長得美很吸引她之外，書的價格簡直就是在凌虐她。

就在她猶豫著該怎麼開口說不買的時候，一旁斜靠在書架的美人兒老闆突然說話了。

「我觀妳的打扮，家中想來不甚富裕，如果沒有先生指點的話，不建議妳買回去哦。」

黎湘有些詫異，漫天喊價的是她，暖心提示的也是她，好像她也並沒有她表現出來的那般高冷嘛，一個主意迅速浮上心頭。

「老闆，咱能不能商量商量，將那本帶圖解的千字文租借於我，又或者，賣給我讓我分期付款？」

美人兒老闆很明顯的愣了下。

「租借？分期付款？妳這丫頭……」腦子還真是夠靈活的。

她彷彿是在認真思考著黎湘話的可行性，好一會兒才笑了笑，走過來拿起那卷圖解千字文道：「租借不是不可以，但我憑什麼相信妳？萬一妳拿了我的書簡跑了，那我豈不是虧大了，再說分期付款，這名頭新鮮，我想知道妳打算分多少期還，還不上又當如何？」

「我可以把我家的戶籍證明拿來給妳看，然後妳把地址抄下，若是我偷偷跑了，或是弄壞了不賠錢，老闆妳大可以報官，反正跑得了和尚跑不了廟，我總不至於為了幾個銀貝，把根都丟了吧？而且，我家剛在前頭租了一間鋪子，是要準備在城裡長久做買賣的，哪能說跑就跑。」黎湘儘量用最誠懇的語氣去回答她的問題。「分期的話，我能接受的最短期限是十個月，一月還妳一個銀貝。」

美人兒老闆聽完她的話，點點頭，再問卻是完全不相干的問題。

「租鋪子？租哪裡的鋪子？」

「就是前面雜貨店和酒鋪中間的那家，我家正在修整廚房，等弄好了過幾日就能開張了，就賣些吃食。」

「那間啊……行了我知道了。這千字文，把妳家戶籍拿來給我看過後，一個銀貝妳拿走吧，一個月後記得來還錢。」

黎湘聽完簡直喜出望外。「好的！謝謝老闆！我這就回去拿！」

她跑得很快，生怕老闆反悔似的。

「唉，也不知這丫頭能堅持學多久……」

聽完這句話，裡頭的書架後突然冒出來一個青衣女子。她身著勁裝，手持長劍，顯然是個護衛。

「夫人，需要奴婢去查查她嗎？」

「妳家主子是有病嗎？我身邊出現的每個人都要查查查，人家一個小姑娘就不能是單純的想認字嗎？不知所謂！」

溫柔女老闆瞬間變身暴躁小仙女，發完一通脾氣便忿忿的上了樓，留下青衣女護衛啞然無聲。

叫妳多嘴，叫妳多嘴！這回主子又背鍋了……

等黎湘興沖沖的拿著戶籍證明再跑回來的時候，總覺得美人兒老闆心情差了好多，不過她還是很乾脆的把千字文給了自己。

一個月一個銀貝，她有信心肯定能夠還完，所以這兩卷千字文她拿得毫不心虛。臨走的時候，她大著膽子又返回去，問道：「老闆，妳瞧我家鋪子離妳這書肆挺近的，若是我有不懂的地方，能拿過來請教妳嗎？」

「可以……不過不要上午來，我要睡懶覺。」

黎湘無言。「……」

「還有，不要叫我老闆，叫我柳夫人。」

「好的……」

太可惜了，美人兒老闆居然已經成親了！柳夫人，夫家姓還挺好聽的。

黎湘美滋滋的抱著兩卷千字文回了鋪子，不過眼下她是沒什麼時間學了，因為下午娘一醒，便拿了棉布出來要給她和表姊做褻衣，這會兒正等著她去量尺寸。

她得想個法子讓娘改變一下思路，給表姊另外做一種雙帶子的胸衣，自己嘛，平平板板只要是件棉的就行。

黎湘回到鋪子的時候，娘已經給表姊量完了尺寸，表姊耳朵上的紅暈都還沒有褪去，羞澀卻不拘謹，比起剛到家裡的時候已經好太多了。

「娘，我回來啦，戶籍還妳。」

關氏收起戶籍，瞧了瞧女兒懷裡抱的兩卷書簡，有些不明白就這麼一堆竹子和字兒怎麼就要一個銀貝那麼貴，但丈夫都同意了，她也不好說什麼。

「過來，我給妳量量。」

黎湘聽話的站過去量完了尺寸。家裡沒有什麼皮尺線繩之類的東西，只有一根布條，量到哪兒便在哪兒打個結，算是記號，做衣裳的時候再來比著做。

她看著自己那個結和表姊差了好幾個巴掌，簡直心塞到不行。哪個姑娘家不喜歡自己身材飽滿呢？不過才十三歲，注意留心調理，應該還能長起來吧？

黎湘沒好意思去問她娘，把竹簡放到裡屋後便下樓去照看藕粉，順便監督灶臺去了。至於她想像中的內衣，她實在有些不知道該怎麼開口，只能等褻衣做好後自己動手給表姊改一改。

一下午的時間很快過去，天快黑的時候曹師傅和他徒弟便已經離開，黎湘和表姊一起把沈澱好的藕粉倒掉水後取出來放到麻布袋裡，等它再晾乾就能使用了，忙活完了才開始簡單煮了點麵吃。

天漸漸黑了下來，黎江和妻子睡在新床上小聲的商量著明日要幹的活計，黎湘則是點著油燈在學習竹簡上的生字。

她知道在昏暗下的燈光長時間用眼不好，所以只打算學半個時辰，目標是牢記二十個生字。

「表姊，反正妳也睡不著，要不要一起來學字？」

「我？我哪兒能識字，我很笨學不會的。」

「妳這想法就不對了，為什麼總是要否定自己？妳從哪裡看出自己很笨的？學做包子不是學得很快嗎？下午我瞧妳縫製衣裳也是手巧得很，連我都不會呢，所以妳到底哪裡笨了？」

闞翠兒呆住了。

自己哪裡笨呢？好像從小爺奶伯娘都是這樣說她的啊。豬頭豬腦，笨得要死，幹什麼都不行。可是表妹說的好像也有道理，自己做鞋、做衣裳都會，包子也會做了，麵食也學會了一點點，還會包餃子，好像、好像也沒那麼笨。

「過來過來，咱倆一起學，妳都還沒學呢，怎麼知道學不會？」

這回黎湘再叫，闞翠兒便沒有拒絕了，她直接坐了過去，跟著表妹一起識字。

「這個字念『山』，大山的山。表姊，妳用手指頭沾點杯子裡的水，咱一邊在桌子上寫一邊記，多寫幾遍，這樣記得更牢固些。」

「好……」

「這個字念『人』，筆畫很少很簡單……」

黎湘一邊自學一邊教著表姊，有個圖形分不清是江還是河，她便做了記號跳過，等著明日去問那柳夫人。

學了差不多半個時辰後她便收了竹簡，熄燈睡覺。

凡事欲速則不達，她今天背了十來個字已經差不多了，早睡早起身體好，等明兒早上再來複習一下。

翌日，天剛亮黎湘便醒了，醒的時候表姊已經不在床上了，她也麻利的穿好衣裳一邊背著昨晚學的字，一邊下樓準備洗漱、做早飯。

走到樓下正好看見表姊竟找了根小木棍自己在地上練字，瞧她寫的那些字，一個錯的都沒有，看來是真記下來了。不錯不錯，學習態度端正，能聽進去話就行。

黎湘沒去打擾表姊，轉身進了鋪子開始找東西做早飯。

本來是想熬點粟米粥，再煎幾塊雞蛋餅的，但她翻東西時把之前家裡存放的蓮子給翻倒了，便臨時起意去挖了一塊藕粉下來，準備做個甜食早點。

粟米健脾養胃，藕粉清熱養血，都是養生的好東西。

她把蓮子清洗乾淨後，直接加清水加糖開始熬煮，待到蓮子熟透了再改小火，將加了水和勻的藕粉水慢慢倒進去攪拌，煮至半透明藕香出來了便可以出鍋。

其實這碗藕粉蓮子羹加上桂花的話是最好的，可惜附近沒有看到桂花樹，只能這樣吃了。

出鍋時她忍不住自己先嚐了一口。

嘖嘖，藕粉的清香十分濃郁，蓮子軟糯，甜甜的一勺吃下肚，胃裡暖暖的，心裡甜甜的，美好的一天開始啦！

今天黎湘有個大任務。

開吃食店嘛，除了要調料齊全之外，做泡菜、鹹菜那也是非常重要的，尤其是廚師還是一個擅長川菜的選手。沒有酸蘿蔔酸辣椒酸薑，炒菜都沒有靈魂，所以得早幾日給醃製起來，才能入味。

早飯吃過後，黎湘還是跟表姊一起去菜市場，兩個人嘛，路上有個伴，帶回去的東西也能更多。這回她們直接去了賣蘿蔔的攤子，一次買了五十斤的白蘿蔔一起揹回了鋪子。

然後就打算買泡菜罐子，但沒想到失算了。

這個時候的百姓醃鹹菜都是直接用陶罐陶缸做的，醃完後直接拿麻袋套著，草餅一堵，泥土一封便齊活兒，像泡菜罈子那樣可以隔絕空氣用水封口的蓋子，這會兒還沒有呢。

五十斤蘿蔔都買回來了，退是退不了的，吃也吃不完，黎湘只能用笨辦法，有錢能使鬼推磨。她去找了那製陶缸的師傅，出高價讓他特製幾個泡菜罈子，嘴皮子都快磨破了，那師傅才算是把她要求的泡菜罈子給做了出來。

可泥胚做出來了，還得燒製，得等到明日才能出窯，黎湘只能悻悻地回了鋪子，好在蘿蔔能放，一、兩日沒什麼問題，就是看著有些鬧心。

「中午就吃蘿蔔吧！」

把它們做得香香的吃到肚子裡，看著就沒那麼煩了。

黎湘跑去隔壁雜貨鋪買了一塊刨絲的板子回來，姊妹倆一個削皮一個刨絲，十根大蘿蔔刨了滿滿一大盆，瞧著是挺多的，不過拌上鹽才放一會兒就縮水了，擠乾大部分水分後開始加調料。

蔥薑末是必不可少的，再加兩顆雞蛋、半勺五香粉，蝦粉也要放上一點，全和勻了就可以加麵粉進去了。

關翠兒在一旁瞧著，仔細的記著每個步驟，不懂的便問，表妹也會告訴她，一點都沒有要藏私的想法。

「表妹，這些蘿蔔絲加上麵粉後要拿去蒸嗎？我先去把蒸籠洗洗。」

「不用不用，咱們用炸的，表妹妳幫我生火就行。」

她準備做油炸蘿蔔絲丸子，一道非常下飯的素菜。

黎湘長大後其實很少吃這道菜，偶爾只會在過年的時候炸一點素丸子，現在她都快忘了蘿蔔絲丸子的味道了。

「油熱啦！」

「來了來了！」

黎湘一手拿個勺子，一手擠著和了麵的蘿蔔絲出來，像做肉丸子一樣從虎口舀出放到油鍋裡。

「表姊，撤兩根柴，現在要小火。」

蘿蔔絲丸子已經定形，在大火裡頭沒熟外頭都要焦了，炸這東西火候一定要掌握好。

黎湘細細給表姊講解這其中的訣竅，很快撈出了第一鍋的蘿蔔絲丸子。

剛從油鍋裡出來的丸子還燙得很，兩人誰也沒有下嘴，一直等第二鍋快熟了，她們才拿了一顆。

也不知是不是這古代的蘿蔔沒有農藥，又沒有經過各種污染，吃起來總覺得比以前小時候吃過的更香一些。

丸子外面的麵糊炸得鹹香酥脆，裡頭的蘿蔔絲清香裡又帶著那麼一絲絲的甜，好吃又不膩，配上粥正好，黎湘滿意極了。

炸好丸子後，兩人臨時拿泥磚搭的小灶臺也熬好了大罐粟米粥。關翠兒忙著整理桌面、搬凳子吃飯，黎湘則是刨了兩根蘿蔔，又去做了個涼拌蘿蔔絲。

也不用太複雜的調料去拌，就和她上次做的餃子蘸料一樣，全攪和拌上後，吃上一口那真是酸辣爽口，生津開胃。

所有人都吃得津津有味，黎湘卻在忙著裝食盒。真是感謝萬能的雜貨鋪，什麼小東西都能買到。

她要去書肆，總不能直接端著個盤子就去了，老闆那麼個仙女般的人物，她送東西好歹也要鄭重些。

「湘兒妳不吃飯啦？」

「吃呀，我喝碗粥就行了，快得很。」

黎湘哪會餓著自己，她比誰都更緊張自己的胃。一碗粥喝完，她便帶著自己的書簡和食盒去了書肆。

也是運氣好，黎湘剛到，書肆的門便開了。只是開門的卻不是那位柳夫人，而是一名青衣女護衛……

可是等黎湘再進去時，那護衛又不見了。

難怪昨日便感覺怪怪的，原來是暗中藏了人。

「柳夫人，我是黎湘，妳起床了嗎？」

「黎湘？」

樓上的美人兒估計是才睡醒，還迷糊著，聲音又綿又糯，黎湘當真是反覆默念自己是女人才控制住了心跳。

等了一炷香後，樓上的柳嬌總算是想起了昨日的事情，這才不情不願的起了床。

一下樓就聞到了一股香味，勾得人肚子咕咕叫。

「小丫頭，妳拿的這是什麼？」

「這個啊，是我自己做的兩道菜，拿過來給妳嚐嚐，裡頭有油炸……」

「妳居然把菜拿進來?!」

黎湘一驚。「……」

「這是書肆！妳的菜香會破壞我一樓的墨香的！」

黎湘哪裡想到她會有這麼大的反應，一時也覺得抱歉，正趕緊想說自己先拿回去，就見她伸手把食盒提走了。

「青芝，把這東西放到樓上去，出來的時候記得把我房門帶上。」

聽到這話，黎湘差點沒忍住笑出來。還以為這柳夫人真生氣了，結果沒想到就說了一句這樣的話。

就在黎湘愣神之際，進門前瞧見的那女護衛又出現了。她動作快得很，幾息功夫便拿著食盒上樓又下來，把食盒還給自己後，她又「隱身」了。

「小丫頭，我瞧著妳還拿著千字文，可是有哪裡不懂？」

「有有有，這裡！我瞧著圖，不知是水還是江河……」

黎湘忙問起了正事，一邊把自己昨晚做好的記號都逐個問了，一邊拿早就準備好的炭筆在字旁的空隙寫上現代漢字同音字。這樣的話，一時半刻也不怕忘了。

「好好的書簡，妳塗的這是什麼？」

「夫人，這是木炭，只是叫我給削尖了，輕輕拿濕布一擦就能擦掉了，只是做個記號，這樣好記。」

柳嬌無言。「……」

算了算了，書簡都賣給這丫頭了，畫就畫吧。她好睏，她要再回去睡會兒。

「行吧，那妳寫吧，寫完了自己回去，我要再躺會兒。」

黎湘目瞪口呆，就這麼看著她搖曳生姿的上了樓。這柳夫人真是家裡有礦啊，日日睡到這個點才起，開門也不見有什麼生意，身邊還跟著個疑似武功很好的護衛。

誒？她不是成親了嗎？為什麼瞧著好像都住在店裡，打聽的時候也沒人提起柳夫人的夫家，真是好奇怪……

最近她得空和唐惠套了不少城裡的八卦，陵安城裡有頭有臉、姓柳的還真有一家，但柳家只有一子，年過五十，啊不不不，不能是他，簡直侮辱了美人兒。

黎湘把最後一個字寫好，拿起書簡出了書肆。

青芝瞧著她走遠了，眼裡的羨慕才敢流露出來。這麼些年了，這好像是和夫人說上最多話的人，這小丫頭還真是有本事。

她正想上樓詢問夫人中午準備吃什麼，突然耳朵一動，聽到越來越近的腳步聲，是個男人。

主子說過，書肆裡一隻男人的腳都不許進。

來人正想伸腳進門，唰的一聲，一道劍光落在他的腳下，只差那麼一分便插到他的腳裡，嚇得他一屁股坐到了地上。

「本店不招待男客，請……」

「……」

本已離開又想起盤子沒拿，正好返回的黎湘一驚，突然好慶幸自己是個女的啊！

盤子……盤子還是明兒個再來收吧！

黎湘轉身就走，回到家還有些驚魂未定。那一劍是真的就差那麼一絲絲，一看就不是開玩笑。剛那男人若是執意要進，說不定那劍就會直接扎到他身上其他地方。

這個社會，有權有勢的人傷個人甚至是殺個人好像輕鬆得很，她日後得更小心行事才行啊……

喝口水壓壓驚，第二天她才又恢復了狀態。

今天說好了要去拿泡菜罈子的，她和表姊兩人租了輛板車過去取，回來後發現好傢伙，鐵鍋也做好送來了，鋪子後門東西堆得滿滿的。

黎湘和表姊忙活了兩刻鐘才把陶缸各自安放好，然後一人負責一個水缸，把水打滿。累是累了些，但一忙起來，心裡就踏實。

「表妹，水滿了，咱們現在要做妳說的那個什麼泡菜嗎？」

「做是要做，還不急，先燒開水把罈子洗乾淨晾乾。我出去一下，上次忘了買新鮮辣椒了。」

黎湘擦了一把汗，回屋子拿了點銅錢便小跑去了集市。

大概是運氣太好了，剛買完辣椒一回頭她就遇上了柳夫人的護衛青芝。

「青青，青……」

「我不叫青青，我叫青芝，夫人找妳。」

「好，好……」

青芝知道這小丫頭為何會怕自己，不就是昨日瞧見自己嚇唬男人了麼。

膽子真小。

「黎丫頭，妳昨兒給我家夫人吃的是什麼，為何銀針無毒，一夜起來便發了病？」

黎湘大驚。

「發病？吃個蘿蔔能得什麼病？請郎中了嗎？郎中怎麼說？」

難怪今日這麼早這護衛姊姊就來抓她了，原來是菜出了問題。可她怎麼也想不明白，就兩盤子蘿蔔，吃了會發什麼病。

「夫人不讓請郎中，妳自己見了她再說吧。」

青芝將黎湘帶回書肆，一把將她推進去，順便關上了門。

「上去吧。」

黎湘嚥了嚥口水，一步一步的上了樓。

二樓有好幾間屋子，只有一間是開著門的，她鼓起勇氣走進去，便瞧見了正戴著面紗半躺在榻上發呆的柳夫人。

面紗？怎麼突然戴面紗了！

我的天，不會是臉上的毛病吧，那她罪過大了！

「夫、夫人，我來了……」

榻上的人聽到她來了，側頭看了她一眼，那雙溫柔如水的雙眸彷彿是之前才掉過淚，還染著一圈兒紅，瞧著當真是可憐極了。

「妳過來。」

連聲音都變啞了！

黎湘頓時感覺自己罪孽深重，連忙放下手裡的籃子過去。

「吃完是早上起來臉上長痘痘，還是起泡了？」

柳嬌一聽，立刻從榻上坐了起來。

「妳怎麼知道的？妳那菜有問題？」

「不是不是不是！昨兒個我光想著送菜來給妳嚐嚐，忘了那丸子是油炸的，容易上火，加上拌的蘿蔔絲裡有辣椒，就更上火了。不怎麼吃辣的人就會這樣，都怪我，我忘了……」

黎湘有心想瞧瞧她臉的情況，但她戴了面紗顯然是不願見人，連郎中都不肯看，怎麼可能讓自己瞧？她越想就越心虛。

「夫人……這事都怨我，妳給我三日時間，我保證幫妳把臉治好！」

「此言當真？」

「我保證！要治不好的話，我就隨妳處置了。」

柳嬌第一反應就是她要去抓藥給自己喝，非常抵抗道：「我不喝藥。」

「不喝藥，只要正常吃飯就行，當然得是吃我做的飯。」

「還吃……」

黎湘尷尬補救道：「我既知道了妳不能食辣，自然不會再做辣食，夫人放心便是。」

「好吧……」

委屈巴巴的樣子真是像極了那日被秦六爺掃下懷抱的大白貓，黎湘都忍不住想去抱抱她了，可惜她沒那個資格。

「那夫人我先去買菜了？等下做好給妳送來？」

柳嬌點點頭，算是暫時不追究了。

黎湘這才鬆了一口氣，提著自己的菜籃子躡手躡腳的下了樓。

「青芝姊姊，我、我先走了。」

「好好做飯。」

「……」

黎湘咕咚又嚥了下口水，莫名聽出了幾分危險的意思，立刻點頭道：「必須好好做飯！我一會兒就送來！」

好不容易才出了書肆，真是有種劫後餘生的感覺。都怪自己沒長點心，做吃食的也敢大意馬虎，當真是不要命了。

得了，繼續去買菜吧。

黎湘跑回菜市場，秤了一斤排骨二兩瘦肉，又買了兩斤綠豆。綠豆不用說，清熱解毒的好東西。

買齊了菜她又跑了趟藥鋪，花了三十銅貝，秤了半斤羅漢果和三兩乾菊花。

所有買菜的錢都是她自己的私房錢，加上日前花掉的那些，現在她手裡也就剩一百零幾個銅貝了。從前日子過得舒坦，想怎麼花就怎麼花，已經養成了習慣。來了這兒也就沒錢的時候憋住了，如今剛有點錢就又開始大手大腳起來。

黎湘心知不能這樣下去，自己給自己提了個醒，然後摸摸扁下去的錢袋心疼的回了鋪子。

好在家裡灶臺已經砌好了，就一個煙囪眼見著也快完工，等弄好了開業了就能開始賺錢。

想到這兒黎湘心裡才舒服了許多，打起精神開始做飯。

這裡沒有高壓鍋，綠豆排骨又難熟，所以最先熬的是湯。

綠豆先洗乾淨泡著，大火燒水把排骨焯水撈起，放到陶罐裡，加薑片、一點花椒和鹽後，直接加大半罐子水進去燉。一燉至少要燉上三刻鐘，加綠豆後還得燉三刻鐘，時間挺長的，她就先準備了麵。

因為今天早上爹娘和那曹師傅都說了，中午還想吃昨天的油潑麵，所以黎湘就只煮了仙女一個人的粟米飯，再給她炒個冬筍炒肉就齊備了。

排骨湯嘛，就那麼一罐子，給了仙女，就只夠爹娘表姊吃了，是以黎湘並沒有打算給曹師傅他們分上一點。

油潑麵已經夠了，葷食她想留著自家人吃，小氣就小氣吧。

「表姊，麵好了，今兒到鋪子裡頭吃，妳幫忙端進去，我還要做別的。」

關翠兒只知道個大概，表妹是要做菜給人道歉的，她應了一聲，把做好的幾碗麵都端進了裡頭的桌上，順手拉上了門，以免廚房的味道飄出去。

實在體貼。

黎湘試了試排骨湯，綠豆已經煮爛了，她便將陶罐端下來，換了另一個陶罐。

這回是清水煮羅漢果和菊花。羅漢果菊花茶清熱去火，清肝明目，效果非常明顯。而且羅漢果非常甜，對於仙女夫人這樣不願意喝苦藥的人來說十分友好。

趁著煮茶的功夫，她把早就切好的醃製肉片拿出來，抓了一小撮藕粉進去抓勻。

加了藕粉的肉片炒出來又嫩又滑，和不加的差別真的很大。這也是她為啥肯花大價錢買那麼多藕來做這個粉的原因，炒菜真的有畫龍點睛之效。

這些小技巧關翠兒都記在心裡，聽見表妹要竹筍，趕緊又把切好的筍片遞了過去。

一湯一菜一飯一茶，加強版清熱食療，她就不信了，幾個痘痘而已，抗得過三日？

「表姊，這罐綠豆排骨湯等下妳拿到樓上去，別叫貓貓狗狗的給撲了，晚上咱自家吃，我先去送飯。」

「好，我這就拿上去，放心吧。」

黎湘點點頭，一手提著滿滿一食盒的飯菜，一手提著一罐茶，有湯有水的害怕灑，走得小心翼翼，怕坑怕被撞，慢吞吞的和烏龜也差不多了，一段路竟是走了三倍時間才走到書肆。

第九章

青芝這會兒正拿著個雞毛撣子在打掃書架，瞧見黎湘，便直接勾勾手指頭，示意黎湘把飯菜拿過去。

喔，要驗毒，還挺嚴格的。

黎湘把東西給青芝都驗過後，才提著飯菜上了樓。

「夫人，我給妳送飯來了，過來嚐嚐？」

她把飯菜和湯放到桌上，香氣頓時飄散出來。

柳嬌肚子不爭氣的咕咕了兩聲，顯然是早就餓了。

「夫人來呀，吃了臉上痘痘就會好了。」

「有那麼神奇嗎？吃飯就會好？」

她拿起筷子，瞧了下菜色，除了一個粟米飯，其他的她都不認識。這對博古通今廣覽群書的柳嬌來說，實在有點丟人。

「這是何物？怎如此渾濁？」好難看，她有點不想吃。

「這是綠豆排骨湯，清熱解毒的。」

「那這個呢？」白白嫩嫩的煞是好看，她喜歡。

「這是冬筍炒肉，也是一道清涼的菜。」
黎湘順勢把裝著羅漢果菊花茶的罐子抱過來，取了桌上的一個杯子，倒了一杯出來。
「這是羅漢果菊花茶，清火明目，味兒甜。現在還很燙，等吃完飯再喝。」
柳嬌瞄了一眼，不著痕跡的嚥了下口水，收回目光，挾了一筷子冬筍和肉，終於解開了面紗。
黎湘這才瞧見，原來她是鼻子和唇角上長了一顆紅亮亮的痘。
「這是肉？」
怎這麼嫩、這麼滑？咬到嘴裡彷彿都能化了！竹筍的香味都要忽略了。
「就是肉，只是醃製的時候有點小技巧。妳快吃呀，等下涼了。」
「都是妳做的？」
黎湘非常驕傲的點點頭。
柳嬌這才覺得自己大概可能應該是看走眼了。這小丫頭的手藝比她府上的廚娘簡直好太多太多了，是個有本事的人。
啊！冬筍炒肉配粟米飯，好好吃！
「嚐嚐綠豆湯呀，清火的。」
「啊……可是它顏色好難看，為什麼別人做的綠豆糕那麼好看，妳做的綠豆這麼醜？」
黎湘無語了。「夫人，妳這就膚淺了不是嗎？吃食味道才是關鍵，光好看有什麼用，當然好看賞心悅目，也加分，但妳也得嚐一嚐，尊重一下我的辛勞成果對不對？」
是這個道理。
柳嬌皺著眉，舀了一勺綠豆湯，聞了又聞，才試探的抿了一口。
誒？這沙沙的口感……嗯？好像還挺香，再舀一勺試試味。
啊！這個排骨！燉得好軟！都不必用力扯，輕輕一咬，肉便到了嘴裡，肉香還包裹著綠豆的濃香，越嚼越香，再喝口湯……
「其味悠長……」
黎湘無言。「……」
文化人說話就是不一樣。
柳嬌沒再開口說話，專心的吃起了眼前的飯菜，哪怕旁邊有個人瞧著她，都沒能阻擋她進食的速度。
一碗粟米飯吃光了，一碗排骨湯肉沒了，湯剩一半。冬筍炒肉還是她發現自己吃得太乾淨怕丟人，強行忍住沒吃，才留下一些。
吃太飽了，好像有點撐，可是她還想喝點那個據說甜甜的茶。
柳嬌的眼神太過直白，黎湘非常體貼的將已經變溫的羅漢菊花茶端過來。
「喝點，然後起來走走，消消食。」
「哦……」

這茶聞著和以前喝的茶有些不太一樣，有點怪，但還能接受。
柳嬌喝了一口，品了品，又喝了一口，一口又一口。
一杯沒了。
黎湘笑了，她看出來了，這仙女是個愛甜食的呀。
「夫人，這羅漢菊花茶妳留著慢慢喝，傍晚我再來收罐子。」
「啊？不用，晚上我不吃飯。」
柳嬌擦擦嘴，又把面紗重新戴了回去。
「不吃飯哪行，多多少少也要吃點，不然容易得胃病，可疼了。」
黎湘想了想又道：「我就不煮晚飯了，給妳做碗甜甜的藕粉羹如何？」
又是一個聽都沒有聽過的新菜名，柳嬌無比好奇這所謂的藕粉羹會是個什麼滋味，想想還是同意了。
等黎湘一走，吃飽喝足的她也沒起來活動活動，而是直接躺回了榻上。
誰愛消食誰消食，反正她是不會的。吃飽了就該舒舒服服的躺在榻上睡午覺，再不然就看看書，那多舒服。
柳嬌美滋滋的作了個夢，可沒多久，夢裡頭又看見了那個煩人的傢伙，還一個勁的叫著自己。
誒不對啊，他不是一向都叫自己小姐的嗎，怎麼突然叫夫人了？

「夫人妳醒醒……」
「呃……青芝啊。」
柳嬌揉揉眉心，沒有休息夠就有些渾身不舒坦。
「什麼事這麼急啊？」
「夫人，爺剛剛派人傳了消息過來，官府正通緝的一個匪徒這兩日混進了城裡，已經封鎖城門開始搜查了，外頭不安全，希望您暫時搬回老宅住。」
還真是正事。
柳嬌打起精神問道：「通知下面的租戶了嗎？叫他們少去偏僻的地方，天黑更是不要出門。」
「已經通知了，那奴婢現在幫您收拾行李搬回去？」
青芝聲音明顯帶著幾絲雀躍，柳嬌卻潑了她一瓢冷水。
「不搬，我在這兒住了幾年，舒舒服服的，哪兒也不想去。」
「夫人……外頭不安全，爺說的對，老宅比較安全。」
「當我傻子呀，旁邊兩家不都是你們爺的人嗎？這麼多人守著還讓一個匪徒闖進來，那也太沒用了。」
青芝無語。「……」
夫人比她想像的要聰明多了。

「對了，等下妳去黎家那鋪子和黎湘說一聲，叫她傍晚不要出來送飯了，姑娘家不安全，妳去拿。」

青芝心頭一酸。

「夫人，奴婢也是女的。」

「說這話臉紅不臉紅？妳能一打二十，那黎家丫頭能嗎？快去！」

青芝噎了噎，悻悻的轉身下樓去了黎家。

這會兒黎湘正在發愁呢，剛剛隔壁的唐惠已經通知她了，說是要注意形跡可疑的陌生男人，也要早些關鋪子，傍晚就儘量待在家裡不要出去。

說的好像還挺嚴重，從來沒經歷過這樣情況的她心裡難免有些慌，正不安著，就瞧見青芝來了。

「青芝姊姊，妳怎麼來了？」

「咳……夫人讓我來跟妳說一聲，傍晚不要出去送飯，我會過來拿的。另外最近城裡正在捉拿匪徒，有些不太平，儘量少出門吧。」

黎湘心一暖，連忙謝過她。

「那妳酉時過來吧，藕粉羹好做，等上一會兒就能拿走。」

「行。」

青芝傳完話便走了。

黎湘了卻一樁心事，輕鬆了不少，她去陪娘做了會兒針線後便下樓，把後門用泥磚搭的臨時灶給拆了。煙囪今日便能完工，晚飯可以在廚房做了，後門還是收拾乾淨好。

「表姊，等下煙囪弄好了，咱們把鋪子裡收拾一下，今天得把蘿蔔都醃起來，過兩日就可以開張了。」

「開張好，這不開張天天花用，我都替妳心疼。」

關翠兒不光心疼，還心慌。天天吃著比家裡不知道好多少倍的飯食，卻只有一點點活兒幹，還能跟著表妹學識字，她睡覺都睡不踏實。

「湘兒！煙囪砌成啦，來燒把火試試！」

廚房裡頭一聲喊，黎湘立刻興奮的跑進去。

「好啦？」

曹師傅點點頭。

「黎丫頭，妳去燒把火，我瞧瞧有沒有需要補的地方。」

「好！」

黎湘的心情那叫一個興奮，點火的時候手抖了好幾次才點著。隨著火苗一點一點變大，一股股炊煙也順著煙囪飄散出去，燒了有一刻鐘左右，廚房裡一點煙燻味都沒有。

曹師傅又檢查了灶臺各處，確定沒有毛病，黎江才結了工錢給他。

兩個人的工錢一下又給出去了五百銅貝，黎江心疼得很，摸了好久的錢袋才回過神來。

「湘兒，咱家這廚房弄得差不多了，明兒那訂的碗櫃也能送過來，我一會兒去找人算個開張的吉日，咱就這幾日開張了？」

「嗯嗯，去算吧。對了爹，記得去把招牌領回來。」

黎江一頓。「……」

忙得差點把這最重要的事給忘了，沒招牌怎麼開張。

「那我現在就去吧，一會兒晚了人家該關門了，剛那惠娘不是說了，這幾日大家會早早收攤。」

說著他便匆匆忙忙的出了門，連身上的髒衣裳都忘了換。

「表妹，鍋底都快燒紅啦……」

黎湘聽完也不慌，直接舀了水倒進去。兩口新鍋買回來的時候就已經開好了鍋，這會兒可以直接用了。她燒了兩大鍋的開水放涼，然後跟表姊一起把蘿蔔都切了，平均放進了泡菜罈裡。

泡菜罈拿回來後不光用鹽水洗過，還拿白酒滾一圈，這回再泡的時候就沒有必要再加酒了。

黎湘放完蘿蔔，又剝了二十幾頭蒜，四個罈子每個都放了好幾頭，然後又加不少薑和辣椒，最後才加鹽。

「表姊，可以加水啦。」

早就候在一邊的關翠兒立刻舀了鍋裡的涼開水往罈子裡頭加，她記著表妹的話，加到七、八分滿的時候就停了。

「表妹，妳加的鹽會不會有點少了，我瞧著這麼多蘿蔔這麼多水呢。」

「不會不會，就是要少加，鹽加多了，泡菜很難發酵，吃起來就不酸，不好吃了。」

關翠兒有些懵，沒加醋怎麼會酸呢？不過她很快想到天熱的時候自家早上熬的粟米，晚上便酸了，大概可能是同個道理，反正表妹說的總不會錯的。

她把水都加好了，看著表妹一個個蓋上蓋子，又在蓋子外面加了水。

「大功告成，等幾日再來開罈子就行了！」

黎湘心滿意足的把罈子搬到了角落裡，彷彿瞧著四個胖娃娃，開心得不得了。她打量了下廚房，灶臺靠牆邊要擺一張大桌子放菜切菜，桌子旁邊要留出外頭那口水缸的位置。反正自己家喝的水缸是絕對不能留在外頭的。

等放了水缸，那邊就只能放些廚房平時的雜物了，倒是對面泡菜罈子上頭還可以架一張桌子，擺放備菜。再加上一個大碗櫃，廚房便是滿滿當當的了。

黎湘略有些鼻酸，努力了一段時間，總算是有了一家勉勉強強的小店，她還從來沒有這麼寒酸過呢。

「表姊，以後廚房就要忙啦，等我爹回來後咱們分工一下。」

廚房裡頭要忙的事多，洗碗洗菜燒火，還有上菜結帳收錢，家裡一共四個人，但娘那身體也做不了太多事，可不讓她幫忙，她是必定要生氣的，所以怎麼分，還是要一家子坐一起商量。

關翠兒自然是沒意見。

「表妹，我先去把衣裳洗了。」

「別去了，等明日人多的時候我再陪妳一起去，這幾日城裡不太平，咱們儘量待在鋪子裡，實在不行就在後門洗，反正缸裡水還挺多的。」

黎湘想著自己這一家，爹出去了，鋪子裡就剩三個女人，萬一真有什麼匪徒摸進來，當真很不妙。

「算了，還是不要洗了，咱們把門關了到樓上待著。」

關翠兒無言。「……」

表妹膽子也太小了吧……

姊妹倆關了門一起上樓，正好關氏最後一件衣裳也縫製得差不多了，拉著兩個丫頭非要她們去試一試。

黎湘嘆了口氣，早知道不上來了。

一番折騰後，黎湘盼星星盼月亮的，總算是把爹給盼了回來，和他一起回來的，當然還有自家的招牌——「黎家小食」。

一個略有些土氣的招牌，但這是黎江絞盡腦汁才想出來的名字，黎湘是滿意得很，反正就是些家常菜，高端大氣的牌子反而不適合自家。

「爹，日子找人算了嗎？哪天開張？」

「算好了，算命的說後天是個好日子，開張大吉，財源滾滾來呢！」

黎江這會兒一點都不心疼那些給出去的銀錢了，畢竟有付出才有收穫嘛，這不馬上就要有成果了？

「好好好，後日好。」

三個人心中雀躍難耐，乾脆一家子來個大掃除，把鋪子裡裡外外都打掃了一遍。等收拾完了，天也暗了，黎湘還記得青芝要來拿藕粉羹，於是早早把東西都備齊了，蓮子也放到陶罐裡先熬煮起來，還有自家的飯。

今日鋪子完工，有中午那罐綠豆排骨湯，晚飯便只要蒸個飯再炒個菜就行了，正好上回買的還有胡蘿蔔，她打算炒個胡蘿蔔雞蛋，有葷有素還營養豐富。

青芝到的時候，黎湘一家子正準備要吃飯了，鋪子裡昏暗的燈光籠罩著陣陣飯菜的香氣，傳出一家子的歡聲笑語，青芝一時覺得無所適從，不好意思進去等，只好站在後門等著黎湘做好。

好在藕粉蓮子羹做起來快得很，青芝很快便拿到食盒離開了。

她是習武之人，腳下走路也沒個聲響，回到書肆上樓後，嚇了正在照鏡子的柳嬌一跳，手忙腳亂的把面紗又趕緊戴了起來。

「青芝！下回上來記得先敲門！」

青芝無言。「……」

這門沒關難道怪她嗎？

就那兩個痘兒，一下午翻來覆去的看，那麼在意卻死活不看郎中，大概也就只有自家夫人幹得出來這事了。

「夫人，這是黎湘做的藕粉蓮子羹。」

柳嬌端來一瞧，就是小小的一碗，原本還怕多了吃不完的，正好，不得不說黎家那丫頭還挺貼心的，做的吃食好對自己胃口，尤其是那道涼拌蘿蔔絲，酸辣爽口，她吃得最多。

結果就長了痘。

算了不想了。

「晚上叫妳的人都看著些，別叫匪徒打擾了這片的安靜。」

「奴婢曉得。」

青芝欲言又止，好一會兒才又鼓起勇氣道：「夫人，爺那邊……」

「妳想怎麼回就怎麼回唄，反正我是不會回老宅的。他自己在外邊住得瀟灑，憑什麼要我搬回去？去去去，叫我清靜一會兒。」

柳嬌把人攆了下去，這才摘掉面紗開始吃藕粉羹。她對甜食幾乎沒什麼抵抗力，說不吃晚飯，結果還是把那一碗羹給吃完了。

唉，這日子過的，現在才覺出了一點滋味。

一夜無話。

因為惦記著臉上的兩顆痘兒，所以柳嬌醒得格外早。起來一照鏡子，整個人都愣了，那兩顆痘兒呢？就剩兩小點？

只是吃了那兩頓飯再睡一覺，這就好了嗎？那黎丫頭再送飯來，她是吃還是不吃呢？

「青芝姊姊，我來送飯了……」

聽到樓下傳來的聲音，柳嬌迅速將面紗戴了起來。

「夫人，妳起了嗎？」

「進來吧。」

黎湘得了允許，這才推開門進去。

「夫人，妳臉上的痘痘好些了嗎？」

「好一點點了……」

柳嬌回答得略有些心虛，連忙轉移了話題道：「今日做的這是何物？」

黎湘連忙把食盒裡的餃子和蘸料端出來。

「這是薺菜餃子，也是清熱的，不過沒有昨日飯菜那麼重的效果，畢竟涼性的食物也不能多吃。夫人要不要嚐嚐？」

柳嬌臉上的痘痘都快沒了，偏偏剛剛又只說好了一些，這會兒哪好意思把面紗摘下來？只好說自己不喜歡被人盯著吃飯，把黎湘也給攆了下去。

在樓下的青芝依舊在打掃著書架上的灰塵，黎湘乾脆也拿了個雞毛撣子跟她一起。

「青芝姊姊，這店裡生意好冷清啊。」

不管她什麼時候來，店裡都沒有人買書。

「不是冷清，是根本沒生意。」

黎湘一愣。「……」

莫名的從這話裡聽出了幾分財大氣粗的意思，話一下都聊死了，她也不知再說什麼，但青芝卻主動和她說話。

「夫人很喜歡妳的飯菜，有什麼訣竅嗎？」

「呃……就是菜式新鮮，夫人才賞臉嚐嚐，訣竅是沒什麼的。」

青芝聽完，神色莫名。

「夫人不光喜歡飯菜，還喜歡妳這個人，這也沒訣竅嗎？」天知道主子想討夫人的歡心有多難。

黎湘愣了下，夫人喜歡她？

想了想，她還是認真回答道：「訣竅大概就是我做的飯菜好吃吧？俗話說想要抓住一個人的心，就得先抓住他的胃……哦，胃就是人身體裡專管吃飯那塊的臟器，夫人喜歡吃我做的飯，自然會對做飯的人有好感。」

青芝眨巴眨巴眼，將這話記了下來，晚上轉頭就報給了另外一人。

「想要抓住一個人的心就得先抓住他的胃？夫人果真那般喜歡那丫頭做的飯食？」

「是，老宅那邊送過來的飯菜夫人從來沒有吃完過，昨兒個卻是吃撐了，晚上飯點都沒到就催著奴婢去取，可見是十分喜歡的。」

「知道了，回去好好守著夫人。」

黎湘還不知自己被人打上了主意，這會兒正跟爹清算著家底。村子裡頭加上黎江朋友的債差不多還有十個銀貝，所以十個銀貝是不能動的……

「眼下家裡能動的錢就是二十四銀貝、銅貝三百，這些個零的我拿給妳，做這幾日的開銷，其他的暫時不動了。」

若是虧了，家裡好歹還有二十個銀貝打底。

當然這話是不能說的，畢竟哪有還沒開張就先滅自己士氣的。

「爹，我知道啦，放心吧！明兒揉麵挑水的活兒可不輕，早點去睡吧。」

黎湘收好銀錢，鬥志滿滿，檢查了下門窗和預備的糧食都沒問題後，便鎖上後門，跟著上樓睡覺去。

這一天晚上她和關翠兒誰也沒心思學字，翻來覆去的想著明早開張不知會有多少客人，迷迷糊糊一直到凌晨才沈入夢鄉。

隔天早上險些睡過了頭，兩人都是被關氏叫起來的。起床就趕緊換上衣裳，一家子出動去菜市場買了不少的新鮮菜肉回來。

黎湘拿出她的小木板，把今日買的所有菜和價錢都寫在上面，成本一目了然。菜肉都收拾好了，水缸裡的水裝得滿滿的，牆角的柴也堆得滿滿的，黎江最後把今日的菜色食牌都掛到牆上後，這才開門點爆竹。

噼哩啪啦的一陣響，任誰都知道這是又有新店開張了，加上唐惠這幾日總幫著在自家店裡宣傳，一時間鋪子外頭來看熱鬧的還真是不少。

「今日本店新店開張，前五十位客人所有吃食均為半價，走過路過不要錯過！」

黎江背完了女兒教的話，抹了一把汗退回到鋪子裡。

店裡立刻來了三桌客人，黎湘認得一號桌的兩位，正是隔壁酒水鋪子的白老闆和兄弟。

「黎丫頭，妳家這幾日做飯那香味給我饞的，今兒可是能吃到了吧。」

「能能能，白老闆，你瞧瞧食單要點什麼，我這就做給你們。」

「來兩碗油潑麵，我這兩日就惦記它了。」

黎湘沒忍住笑，立刻點頭應下進了廚房。

麵是早就發好了的，黎湘手腳麻利的將麵切好，這時娘已經燒開了水，表姊也準備好了配料。等麵一熟，撈上來油一潑，那香味兒立刻便傳了出去。

一號桌最先做好。

白老闆非常上道的一邊吃一邊誇讚起來，本來還猶豫著要吃什麼的幾位客人，立刻也點了一模一樣的油潑麵。

黎江只是一開始慌亂茫然了會兒，很快便鎮定下來。畢竟自家鋪子也就六張桌子，只要自己心不慌，是完全可以顧得過來的。

他賣魚這麼多年，算帳是完全可以的，所以在外頭招呼客人、上菜、結帳的活兒都是他來幹。

「湘兒，三號桌要一碗雜醬麵！」

「好咧！」

「湘兒，四號桌要一碗餃子不要辣！」

「收到！」

黎湘擀皮快，關翠兒包餃子包得快，兩人配合起來，幾息功夫一碗餃子就下了鍋。

黎家小食的吃食比普通的麵食、粥食實在是新鮮多了，加上味道沒得說，吃完的客人無一不是稱讚有加，雖說半價錢收得少，但好吃，回頭客也會多，想想也就不心疼了。

黎江笑得越發燦爛，剛擦完一張桌子，又瞄見一個客人進來。

「客官吃……喲秦兄弟，來這邊請。」

秦六坐到最裡頭的一張桌，聞著這店裡的香味，的確是別有一番風味。

「秦兄弟想吃點什麼?儘管點。」

「最上面的那個……魚。」

黎江愣了愣,順著他的手看上去。那是女兒特製的一塊食牌,一個銀貝的那道菜!

「秦兄弟,一個銀貝今日半價要五百……」

「我吃得起,就點那個。」

其他桌的客人一聽,一個銀貝的菜!那得是用什麼東西來做的?一時也不急著吃了,都想瞧個新鮮。

黎湘剛煮好兩碗餃子送出來,正好聽見了秦六說的話。

還真有人敢吃,這大早上的……內行的。

她把餃子送上桌後,回到廚房便把泡菜罈旁邊放的水桶提了出來,裡頭正是她早上從菜市場買回來的幾條魚,大的小的都有,她叫爹全提去殺了。

一個銀貝其實就是個噱頭,一道菜當然不可能那麼貴,賣的就是個手藝。

「表姊,幫我洗兩把大白菜和芥菜、芹菜。」黎湘一邊切著泡發後的木耳,一邊指揮著表姊幹活。

等她的菜切得差不多了,爹也殺完魚了。

「湘兒,妳這一個銀貝的魚到底要怎麼做?」

「很快就做好啦,爹你去前頭招呼客人吧。」

黎湘提起一條花鰱開始劃刀，劃好後先夾上薑片放到一旁備用，然後又提了一條比較大的草魚出來，直接剁頭、片肉，片好的魚片加鹽、蛋、蝦、粉、酒攪拌均勻，最重要的是加藕粉，魚片才夠嫩滑。

準備好這些後，她另外提了一條鯉魚出來，劃好刀口，加料酒醃製，拿藕粉和雞蛋調和了麵糊。

關翠兒看得眼花撩亂，有好些不明白的地方也不好問，只記住了可以用薑片和料酒給魚去腥。

「娘，火不要太大，我要炸魚了。」

黎湘將手裡的魚抹上麵糊，提著魚尾開始拿勺舀了熱油從魚尾開始往下澆，劃開的刀口被熱油一滾，魚肉紛紛外翻出來，等炸定型了，她才將整尾鯉魚放進油鍋裡。

這邊炸著魚，那邊鍋裡她也下了油在煎魚，煎到兩面金黃撈出，這邊油鍋裡的鯉魚也炸好了。

廚房裡頭飄出炸魚、煎魚的香氣，饞得那些聞到味兒的人一個勁的嚥著口水，秦六心裡更是期待了幾分，黎湘這丫頭手藝果真那麼好？

一群人翹首以盼的等了兩刻鐘後，終於瞧見店主端著一盤菜出來了。

「瞧這盤子大的，一看就知跟咱們吃的不是一個價。」

「好香啊，那是什麼做的？」

有人在黎江路過自己時站起來瞧了一眼。
「是魚！」
「人家那食牌不都寫了是魚嗎？有啥大驚小怪的。」
「可是……」幾個銅貝一斤的魚，這家店居然賣一個銀貝？
「秦兄弟，這是第一道菜。因為沒想到會有人早上點這道菜，所以飯還在蒸，要等一會兒。你要不先嚐嚐味道？」
秦六點點頭，取了筷子剛要下手，突然又問道：「這菜叫什麼名字？」
「這道菜名紅燒鰱魚，是用花鰱做的。」
「花鰱……」
六銅貝一斤的魚，讓他來嚐嚐看，這菜色究竟值錢在哪裡。
秦六先挾了一筷子魚腹肉，一入口便是驚喜。沒有一絲魚腥味不說，魚肉還飽含了湯汁，香濃的湯汁配上鮮嫩的魚肉，味道的確讓人驚豔。
他以前吃的魚多是清蒸，或是做成湯，還從來沒有嚐過這樣的味道。家裡那隻貓要是嚐到這條魚的滋味，怕是要賴在這裡不肯走了。
這才只是第一道，他這下是真的開始期待起來。
「來了！秦兄弟，你的第二道魚，糖醋鯉魚！」
一聽糖醋，秦六的嘴角忍不住抽了抽，但彷彿是想到了什麼，還是伸了筷子試試味。

和紅燒魚完全不同的味道！

這道糖醋魚拋開外頭淋的湯汁，他還是很滿意的。酥脆鹹香的魚皮包裹著鮮香的魚肉，咬一口還能聽到魚皮咯吱咯吱被咬碎的聲音，搭配外頭酸酸甜甜的汁水，不用問，自家那母女倆必定是愛極了的。

秦六只吃了一口糖醋魚便再沒動，倒是旁邊的紅燒魚已經吃了一半，正吃著呢，又瞧見黎江端著菜出來了。這回不是大盤子，而是直接一個盆子！

隔著老遠就聞到了一股辛香味，秦六瞬間坐直了身子，這應該才是主菜吧。

「秦兄弟，這是本店的招牌菜，水煮魚。另外粟米飯蒸好了，你要來一碗嗎？」

「要！」

看到盆裡雪白的魚肉上點綴著蒜末、翠綠的蔥花蒜苗，還有那鮮紅的辣椒，他已經食慾大開了。

其他桌瞧著的客人，眼睛幾乎都黏在秦六的筷子上，看著他挾起一塊薄薄的魚片，居然沒有碎！

「好嫩的魚肉！夠辣！夠味！」

其他人只能眼饞，鋪子就這麼小，人家桌上的菜那麼香，自己桌上卻只有水餃和麵，儘管味道也很好，但人家那桌一看就特別好吃！

怪不得要五百銅貝，看看那盆子，再看看那魚，十幾個銅貝哪裡做得出來？一群人聞著空氣中的水煮魚香，就著自己碗裡的食物，沒滋沒味的吃下了肚。

秦六吃得興起，連自己來這店的目的都快忘了。

這魚肉也太嫩了，輕輕一抿便化在嘴裡，魚骨頭上的肉也香，雖然沒有魚片那麼嫩，但煮的時間長，湯汁都煮進了肉裡，就著骨頭那麼一吸，又香又辣的魚肉就到了嘴裡，再配一口粟米飯，味道簡直了。

如此新鮮又好吃的菜式，他長這麼大還是頭一次吃到，五百銅貝花得值了。

秦六慢悠悠的吃了兩刻鐘，紅燒魚吃了大半，水煮魚只能看見一片紅湯，糖醋魚嘛，依舊是只動了一口。

黎江回到後廚一說，黎湘便明白了，人家這是不愛吃甜的。

「爹，你問問那糖醋魚他要不要打包回去，我記得他有隻大白貓的。」

「巧了，剛剛他已經問過我了，說要把糖醋魚帶回去餵貓，問咱們有沒有食盒賣他。」

「食盒？」

食盒家裡是有一個，不過那是要給柳夫人送飯用的。黎湘直接讓表姊去隔壁花了十五個銅貝買了個新食盒回來，將糖醋魚打包起來。

打包完了人卻沒走，而是找到了廚房裡。

「黎丫頭，有點事想和妳商量一下。」

對於大客戶，黎湘還是非常有耐心應付的。她瞧著外頭的客人點的都是餃子，表姊一個人可以應付，便帶著大客戶去後門談話。

「秦叔叔你說。」

「我想跟妳學糖醋魚。當然，給錢的。」

黎湘一臉莫名。「跟我學糖醋魚？你不是不喜歡吃嗎？」

「跟妳學當然不是做給自己吃的。」

「哦……」

黎湘懂了，這位六爺是想學了做給媳婦兒吃的。嘖，還是個疼老婆的呢！要知道這個時代都是男主外女主內，女人想吃男人做頓飯，那可太難了。當然，自己爹爹也是好男人。

可是……「秦叔叔，你也瞧見了，我這糖醋魚可算得上是店裡的招牌菜，教給你，若是被別人學去了……」

「不會不會，我學了只在家中做，誰也瞧不見，誰敢偷學我剁了他。」秦六又是發誓又是拍胸脯保證，最後還說了可簽訂契約，可謂是誠意滿滿。

只是一道菜式而已，黎湘其實並沒有多看重。

泱泱華國幾千年的飲食文化，菜式多了去，她學的雖只是皮毛，但少它一道糖醋魚還是沒什麼影響的。

最後黎湘還是答應了教他，不過說好，得在店裡打烊後才有空。秦六自然是沒什麼意見的，反正他別的不多，時間多得很。

兩人說好後，秦六便心滿意足的付了錢帶著他的糖醋魚離開了，黎湘也重新回到廚房裡繼續忙碌。

「三號桌水餃一碗！」

「六號桌拌麵一份！」

一早上黎江嗓子都快喊啞了，他不光要記住每桌客人的要求，等吃完還要記得每桌吃的價錢跟客人結帳，一個上午下來，不禁有些累。

黎湘和關翠兒還好，除了做那三道魚的時候有些趕，其他時候麵條、餃子做起來快得很。

「爹你歇會兒，我去把牌子換了。」

黎湘從櫃子裡翻出一堆食牌，挑了十塊出來，換下了五塊麵食的牌子。

早上外頭掛的多是麵食，到中午嘛，就得換一換，換上一些小炒的牌子。其實她櫃子裡還有不少牌子，但暫時還不能掛出去。因為每日準備的菜肉都是有限的，並無法保證能做出所有菜式，畢竟廚房就這麼點大，若是每樣菜式的食材都備上，那人估計也沒法落腳了。

趁著現在店裡客人少，黎湘和表姊把廚房簡單的打掃了一下，快用完的蔥花蒜苗切一切，洗碗的髒水倒掉再補上乾淨的。

關氏則是一邊燒著水，一邊幫著剝大蒜，一家子誰也沒閒下來。

臨近中午的時候，店裡的客人開始又多了起來，早上才來吃過麵的白老闆兄弟倆又來了。

「黎老弟，我怎麼瞧著牆上多了幾道菜？」

「是，有的菜不適合早上吃，所以早上沒掛，現在這些都是適合午飯、晚飯吃的。」

白老闆下意識的瞄了瞄口水，盯著牆上的食牌選來選去，選了一個回鍋肉和一個魚香肉絲。

黎江下意識的問了一句。「要湯嗎？」

白老闆搖頭表示不要，他自備了酒水。黎江點點頭記好菜單，轉頭到廚房裡告訴了女兒。

「表妹，啥叫回鍋肉？魚香肉絲，那到底是魚還是肉啊？」

黎湘笑道：「我也不知道是魚還是肉，表姊妳瞧著看吧。」

「肯定是肉，因為廚房裡沒有魚了！嘿嘿，就剩一個魚頭了。」

「是是，當然是肉，表姊，趕緊切一些木耳，我馬上要用。」說著她轉身從灶臺上的陶罐裡撈出一塊五花肉來。做回鍋肉的五花肉哪裡能等客人下單了才去慢慢煮，這一塊是早就放到陶罐裡和薑片、料酒一起煮好的，這會兒已經有六、七分熟了，切出來炒正好。

黎湘飛快的將五花切了一盤子的量，鍋裡下油煸香辣椒花椒，再下肉翻炒。

「肉一定不能炒久，不然吃起來會乾巴巴，瞧著它邊緣微微捲曲就可以了。」

關翠兒端著配菜在一旁認真瞧著聽著，記下了表妹放辣椒醬、醬油的分量。

「把蒜苗給我。」
「這裡！」
黎湘接過裝蒜苗的盤子直接往鍋裡一倒，濃烈的蒜苗香味加上那被炒出來的肥油香，真是聞著都想吃兩碗飯。
回鍋肉的香一半在肉，一半就在這蒜苗上，黎湘繼續翻炒幾下，很快裝盤出了鍋，一盤色澤紅亮、巨香無比的回鍋肉就算是完成了！
黎江聽見女兒叫，立刻進來將菜端出去。
白老闆聞了又聞，只嚐了一口便趕緊打開帶來的酒。
這肉啊是真真兒的下酒好菜！
「大哥，這一盤回鍋肉要十四銅貝，可裡頭的肉連半斤都沒有，是不是有點坑啊？」
「你先嚐嚐味兒再說啊。」
白老闆理都沒理弟弟，又挾起一片肉和蒜苗一口吃下。
香！真香！
看著肥膘不少，可吃進嘴裡一點都不油膩，和著蒜苗還越嚼越香，再來一口小酒……啊，美滋滋的～～
白老二瞧著自家大哥那模樣，心癢癢的也挾了一塊肉嚐，頓時後悔剛剛的猶豫，一下子少吃了幾塊肉。

「哥，酒給我倒點！」

兄弟倆一人倒了一碗酒，連飯都不要，就著一盤子回鍋肉下酒，吃得那叫一個香。吃了半盤子後，黎江把新菜送上來了。

「白老闆，你的魚香肉絲！」

「魚香肉絲，這魚呢？」

黎江尷尬的笑了笑，他也不知道為什麼沒有魚還叫這個菜名，不過女兒現編了一個理由。

「這道菜是沒有魚的，是因為做出來的肉絲有魚一樣的香味才取這個名字。」

白老闆似懂非懂，不過名字什麼不重要，重要的是好不好吃。

「這黑色一條一條的是什麼東西？」

「這是木耳，紅的是胡蘿蔔。菜已上齊，二位慢用。」

黎江轉身去招呼其他客人。

這回白老二不等他大哥說，便搶先伸手挾了一筷子。

「大哥！這魚香肉絲也好吃！」

酸甜適中，還略帶了點辣，木耳爽脆，肉絲鮮嫩，一大口吃起來過癮得很。

以前還覺得自家炒的那大肥肉下酒還不錯，現在一比，那真是天差地別，下酒小菜就得這樣的才對。

兄弟倆你一口我一口吃著小肉喝著酒，饞得旁邊桌的客人也點了一樣的菜色，還特地跑去隔壁買酒回來。

黎家小食店雖小，但飯菜香飄得遠，加上吃過的人讚不絕口，評價非常不錯，回頭客也就不少，一整日下來，店裡幾乎沒有空閒過，還是廚房的菜肉都不夠了，才提前打了烊。

正門一關，一家子先幹的不是別的，而是數錢！

「九百五十四、九百五十五、九百五十六……一共九百五十六！」

黎湘數完數兒，心裡瞬間踏實了。

這其中，秦六的那五百當然是大頭，但其他客人的也不少，要知道，今日前五十位客人可都是半價，若是將折扣的那一半加回來，收入怎麼算也有一千多了。

她把自己記帳的小板拿出來，將所有菜錢一加。

「不算麵粉、粟米和油，今日菜肉的成本一共三百五十五銅貝。」

黎江粗略算了算，麵粉、油和其他調料的損耗差不多七、八十銅貝，這樣算來自家今日淨賺也有五百銅貝！

是淨賺！沒有虧！

當然，明日興許不會有點那一個銀貝菜的客人，但也沒有了優惠半價，就算客人少一些，一日應該也能掙到兩、三百銅貝，這對黎家來說，簡直就是再振奮不過的消息。

「湘兒，太好了，咱家可算是有盼頭了！」

關氏在一旁抹著淚，心裡頭也是歡喜得很。

只有關翠兒心裡頭很是難受，她自然是為姑姑一家賺錢開心的，可她也為自己爹娘還在受苦而難受。不過表妹說了，只要自己認真好好學做菜，日後便升她做主廚，工錢一月從三百漲到六百，這是她想都不敢想的數兒。

「湘兒，如今廚房都是妳在管，這些錢便由妳收著，等哪日賺到一個銀貝了，再將錢給妳娘存起來。」

黎湘點點頭，將桌子上的銅貝都掃進了錢袋裡，剛收好呢，就聽到後門被敲響了。

「黎丫頭，我來學菜了。」

是秦六，他們的房東大人。

第十章

黎江趕緊去廚房開門。

打開門一看，人家不光是一個人來的，身後還跟著一個挺壯實的小廝，一手提著油桶，另一手提了個水桶，裡頭少說也有七、八條鯉魚。

黎湘無語。「……」

自帶食材，非常不錯，但這會不會太多了些？要練習那麼多次嗎？

「秦叔叔，你這些魚……」

「怎麼樣？大小合適吧？我都是照著今日妳做的那條去挑的，全都一樣大小，一斤三兩的。」

黎湘默了默，她看到了秦六爺想要學會糖醋魚的決心。

「大小合適的，那契約……」

「帶了帶了。」

秦六從懷裡抽出竹簡遞給黎湘。

滿篇黑字，黎湘只能認出一小半，最後還是拿出去叫隔壁白老闆幫忙瞧了瞧。

她定的是五個銀貝一道糖醋魚，這和當初賣製麵手藝相差甚遠，因為製麵的手藝學會了可以延伸出很多菜品，像包子、饅頭、花捲等等，而糖醋魚只是一道菜式，影響小得多。

秦六給錢痛快得很，簽好契約後便立刻催著黎湘去廚房教他。

關氏正要上前燒火，卻被秦六攔下。

「夫人請留步，燒火由我的下人來就好了，畢竟我要是學會了這菜，也會在家做，總不能再把妳請去我家燒火。」

有道理，想得非常周到，關氏依言就不忙了。

連燒火都要帶個人來學，黎湘這會兒是真真有些好奇了。這秦六的夫人到底是什麼樣子，居然能馴服他這樣的人？可惜上回去他家裡租鋪子的時候沒見著，可惜，可惜呀。

「秦叔叔，殺魚會吧？」

「殺魚我會！殺幾條？還是全殺了？」

秦六挽起袖子，躍躍欲試。

「先殺三條吧，就在後門殺，我瞧瞧你怎麼殺的。」

黎湘說完正要把刀遞過去，卻見他直接從袖口裡掏了一把短刀出來，捉起一條魚直接摳住魚腮提起來蹲到後門口，乾淨俐落的開始刮掉魚鱗、捅了肚子，那股狠勁，看見的人無一不是下意識的縮了縮肚子。

也不知他是不是在家練過，刮魚鱗、剖肚子、掏內臟一氣呵成，一盞茶的功夫便殺好了三條鯉魚。

黎湘翻開三條魚的魚肚瞧了下，搖搖頭道：「沒殺乾淨，魚肚裡的黑膜要全都刮掉，不然做出來的魚會很腥。」

秦六聽話得很，三條魚挨個兒都重新刮了一遍，刮完提到廚房又按著黎湘的要求切了花刀，之後準備的步驟都好學得很，切薑片、抹酒醃製、裹粉什麼的都學得很快，問題就出在炸這個步驟上。

「提著魚尾巴，由上至下的澆，將魚肉劃出來的刀口炸得外翻才好看。記得，火不要太大，中火就行。」

秦六提著那魚尾巴，手指都要捏斷了，總覺得好滑快要捏不住了，剛想問能不能放下去，撲通一聲手裡的鯉魚直接砸進了油鍋裡，熱油飛濺，場面一度很是混亂。

幸好黎湘躲得快，也就裙襬上濺了幾滴油，但秦六和那燒火的大龍就沒那麼幸運了。大龍是直接兜頭濺了一臉，哪怕拿袖子擋住，臉上也被燙了兩塊，秦六則是靠在灶臺的腰間濺了一片，還好衣裳脫得快，但就這樣也是紅了一片，當然黎湘、關氏她們是沒瞧見的，秦六是跟著黎江到樓上換的衣裳。

這麼一折騰，鍋裡的魚算是炸糊不能用了，只能再炸新的。

黎湘直接抓了些麵粉撒到秦六手上。

「你手上沾點麵粉，這樣捏住魚尾就不會滑了，記住，一定要炸定型才能整條放進鍋裡，不然做出來沒那麼好看。」

「這回沒問題的。」

秦六信心滿滿，提著魚尾巴認真的舀了油一點一點澆上去，起初還挺像回事，但澆上去的油卻是越來越黑。

黎湘無言。「……」

火太大，油焦了。

重新換了一鍋油，秦六提起第三條魚，拿著菜勺不經意的磕了下灶臺，大龍心頭咯噔一下，立刻坐直身子，打起了十二分的精神。

有黎湘在旁邊提示著，炸出來的魚火候還是挺不錯，最後便是調糖醋汁淋上去了。

「糖醋這東西，味道比例不能差，不然調出來要麼太酸要麼太甜，都不好。」

黎湘從碗櫃裡摸出了兩顆新鮮山楂出來。這裡沒有番茄，番茄醬是做不了，正好她在菜市場瞧見了剛出的山楂，有這個也是一樣的。

「把山楂的核去掉，肉剁成泥。」

秦六心下了然，那糖醋汁裡酸酸的帶著果香的味道就是這個了。

「剁好了。」

「先炒蒜蓉，待它微微變焦時，下山楂泥進去一起炒。」

黎湘盯得仔細，因為已經加了山楂，所以後頭的醋只加了一丁點。

「最後一步，一定要小火，然後藕粉和水倒進湯汁裡攪拌。」

大龍一聽，立刻又撤了兩根柴火出來。

秦六和好藕粉水，確認小火後，一點點倒下去。那原本還無比絲滑的湯汁立刻變得黏稠起來，咕咚咕咚的冒起了泡泡。

直到滿屋子都飄散著酸酸甜甜的味道，黎湘總算是說了一句。「可以出鍋了。」

秦六這才將鍋裡的湯汁淋到炸好的鯉魚上頭，最後撒上香蔥，和早上黎湘做出來的那盤當真是一般無二。

「大龍來嚐嚐。」

「爺！好吃！外酥裡嫩，酸酸甜甜的真好吃！」

秦六滿意極了，但黎湘很快潑了他冷水。

「先別高興太早，這還不算是學會呢。剛剛那是因為我全程提示什麼時候出鍋、什麼時候加料，所以做得才算順利。這回我只瞧著，秦叔叔你再獨力做一遍試試。」

「行！」

秦六自覺都將步驟記在了心裡，已經學得差不多了，可當他炸魚的時候，頭一遍就將魚給炸糊了，第二回又撈得早了些，裡頭的魚肉都還沒有熟。

大龍瞧著主子那越來越黑的臉，默默把頭低了下去，燒火更是不敢出絲毫的岔子。

天快黑了，家家戶戶都關門吃晚飯話家常然後準備休息了，而此時，秦六帶來的最後一條鯉魚也被用掉了。

做出來的成品，實在是一言難盡。

秦六太久沒有這樣挫敗的感覺了，心情有些糟，但他一想到當年自己的夫人也是這般反覆的學著各種吃食來做給自己吃，心頭的不快便散得一乾二淨。

夫人一個千金小姐都下得了廚房，憑什麼他不能？

「黎丫頭，明兒等妳打烊了，我再過來繼續學。」

「好，好的，那這些魚……」

「隨妳處置吧，時候不早了，我先回了。」

秦六只帶走了第一次在黎湘指導下做出來的那道糖醋魚，家裡那隻貓今天對他態度好了不少，糖醋魚還是有幾分用的。

他一走，廚房裡凝滯的空氣頓時舒暢了。

黎江看著桌上的六盤魚，很是心疼地道：「這好好的魚，真是太可惜了。」

「沒事，咱們自己吃嘛，除了那兩條糊了的不能吃，這四條我來重煮就行。爹你上去叫娘下來吃飯，廚房我和表姊收拾。」

關翠兒點點頭，拿著抹布就開始忙活起來。

黎湘則是把那四條糖醋魚倒回鍋裡，準備去生火的時候見爹已經走了，便立刻朝表姊招了招手。

「表姊妳過來。」

「嗯？怎麼啦？」
「好事呀。」
黎湘一把將表姊拉到灶前的板凳上坐好，悄悄給了她三百銅貝，關翠兒驚呆了。
「表妹！」
「噓……特地等爹他們走了才給妳的，別說出來。」
「可是！我還沒有做到一個月。」
關翠兒拿著燙手，趕緊推了回去，結果又被黎湘塞回她手裡。
「我知道妳還沒做到一個月，這叫嗯……這叫預支薪水，再過幾日我爹會回村子裡一趟，妳難道不想回去見見小舅舅他們嗎？自己手裡有錢，不管做什麼都有底氣，這錢妳拿著，下次再發工錢就得下個月月底了。」
「我……」
關翠兒沒法兒拒絕，她太想爹娘了，也太想給他們買東西。
「到時候我讓爹去把小舅舅、小舅母接到咱家裡，妳別買穿的用的，買了他們帶回去肯定會惹麻煩，就盡孝心買點好吃的給他們，錢也可以給，但不要全給，我說的妳明白吧？」
「我知道。」
「那妳收好啦，錢自己攢著，下次發工錢要下個月月底，中間不可以預支哦。」
黎湘說完了事，這才生火開始把糖醋魚回鍋重煮，剛翻了兩下，她又想到一個很嚴重的問題，上回小舅舅說表姊很快就可以許人家嫁人了。

「表姊，回去見到小舅舅他們，妳一定要跟他們說不要隨便把妳的婚事定下來，哪怕是姥姥她們的意思也不可以。」

婚姻大事都是由爹娘做主，只要小舅舅兩口子堅持，姥姥和大舅母應該使不了什麼壞。

「妳現在能自己掙錢了，不用兩年就能自己攢下一筆錢，也許到時候會有更好的選擇也不一定，太早定下一個不認識的人家，對妳來說沒有好處，總之，表姊，我不會害妳。」

「我明白的。」

關翠兒這些日子跟著表妹聽著學著，再不是當初那個只知道埋頭幹活、想著嫁人生子的小丫頭了。她要像表妹一樣，努力掙錢，過自己想過的日子。

「爹娘！吃飯啦！」

「來了來了。」

樓上吱呀幾聲響，兩個大人都下來了。晚飯的菜色是白日剩下的粟米飯，菜呢也沒另外炒，就那四條糖醋魚和一盆魚頭湯。

這菜色對黎家來說已經很不錯了，況且魚還沒花他們的錢，一家子一邊商量著明日要買的菜肉，一邊大口吃著飯，吃得心滿意足。

夜漸漸深了，家家戶戶都早早的進入了夢鄉。

就在這時，一對父子跌跌撞撞的從巷子裡逃出來，躲到了離黎家小食不到兩公里的一座橋下。

「阿澤！爹受傷太重了，跑不了了，你……你聽我說，不要再管我，你的戶籍早就落到鎮上一個八竿子打不著的旁支上，誰也不知道你就是我的兒子。你聽話，快走！」

「我不！」

駱澤短暫的歇息了一會兒，咬牙揹著父親沿著河道繼續往前走。

「阿澤！你聽話，他們、他們很快會追上來的。爹已經走錯了道路，你不能！你乖一點，在城裡躲一躲，等爹這事淡了，就、就回鎮裡，找一房媳婦兒，清清白白的過日子！」

「憑什麼都要聽你的！你給我閉嘴！」

駱澤正想著要不要自己出去引開些人，突然發覺背上的父親使勁掙扎起來，他本就受了重傷，一掙扎血便順著自己的背往下淌。

「你不要命了?!你幹什麼?!」

「阿澤……爹對不起你娘，也對不起你。希望，你不要恨我。」

駱澤只覺得背上一輕，立刻聽到了落水的聲音。

「爹！」

「清……清白……做……人！」

這是駱澤聽見父親最後的聲音。

他跟著跳進水裡，可是找了好久也沒有找到人，黑漆漆的夜裡，只有一點月光照映在水上，眼前的河道很快平靜下來，彷彿什麼都沒有發生過。

駱澤不敢嘶吼也不敢哭喊，他只能埋頭在水裡狠狠發洩了一通，直到快筋疲力盡的時候才爬上了岸，渾渾噩噩的消失在街道上。

第二天一早，黎湘一家照例去菜市場買菜，剛進菜市場便瞧見告示牌上寫了新的告示。

雖然她認的字不全，但旁邊有識字的人已經把告示都唸了出來。

「伏龍山山匪陸百飲現已伏誅，城門河道恢復通行……」

伏誅？就是死了吧！那真是太好了！

自從知道城裡混進了山匪，這兩日睡覺都睡不踏實，黎湘沒怎麼在意這告示，看完熱鬧便和家裡人一起進了菜市場挑菜。

一家子很快買齊了菜，回到鋪子裡燒火的燒火、切菜的切菜，黎江力氣大，他要負責把肉餡兒全都先剁好。

忙活了兩刻鐘後，都準備得差不多了，鋪子才開了門。

雖說今日沒有那前五十人半價的優惠了，但架不住黎家小食的東西味道好，多付那兩、三個銅貝，一般人還真是不在乎。

一個時辰後，客人開始慢慢少了些，黎湘趕緊把眼下快要缺的調料、醬料寫在木板上，下午就得抽空去買回來。

「表妹，和好的麵團快用完了，要不要再和一點？」

「舀一瓢麵粉和吧，和好了放一邊，沒客人吃的話就咱自己吃。」

黎湘剛說完這話，就聽到店裡頭突然傳來一道小女孩的哭聲。

「我不吃！我不吃！」

她忙出去瞧了下，是個五、六歲的小女孩，身邊坐著的也不知是長輩還是嬤嬤，一個勁的哄著她，但是沒什麼效果。

桌上放著一碗雜醬麵，紋絲未動。

「大娘，這是怎麼了？是麵不合胃口？」

「不是，不是……」大娘顯得有些拘謹。「這是我孫女兒，平時都是吃她娘做的飯。這不她娘剛生完孩子，換成我煮了她便不願意吃了，都兩頓沒吃了，一直哭，在家吵著她娘也休息不好，我就想著帶出來外頭吃，老白說妳家飯食味道好，所以……」

黎湘明白了，她微微彎了腰笑著去問小女孩。

「小妹妹，能告訴姊姊妳喜歡吃什麼菜嗎？」

小女孩嘟著嘴，眼淚在眼眶裡打轉，好一會兒才回答道：「我喜歡吃我娘做的飯。」

黎湘鬆了一口氣，願意回話就好，就怕遇上那不理你的，還一個勁哭鬧，那真是叫人頭疼。

「妳娘做的菜肯定特別好吃，不如妳幫姊姊嚐嚐味道差在哪裡，幫姊姊提下意見好不好？」

小女孩瞥了一眼桌上的麵，猶豫了下還是搖了搖頭，她感覺下不了口。

「那這樣吧，姊姊去重新做一份。妳見過這麼小的白菜嗎？」

黎湘給她比了個餃子大小的洞，小女孩立刻搖了搖頭。

「我家院子裡的白菜，有我的頭大……」

「那妳等著，姊姊去給妳變這麼小的白菜瞧瞧。」

黎湘摸了摸她的頭，回了廚房後頭洗了手，這會兒表姊已經又揉好了一團麵，她另外又去舀了一瓢麵粉。

「表姊，幫我將那兩把芹菜磨成汁。」

「磨芹菜？」

關翠兒一臉的疑惑，手卻聽話的已經把芹菜拿了出來，洗乾淨後直接用小石墨開始磨，磨出來一碗綠汁。

「表妹妳要這個做什麼？」

「妳瞧著就知道啦。」

黎湘找了塊乾淨的布將磨出來的芹菜汁簡單過濾了一下，反覆幾次後，才將汁水倒到自己要和的麵裡，揉勻後，麵團就成了綠色。

關翠兒瞧著表妹將麵團揉成了一塊略厚的麵餅，然後揪了一坨白色的麵團搓成長條，放到中間裹起來，一頭霧水，這是做什麼？

黎湘沒多解釋，直接開始切劑子按扁，擀成麵皮後再一包餡，一顆小白菜就出來了。

不過包好的餃子沾著麵粉，看著還不太漂亮，等下了鍋一煮，帶上了水光，那晶瑩的感覺瞬間增色不少。

關翠兒瞧得目瞪口呆。

這綠葉翠油的，哪是什麼餃子，分明就是小白菜呀！

黎湘端著那碗綠餃子走出去，一放桌上便引來了小女孩的驚呼。

「真的有這麼小的白菜呀！」

「我沒騙妳吧，所以妳能幫姊姊嚐嚐味道了嗎？」

小女孩對那翠綠的小白菜滿是好奇，毫不猶豫的點了點頭。她也想知道這麼小的白菜會是什麼樣的味道。

女孩的奶奶一聽孫女願意吃了，連忙舀起一個餃子幫她吹了吹餵給她。

新鮮的芥菜和肉包的餃子最是鮮香不過，加上黎湘特意調的酸湯開胃，幾乎就沒有不喜歡的，小女孩顯然是喜歡得很，吃得兩眼都笑瞇了起來。

「姊姊，妳做的和我娘一樣好吃。」

這評價算是特別高了，黎湘很開心，笑道：「那妳多吃點，不夠再叫姊姊做。」

說完她正要走，小女孩的奶奶卻叫住了她。

「姑娘，這一碗……」

「哦！這一碗算您六個銅貝，和普通餃子一樣的價錢。」

一聽和普通餃子價錢一樣，大娘這才放了心。主要是孫女碗裡的餃子太漂亮了，看著就貴，不問明白，她心裡頭虛得很。

「那就好那就好，謝謝了！」

黎湘笑笑沒有說話，見小女孩吃得正香，也就放心回了廚房裡。

又是忙碌的一天過去，今日比昨日的客人還要更多一些，肉已經提前賣光了，這個點再去買肉回來也做不了幾道菜，黎湘便把鋪子裡的肉菜食牌都取了下來，只剩下幾道麵食。油潑麵、清湯麵、雜醬麵這些，表姊都是會做的，所以她想偷個懶去趟書肆。

打從昨日傍晚起書肆那邊便沒有再來取過飯食，黎湘猜想應該是柳夫人痘痘消了，左右現在時間還早，她想著還是過去瞧瞧，順便把不識的字兒都問一問。

當文盲的滋味真是太難受，日後再有什麼契約，她可不想拿出去給別人瞧了，趕緊把千字文學會才是正事。

於是她和家裡人交代了一聲後，便提著剛煮好的小白菜水餃去了書肆。像柳夫人那樣精緻的小仙女，肯定也喜歡這樣精緻可愛的吃食。

「青芝姊姊……我來看看夫人，她怎麼樣了？」

「夫人，挺好的啊，妳煮的這是什麼？」
青芝打開食盒一瞧，下意識的嚥了下口水，好漂亮、好可愛的小白菜！
「妳上去吧……」
黎湘沒注意到青芝的神情，她滿腦子都是從樓道間傳下來的香味，這香味不同於以往的書香，而是一種桂花摻雜了黍米的食物香。
夫人在吃糕點？不太像，糕點的話應該沒這麼香。
她提著食盒走上去一瞧，只見門口一個小爐子，上頭的蒸籠正冒出她剛剛聞到的香味。
「夫人妳還會做糕點？」
柳嬌淡定的將手上的團子壓到模具裡印上葉紋。
「做糕點很難嗎？」
「當然了，反正我是怎麼學都沒學會的，夫人妳真厲害！這是桂花黍米糕嗎？做得真好看……」
被誇了一通的柳嬌沒忍住露出了個笑。
「算妳有眼光，等會兒帶兩籠回去吃吧，妳家開業我都沒給妳備賀禮。」
「那就謝謝夫人啦！」
黎湘一點也沒有客氣，自己做的食物被人喜歡是一種什麼樣的心情她最明白了。
「夫人，我今日帶了點小食過來，妳要不要嚐嚐再做？」

柳嬌心情不錯，點點頭，把手上那籠蒸上後便洗了手。她雖喜愛吃甜食，但也喜歡其他好吃的，尤其是黎湘做的，味道鮮香、百吃不厭。

「咦，這小白菜的菜葉是怎麼做出來的，居然還有綠色，好漂亮。」

「這個啊，用芹菜汁和的麵，包出來就是綠色了。不過芹菜味有些重，可以換成菠菜，和出來顏色更綠一些，也比較沒菜味。」

柳嬌一邊吃著餃子，一邊若有所思道：「那我的黍米粉裡是不是也能加菜汁調色？」

「當然可以啊。要綠色就加菠菜或者芹菜，黃色就用胡蘿蔔或者南瓜，紫色用紫甘藍，還有粉紅色，用莧菜就可以了，不過莧菜得開春才有。」

說者無心聽者有意，柳嬌興奮得連餃子都不吃了，立刻叫青芝去買胡蘿蔔、南瓜等等食材。

黎湘無言。「……」

青芝回來得很快，快到她幾乎懷疑隔壁就是菜市場。

「夫人，都買回來了，我先去洗乾淨再削皮？」

「去吧。」

柳嬌心裡再興奮，瞧見黎湘還是想起了正事，抽空給她講了千字文裡她不懂的地方，講完了，青芝的菜也處理好了。

「黎丫頭，來教教我怎麼把顏色和到麵裡。」

黎湘被趕鴨子上架，只好又當了一回老師。

「胡蘿蔔拿去用石磨磨出汁水，南瓜切成小塊上蒸籠裡蒸熟，都準備好了就可以開始和麵了。」

青芝任勞任怨的又去繼續忙活。

兩刻鐘後，樓上的兩人開始和起了麵，對糕點一竅不通的黎湘難得在做吃食的時候被人嫌棄了。

「誒！糖要趁熱加！」

「水加太多啦！笨！」

「捏團子手要沾清水！妳看看這黏得到處都是！」

「走開走開，我自己來！」

黎湘氣餒。「……」

做糕點好難啊啊啊！為什麼這個黍米這麼黏！為什麼她包的團子總是會散開！太丟人了！

半個時辰後，柳嬌的各色得意之作都上了蒸籠，黎湘這才得以脫身，抹了把冷汗提著人家送她的兩籠桂花糕回了鋪子。

一進鋪子就瞧見廚房坐著兩個大塊頭，沒想到這會兒秦六就已經來了。

「秦叔叔，來這麼早啊。」

她順手把食盒裡的糕點拿出來放到碗櫃裡，一回頭瞧見那秦六居然眼都不眨的在盯著自家的碗櫃。

「秦叔叔想吃桂花糕？」

秦六回想起桂花糕那甜膩的味道，趕緊搖了搖頭。他不是想吃，他只是沒想到夫人會再做糕點……

「黎丫頭，我瞧著妳店裡已經打烊就過來了，現在方便嗎？」

「當然啦，秦叔叔你先去殺魚吧。」

黎湘把圍裙重新一繫，整理好灶臺便將三個鍋都空了出來，做糖醋魚的材料也擺放齊全。

「表妹，你們忙，我去把衣裳洗了。」

關翠兒正要走，黎湘趕緊叫住她，給她包了三塊桂花糕。

「今天大概又要學挺久的，等下餓了就先吃點墊墊肚子。」

「妳這是拿我當小孩兒呢，哪就那麼嬌氣。」以前餓一整天都是常事呢。

關翠兒笑是笑，最後還是把糕點收了，不過她沒吃，而是上樓收衣裳的時候把糕點都放在了桌子上。

她也不知道自己是怎麼了，總是喜歡把東西攢起來再吃。上次表妹給她買的糖葫蘆，後來糖都化掉了她才不得不趕緊吃了，心疼了好幾日。

「翠兒，去洗衣裳是嗎？」

「怎麼啦姑姑，還有衣裳？」

關氏搖搖頭，拿了三十個銅貝出來給她。

「沒有衣裳，就是叫妳去布坊扯點布回來，我瞧著妳今日是來事了吧，月事帶得多備幾個，妳表妹差不多也是這幾日，家裡剩下的那點布不夠用。還有，別去洗衣裳了，我都和妳姑父說好了，今兒他去洗。」

「好、好的！謝謝姑姑！」

關翠兒紅著臉把錢揣好，將髒衣裳都放了回去，然後出門扯布。

扯完布回來，走在街上，不知道是不是她的錯覺，她總覺得附近有人在看她，不過青天白日的，周圍又有不少行人，她倒也沒那麼怕。

「姑娘……」

「你，叫我？」

關翠兒回過頭，瞧見是個頭髮蓬亂的乞丐，本以為他是想要點吃的喝的，沒想到他只是叫了自己一聲便轉身走了。

奇奇怪怪的……

她趕回鋪子裡想和表妹說一下，結果一進廚房，就感受到那和昨日一般緊繃的氣氛，頓時啥話也不敢說地退出去上了樓。

「秦叔，這炸魚一定要注意時候，你看看這提早了又沒有炸熟，再放下去炸上一盞茶吧。」

秦六抿著唇，重新將魚放下鍋，眼瞧著魚皮已經炸到焦黃了，便立刻將魚撈起來給黎湘看。

「不錯不錯，這回炸得正好了。來調汁吧。」

炸魚和調汁水是秦六最容易出錯的地方，糖醋的比例那真是太不好調，一不注意就過酸或過甜，來來回回折磨得秦六簡直想殺人，一直又學到了天黑，他才總算調過關。

桌子上擺滿了他做的糖醋魚，七、八條瞧著還挺壯觀的，黎湘試了試味道，吃著還不錯，但若是要和自己做的相比，那就還差那麼幾分意思，不過一般家裡吃的話已經很不錯了。

她以為秦六大概就學到這兒了，沒想到他居然說明日還要繼續過來！

「秦叔，你這糖醋魚算是可以了，這菜嘛，重要的不是味道，是心意，只要心意到了，想必你夫人肯定會喜歡的。」

秦六聽了這話，臉上神色複雜。

他要的就是味道正嘛，心意在夫人那可不值錢，若是心意有用的話，這些年他早就將夫人哄回去了……

「妳不懂……反正我明日再繼續過來跟妳學。」

黎湘無語。「……」

行吧，誰叫他給了錢呢，給了錢就是老大，多教幾回也就費點時間，反正他食材都是自備的，虧的也不是自家。

如此兩人便說好了明日再繼續學菜，天色也不早了，秦六也準備走了，黎湘將他送到門口，突然瞧見他回過頭來問道：「湘丫頭，抓住了她的胃就真能抓住她的心嗎？」

黎湘正要回答，卻見他已經頭也不回的帶著大龍走了。

嗯？這句話……古代人應該不會說吧？

她上回只和青芝說過這話，所以……嗯？這到底怎麼回事?!

黎湘懵了，青芝成天守在她家夫人身邊，應該不可能去跟一個不熟悉的人說什麼抓住心的事，這秦六要麼是她的同行，要麼是她的主子。

主子的可能性比較高……

啊對啊，他學甜食是想哄夫人，那柳夫人愛的可不就是甜食嗎？可為什麼不是秦夫人而是柳夫人呢？

這柳夫人一直都住在書肆，也從不提起自己的丈夫，她還以為是亡夫了呢，她跟秦六是什麼關係呢？

黎湘百思不得其解，想著等明日忙完了抽個空過去問問吧！

結果沒想到，第二日鋪子一開張就給她忙翻了，不光男客多，女客也多，帶孩子的更多，那真是一桌接著一桌，就沒個空閒的時候。

黎江一問才知道，原來大部分客人是被常客推薦來的，還有一部分則是受了昨日那小女孩的推薦，來的都是小娃娃拖著大人，非要嚐嚐那漂亮的白菜水餃不可。

一時間廚房裡真是忙得腳不沾地，麵粉都用光了還得麻煩隔壁唐惠跑去菜市場幫忙買。一整日下來全家都累得不行，尤其是黎湘和關翠兒，揉麵、擀皮手痠得不像話，偏偏打烊了還要教秦六做魚不能休息。

若不是教他只需要動動嘴皮子，黎湘是真想把錢還給他不幹了。

「秦叔，你這又提了七、八條魚不至於吧？我覺得你都學得差不多了呀。」

「可我覺得還差得遠啊。」

秦六熟練的挽起了袖子到後門殺魚，大龍則是頂著一臉的膏藥又坐到了燒火的位置。從他臉上那兩道新傷不難看出，秦六在家也是練了不少的，真是心疼那些被他糟蹋的魚。

黎湘揉揉手臂，搬了個凳子坐到一旁，略有些好奇的問道：「秦叔，你這麼勤快的學做糖醋魚，是不是惹你夫人生氣了呀？」

秦六手一頓，嗯了一聲。

「那是一般的生氣，還是非常的生氣呢？非常生氣的話，恐怕一道菜可哄不好。」

這話和秦六當初聽到的意思根本不一樣，他整個人都愣了。

「哄不好？」

那他學這麼久的魚折騰來折騰去是為什麼？

黎湘忍了又忍才沒笑出來。

「對呀，如果只是夫妻間的小吵小鬧，秦叔你這樣認真辛苦的學道菜回去哄夫人，那應該能哄好。若是吵得很厲害、非常嚴重那種，一道菜可沒那麼大的作用。秦叔，你得對症下藥才是。」

「妳很懂？」

秦六狐疑的看了黎湘一眼，才十三、四歲的丫頭如何能懂夫妻之道。

「咳……那個，我開玩笑的，秦叔！你扎到苦膽了！」

「……」

還沒開始做呢，就廢了一條魚。

黎湘不再繼續套話，認真的教起他做魚來。秦六的問題就是掌握不好火候，就卡在炸的那關，最後只能教個笨辦法，讓他在心裡默數，數到兩百就能撈。

秦六嚐完他自己最後做的兩道魚，總算是有些滿意了。剩下兩條魚還沒殺的，他也沒有拿走，直接送給黎家。

這兩條魚黎家也沒吃，主要是都累了，也不想再折騰做什麼麻煩的，直接將就著剩下的粟米飯炒了炒，晚飯就解決了。

這一天下來的剩菜剩飯都倒在後門的桶裡，有專人到點來收，每月十銅貝。這錢是不能省的，黎家打開張那日便交了一個月的銀錢，每日早起時便已倒得乾乾淨淨，很是省心。

一家子收拾完廚房後又查看了下門窗，確定沒問題後便都上了樓。

一個黑影躲在不遠處的民房下，瞧著黎家小食的樓上亮了燈，這時才躡手躡腳的摸過去。

他的目標很明確，那就是黎家裝著剩飯剩菜的餿水桶。

大概是餓得狠了，他吃得有些急，不小心嗆了兩聲，不過很快又憋住了。

樓上的關翠兒就睡靠牆的位置，聽到聲音便下意識的開窗探頭瞧了下，正好瞧見樓下那人的後腦勺。

朦朧的月光下，那人正悄悄的抓著桶裡的東西在吃，關翠兒想了想，沒喊也沒叫，只是默默的把窗子又關了回去。

不容易的人太多了，她幫不了什麼，只能讓他有些尊嚴吧。

「表姊，妳在看什麼？」

「沒，沒看什麼，就是發現今晚月色不錯。」

關翠兒躺下去，正準備瞇眼睡呢，就聽到表妹說要開窗看月色，嚇得她趕緊爬起來替她開窗。

「我來開吧，表妹妳去把燈熄了，咱們就這樣睡。」

黎湘不疑有他，趴在床頭一把將油燈給吹熄了，屋裡瞬間暗了下來，只有窗外灑進來的微弱月光。

「還是開窗睡空氣好，對吧表姊？」

「嗯……」

「表姊，今日客人有些多，累著了吧，早點睡。」

「好，表妹妳也是。」

姊妹倆很快安靜下來，因著白日裡太過勞累，幾乎不到一盞茶就都睡了過去。樓下的人不知道什麼時候走的，反正等第二日關翠兒起床後，那餿水桶已經被清理得乾乾淨淨了。

又是忙碌的一天開始。

今日的客人和昨日比起來只多不少，時常是店裡坐滿了，外頭還有等著的，一個個都催著老闆再加桌椅。

只要在黎家小食吃過飯的客人，幾乎都是回頭客，畢竟她家的菜式新鮮不說，味道更是要比一般食鋪的要好，吃了香的辣的，誰願意再去吃那口平平淡淡的？

黎湘聽著外頭那熱熱鬧鬧的聲音，心裡無比的踏實。這些客人就是對她手藝的肯定，也是自家能在城裡立足的根本。

「湘兒，三號桌要兩碗拌麵、三碗餃子，要辣！」

「誒！收到！」

黎湘抓起麵團丟進鍋裡煮，一邊拿出碟子舀配料，一旁的關翠兒則是麻利的包出三碗餃子來。

一盞茶的功夫，拌麵、餃子都已經煮好了，黎江進來端出去，正放到客人桌上呢，就瞧見門口進來了一熟人，不過那人好像沒怎麼認出他。

「你不是說要帶我吃好吃的嗎？怎麼來了這麼一家破店！」

「誒，先別生氣呀！他們都說這家店的菜味道絕了，比那些茶樓酒樓的飯食好吃得多。」

男人小意哄著身旁的女人，哄好了才朝黎江招了手去點菜。

「夥計，你們這兒的招牌菜有哪些？」

黎江面色複雜，不知這人是真沒認出自己，還是在裝傻，也沒戳穿他，指了指那一個銀貝的牌子。

「招牌菜是那個魚，隨機三道獨家菜式，別家吃不到的。」

一聽獨家，旁邊的女人立刻嚷著要吃那道菜。男人雖是十分肉痛，但好面子的他哪裡會說吃不起，只能硬著頭皮點了。

「客官能吃辣嗎？」

兩個人都點了點頭。

「好，四號桌招牌菜三道！」

黎江轉頭就進了廚房裡。
「慧娘，妳猜外頭坐了誰？」
關氏一愣，搖頭不明白。
「是伍大奎！好傢伙，身邊還帶了個女的，十分親近還拉著手，一看關係就不一般，他好像都沒認出我來，是故意的吧？」
黎江可是一眼就認出了那姓伍的。
「得了吧，人家什麼時候正眼瞧過你，不認識你不是很正常的嗎？」
關氏心中不屑，那伍大奎打從年輕那會兒她就覺得不是什麼好東西了，不就是十幾歲就得了鎮上的工作嗎，那眼高於頂的，每次回來看到他們就像是看下等人一樣，什麼東西。
她這會兒有些同情起喬氏了，一個女人在村子裡拉拔著幾個孩子成家立業，把丈夫看得比什麼都重要，還時常炫耀丈夫一個月給她幾百銅貝生活費。可誰知她丈夫都沒認真工作，反而是帶了個女的在城裡逍遙，一頓飯就能吃掉一個銀貝。
這事啊，若是喬氏知道了，還不知道會怎麼鬧呢。
「娘，伍大奎就是伍乘風的爹唄？」
「對啊……」
黎湘忍不住心想，伍乘風好可憐啊，有那麼個娘，還有這麼個爹，一個人爹不疼娘不愛的，這會兒還不知道在哪兒風餐露宿，唉，並不是所有人都配當父母的。

「湘兒，妳打算做哪三道菜？還是糖醋魚、水煮魚嗎？」

黎湘搖搖頭，她才沒心情做那麼複雜的菜去招待一個渣男。

「清蒸一條，溜個魚片，再紅燒一條就行了。」

「清蒸？那就不是獨家了吧。」

黎江有些擔心，畢竟清蒸魚大家都吃了好些年了，剛剛他還說是獨家菜式，真要是做條清蒸的出去，伍大奎估計就不認帳了。

「爹，你放心吧，我的清蒸和你們平時吃到的清蒸絕對不一樣。」

黎湘親手抓了一條體型比較小的鱖魚，殺乾淨後墊上香菜、放上薑片，直接上蒸籠裡大火蒸熟，然後拿出來，再度在魚身放上蔥絲、薑絲，和一點點切薄的胡蘿蔔絲、香菜，澆上醬油。

這時候的魚還有著淡淡的魚腥味，可當一勺子滾油淋下去，原本還平平無奇的清蒸魚瞬間迸發出一陣香味，連關氏都忍不住嚥了嚥口水。

黎江哪曾見過這樣的清蒸魚，瞧著也就放心了，趕緊將魚端出去。

剛澆上油的清蒸魚香味正濃，勾得店裡的一眾客人都瞧了過去，極大的滿足了伍大奎的虛榮心，哪怕瞧見盤子裡的魚只有小小一條也沒有生氣。

「光聞這味兒便知道我那幾個朋友沒有騙我，玉娘妳還不信我，現在可知我疼妳了？」

「哼，那還得嚐嚐再說。」

女人拿過筷子先挾了一塊魚肉，一旁的黎江忙提醒她將魚肉沾下盤子裡的汁會更好吃。她倒也沒說什麼，照著做了，結果只嚐了一口便驚喜的又挾了好幾筷。

「這汁真是太香了！」

蒸魚誰都吃過，說實話這條蒸魚的魚肉和以前吃過的也沒什麼不同，但加上這盤子裡的汁，那就是完全不同的味道。

玉娘很是滿意，她一滿意，伍大奎也就高興了，臨走時還假模假樣的丟了五個銅貝在桌上，算是賞錢。

黎江非常不客氣的收了，有錢不拿是傻子。

這伍大奎雖說不是個東西，但他今日卻是幹了回好事，叫自家白白賺了幾百銅貝。

關氏拿了那一銀貝，心中卻不甚痛快。

伍大奎早些年是看不起人，可他也是真真疼過喬氏一陣子，有了兒子後更是隔三差五的買東西回家，後頭不愛回家了，人人都以為是生了四娃的緣故，卻不知是男人心野了，在外頭有人了。

鄉下裡哪個男人不是一妻到老，納妾更是聽都沒聽說，偏有錢人花樣多，不納兩個妾好似體現不出自己的地位一樣。如今自家也開始掙錢了，昨日那麼忙，更是賺了不少，當家的他該不會……不不不，不會的，相守二十五載，他的為人不是那樣。

關氏坐在灶臺前又低著頭，黎湘還真是沒注意到她的情緒。

一家子忙活著一直到了下午，客人才少了些，不過一到傍晚客人又會多起來，所以就得趁著這會兒把飯吃了，再把亂糟糟的廚房簡單收拾下，不夠的食材還要再出去添些回來。

這活兒黎湘都交給了爹，他身強力壯，背個幾十斤也是小意思。而且他算帳厲害，這是表姊沒法兒比的。

表姊識字雖說是挺快，但算學是真真兒的差，一碗麵一碗麵的讓她算還可以，多幾碗再混兩碗餃子她就要懵，所以暫時也只能讓她幹廚房裡的事。

黎湘擦好灶臺，直起腰揉了揉，又痠又麻又漲，那滋味簡直了。她一天不光要掌勺，忙起來擀皮、揉麵、剁餡兒她都要上，表姊更忙，除了擀皮那些還要去擔水洗碗，而爹在前頭記著帳，根本也走不開。

這樣不行，若是鋪子裡的生意一直這樣好的話，還得再請個人才是。不能為了省那兩三百的工錢，把自己一家給累垮了。

娘這幾日整日坐著燒火，一天下來身體雖是不累，但精神是真的不好，她晚上得和爹娘表姊商量下才是。

黎湘正琢磨著請人的事，突然瞧見後門青芝在朝自己招手。

「青芝姊姊，怎麼這個點來了？」

「夫人她……想吃妳做的菜，命我過來買。」

「什麼菜，妳說我現在來做。」

黎湘請她進廚房，她卻是一動不動，半晌才說了菜名。

「糖醋魚……」

「糖醋魚？這道菜夫人怎麼知道的？」黎湘明知故問。

青芝臉上閃過一絲絲尷尬，當然是爺做給夫人吃過，她特意冠以黎湘的名義，不然夫人哪肯動嘴，晚上又嘴饞點了一樣的菜？

「湘丫頭，這回妳得幫幫我才行，這菜吧，其實是我家主子學了做給夫人吃過，但是他們兩人在鬧矛盾，中午送來菜，夫人吃了覺得好吃，問我是誰做的，我只能說是妳做的。下次如果夫人問起來，妳幫我圓一圓可好？」

高冷的女護衛突然變成這樣一副楚楚可憐的樣子，黎湘真是想笑又不能笑。

「可是這樣是欺騙夫人，不好。」

「怎麼能叫欺騙呢！夫人愛吃甜食，吃了糖醋魚心情能好一整天呢。我家主子做的菜被夫人吃了，他也能高興一整天，這皆大歡喜的事怎麼能叫欺騙嘛。」

黎湘點點頭，若腦子轉慢點就被她給忽悠過去了。

「可是夫人不願意吃妳家主子做的飯菜不是嗎？兩個人顯然鬧得很僵，那我和夫人還挺熟的，我肯定不能幫著騙夫人的。」

青芝沒想到黎湘這麼難說服，急得腦門都出了汗。

「不是，妳不明白，他倆是互相喜歡的，只是中間出了岔才分開這麼多年，咱們幫他們和好，那可是積功德的事！」

黎湘還是搖頭沒答應。

「這裡頭的水太深了，我怎麼能啥也不明白的就往裡頭湊？」

青芝一噎。「……」

她太難了。

「那我跟妳說明白點，其實這事陵安的人都知道個大概……」

原來柳夫人本名柳嬌，乃是陵安第二富柳家老爺子的掌上明珠。她前頭還有個哥哥，大了她二十多歲，並不是一個娘生的，兄妹關係非常惡劣。

當年老爺子身患重病自知將死，卻擔心才十四歲的女兒留在府中會受兄嫂磋磨胡亂配人，便將她許給了一個自己曾救過命、十分看好的人。

「老爺子和主子說好了，若是夫人年滿十六，願意同他共度一生，那婚事才算作數，若是夫人不願意，便可拿上和離書走人。」青芝嘆了一聲，繼續道：「大概是造化弄人吧，正經的成婚會由媒人將男方的喜好忌諱都告訴女方，可夫人那場婚禮，媒人只是走了個過場，夫人什麼也不知道。」

之後的事情略微狗血，年少的柳嬌乍然失去親人，正是需要依靠的時候，秦六幫她打理產業，事事順著她，長得還好看，時間一長可不就喜歡上了嗎？她喜歡上了秦六，卻又不好意思說，便學做自己最愛的糕點，日日著人送去給他吃。

那秦六心想明知他討厭甜食還日日送予他甜食，那定是厭惡極了他，自此便很少出現在柳嬌面前。這副躲避的模樣自然是傷了柳嬌的心，加上後來柳嬌發現了爹和秦六簽訂的契約，更是難堪，一怒之下搬出老宅住進了書肆。

秦六這才知道柳嬌從來不知道契約的事，一直拿他當夫婿看待，連糕點都是辛辛苦苦學來做給他吃的，心中懊悔已是無用，只能盡力彌補，但柳嬌已經不願意再見他了。

「如今夫人搬到書肆已有九年了，兩個人既不和好，也沒有和離，我們做奴婢的夾在中間是真難做啊……湘丫頭，妳就幫幫我吧，千萬不能說漏了嘴。」

黎湘無言。「……」

她要站小仙女那邊！秦六活該！

「妳說妳家主子學了這有什麼用？夫人吃了也不知道是他做的，誠意根本就沒用對地方。」

對小仙女夫人那樣的人，默默在背後替她做事絕對不可取，人家當初勇敢一回了，你一個大男人就不能也衝動一把？

要她說……算了，人家的家事，她摻和進去也不好。

「我還是去幫妳做糖醋魚吧，下回見到夫人，她若是有問起，我也會說是我做的，但是，我只能幫妳一次啊，下次可別把我拖下水，否則夫人若是發現不對，以為我也是你們一夥兒的，我可冤了。」

青芝張張嘴，到底是沒再說啥，本來還想請黎湘多教主子幾道菜的，現在看樣子好像不太行。

等了一小會兒後，黎湘把裝好糖醋魚的食盒拿出來交給了青芝。

「青芝姊姊，我建議妳早些和夫人坦白，也許結果並沒有妳想像的那麼糟糕。」

「啊？」

青芝想把人抓回來繼續問清楚，只是這會兒洗菜的關翠兒和買菜的黎江都回來了，人多嘴雜，她只能暫時放棄，提著食盒回了書肆。

柳嬌一聞到那酸酸甜甜的味道，立刻從榻上起來坐到了桌前。

「怎麼去了這麼長時間，這魚做起來很費勁嗎？」

青芝愣了下，立刻點頭道：「確實很費勁，這魚要炸成型還要調汁，費時得很，做起來也不容易，一不小心可能會燙傷……」

「湘丫頭燙傷了？」

「不不不，沒有……奴婢的意思是說容易燙傷。」

青芝回想起大龍那張臉，簡直慘不忍睹，主子若還追不回夫人，真是對不起他們這些年吃的苦。

她想著黎湘的話，卻又不敢真的坦白，站在一旁心不在焉的，一眼就能看穿。

柳嬌瞇著眼吃完筷子上的魚肉又嘬了嘬筷子，美滋滋的接著扒了口飯，直到吃飽了才開口問道：「妳這一回來就心神不寧的，可是有什麼事瞞著我？」

青芝做賊心虛，被嚇得一哆嗦。

「夫人……奴婢、奴婢……」

太難了，坦白就是背叛主子，不說就是欺瞞夫人，這兩頭不討好的差事怎麼就落到了自己的身上！

「咱們相處這麼多年，還有什麼不能說的嗎？」

柳嬌想放下筷子，可是盤子裡還有大半魚肉，她有些捨不得的又挾起一塊到碗裡。

「有什麼事妳直說便是。」

青芝想想這麼些年夫人對她的好，又想想黎湘的話，心一橫撲通一聲跪了下去。

「夫人，奴婢騙了妳，中午那道糖醋魚是、是爺做的，他、他學會後親手做的……」

「哦……」

柳嬌沒什麼反應，只是埋頭把碗裡的魚給吃乾淨了。

青芝整個人都不好了。為什麼只是一個淡淡的哦？難道不應該大罵自己和主子一頓，然後把自己趕出去嗎？

「夫人妳不生氣？」

「有什麼好生氣的，難道妳主子做的菜我不配吃？」

青芝無言。「……」

那倒也不是。

可是夫人的反應和她想像的簡直差太遠了，她實在是想不通，只好晚上偷摸尋了個空又跑到黎家小食來找黎湘。

——未完，待續，請看文創風1042《小漁娘大發威》2

2021年5月出版

小漁娘掌家記

文創風953~955

逃難到這個陌生朝代的小漁村，姊弟三人開啟了新生活，
只是滿滿的海鮮漁獲雖然好吃，要怎麼利用來發家賺錢呢？
還好她這個現代小海女有各種新鮮主意，不怕古人不識貨！

海闊天空新生活，當個島主來玩玩／元喵

上一刻玉竹還在跟霸占她財產的二姊爭論，怎麼眼一閉就變成五歲女童?!
而且這是什麼處境——家鄉遇難，他們三姊弟一路跟著流亡成了難民，
自己面黃肌瘦、營養不良，要不是靠著長姊跟二哥一路細心照顧，
這小身板真不知怎麼撐得下去……
幸好老天有眼，姊弟三人終能不再流浪，暫居在靠海的上陽村中；
只是長姊跟二哥雖然懂農事，卻完全沒到過海邊，
沙灘上滿滿的海物看得她眼睛發亮，她這個現代小海女可有發揮的機會了！

為流浪貓狗加油 和貓寶貝 狗寶貝

廝守終生(一定要終生喔！)的幸福機會

對人來說，貓寶貝狗寶貝只是生活的一部分，但妳（你）對牠們來說，卻是生活的全部，領養前請一定要考慮清楚——

▲ 見機行事我最行的 寶咖咖

性　　別：男生
品　　種：米克斯
年　　紀：4～5個月左右
個　　性：活潑好動、親狗親人
健康狀況：已完成第一劑幼犬疫苗＆體內外驅蟲
目前住所：新北市新店區（近安康派出所）

本期資料來源：中途洪小姐

『寶咖咖』的故事：

看似沈穩好照顧的寶咖咖，其實是個聰明機伶的鬼靈精，會懂得露出人見人愛的模樣替自己找新家，使得中途保姆第一眼看見牠，誤以為是個乖巧的小孩，帶回家照顧，結果才一個晚上，發現了牠的另一面——每天有用不完的精力，到處跑跑鬧鬧，還會亂咬家中的拖鞋，連狗姊姊都對牠沒轍。

話雖如此，寶咖咖初次見面會有點害羞，大概半天左右就會顯露出很熱情的性子，讓人又氣又愛。即便目前有貧血的問題持續補充鐵劑改善中，但日常生活規範的學習仍有明顯進步，像是現階段學習在尿布墊上大小便，準確度已有80%呢，相信以牠的學習能力，一定會養成活潑、有規矩的好寶寶。

新的一年，新的開始，寶咖咖要重新出發，歡迎喜歡幼犬活力滿滿的拔拔麻麻前來詢問中途洪小姐，信箱是peijun0227@gmail.com，來信請先簡單自我介紹，並留下聯絡電話，方便敲敲您家大門，入住新成員一名！

認養資格：

1. 認養人須年滿二十歲，若與家人同住，請先徵得家人或房東的同意，
   以免日後因家人或房東不同意的理由而棄養！
2. 不因工作、唸書、搬家、結婚、生育、移民、男女朋友分手而棄養寶咖咖，
   並要具備飼養寵物之耐心。
3. 寶咖咖尚在幼齡期，會因為長牙、換牙而咬家裡的東西，甚至關籠時有可能會該該叫，
   長大後是一般中型犬大小（至少15公斤），這些成長過程若能接受再來領養喔！
4. 這時期的寶咖咖需要細心照顧，若工作繁忙、長時間不在家，不建議領養。
5. 須同意結紮，負擔晶片轉移費NT$100，並簽認養寵物切結書。
6. 須同意送養人日後之追蹤探訪，對待寶咖咖不離不棄。
7. 狗狗沒有健保，醫療費可能從幾千甚至到幾萬都有可能，請衡量自身能力與經濟狀況再來領養！

來信請說明：

a. 個人基本資料：姓名、性別、年齡、家庭狀況、職業與經濟來源等。
b. 想認養寶咖咖的理由。
c. 過去養寵物的經驗，及簡介一下您的飼養環境。
d. 若未來有結婚、懷孕、出國或搬家等計劃，將如何安置寶咖咖？

文創風 1041

小漁娘大發威 1

國家圖書館出版品預行編目資料

小漁娘大發威 / 元喵著. --
初版. -- 臺北市 : 狗屋出版社有限公司, 2022.03
冊 ; 公分. --（文創風 ; 1041-1044）
ISBN 978-986-509-299-3（第1冊 : 平裝）. --

857.7　　111001289

著作者	元喵
編輯	黃淑珍　李佩倫
校對	吳帛奕
發行所	狗屋出版社有限公司
地址	台北市104中山區龍江路71巷15號1樓
電話	02-2776-5889～0
發行字號	局版台業字845號
法律顧問	蕭雄淋律師
總經銷	知遠文化事業有限公司
電話	02-2664-8800
初版	2022年3月
國際書碼	ISBN-13　978-986-509-299-3

本著作物由北京晉江原創網絡科技有限公司授權出版

定價270元

狗屋劃撥帳號：19001626

網址：love.doghouse.com.tw　E-mail：love@doghouse.com.tw